Rhwng
dau fyd

I Dafydd a'r hogia

MARED LEWIS

Rhwng dau fyd

yLolfa

Argraffiad cyntaf: 2015
© Hawlfraint Mared Lewis a'r Lolfa Cyf., 2015

Cynllun y clawr: Sion Ilar
Llun y clawr: Mike Briscoe

Rhif Llyfr Rhyngwladol: 978 1 78461 115 6

Dymuna'r cyhoeddwyr gydnabod cymorth ariannol
Cyngor Llyfrau Cymru

Cyhoeddwyd ac argraffwyd yng Nghymru
ar bapur o goedwigoedd cynaladwy gan
Y Lolfa Cyf., Talybont, Ceredigion SY24 5HE
e-bost ylolfa@ylolfa.com
gwefan www.ylolfa.com
ffôn 01970 832 304
ffacs 01970 832 782

Hiraeth, hiraeth, cilia, cilia,
Paid â phwyso'n rhy drwm arna',
Trof fy wyneb at y pared,
Ac os tyr y galon, torred.

Mi wnaf long o dderw cariad,
A'i mast hi o bren y profiad;
A rhof hiraeth arni i nofio
O don i don i'r wlad a fynno.

(o gasgliad *Hen Benillion* T H Parry-Williams)

1

Safodd Gwenhwyfar Rhys yng nghanol y stafell fyw ac ymestyn ei dwylo mewn ystum oedd yn ceisio'i orau i fod yn fuddugoliaethus, yn ddigon dramatig i ddileu'r hen deimlad sâl yng ngwaelod ei bol. Caeodd ei llygaid a chlywed sŵn y byd yn canu corn ac yn siffrwd mynd y tu allan i'r ffenest fae fawr braf a edrychai i lawr ar bromenâd Aberystwyth.

Roedd y gwely'n rhan o'r stafell fyw fawr, ac wedi cael ei wthio at y ffenest yn fuan wedi iddi symud i mewn i'r fflat, er mwyn iddi fedru deffro i olau dydd yn ffrydio drwy'r llenni tenau – boddi yn y diwrnod fel nad oedd dim amdani ond codi a'i wynebu. Fe fyddai Ieu a hithau'n arfer gwrando ar y synau y tu allan ar ôl caru, yn y prynhawniau fel arfer, pan oedd y ddau wedi dianc o'r coleg. Weithiau fe fydden nhw'n caru heb gau'r llenni, gan roi gwledd i unrhyw wylan fusneslyd a ddigwyddai lanio'n bowld ar sil y ffenest. Fyddai gwylan ddim yn cario clecs.

Agorodd ei llygaid ar annibendod y lle, am ei bod yn gallu gweld a theimlo croen brychlyd Ieu yn rhy dda pan oedd ei llygaid ynghau. Fe ddylai hi symud y gwely o'r ffenest erbyn heno, ei noson olaf yn y fflat. Fe fyddai hynny'n weithred symbolaidd, meddyliodd, yn arwydd ei bod yn dechrau bywyd newydd heb Ieu. Er mai anaml roedd o'n medru aros noson gyfan efo hi yn y gwely mawr, rhwng cwsg ac effro byddai Gwen yn dal i estyn ei llaw allan i ochr arall y gwely, cyn ei thynnu 'nôl wedyn.

Roedd bocsys hanner gwag dros y stafell ac ambell un yn chwydu'i gynnwys ar hyd y llawr pren – brws gwallt, ambell gas CD wedi cracio yma ac acw, hosan heb bartner. Rhythodd Gwen ar het Robin Hood oedd wedi ei gosod ar ongl ddigon joli ar y gadair yn y gornel.

Roedd hi bron iawn yn ffarsaidd sut y bu i'r siwt Robin

Hood chwarae rhan mor allweddol yn eu drama garwriaethol, fel rhywbeth fyddai'n gweddu i sgrin deledu.

Golygfa Un: Parti gwisg ffansi'r Adran

Lleoliad: Tafarn brysur

Cymeriadau: Amrywiol!

Roedd hi mewn gwisg Princess Leia a'i gwallt wedi ei glymu o gwmpas cyrn clustiau yr oedd hi wedi eu benthyg gan Swyn, ei ffrind. Fe ddylai fod wedi synhwyro rhywbeth pan benderfynodd Ieu fynd fel Robin Hood yn hytrach nag fel Darth Vader, â'r esgus gwantan ei bod hi'n haws dod o hyd i fwa saeth a het driongl werdd na chleddyf golau yn Aber.

Roedd llewys hurt o hir ei gŵn laes Princess Leia wedi troi'n llwydaidd a budr o fewn ychydig oriau, yn wlyb ac yn drewi o goctel o seidr a lagyr a Duw a ŵyr beth arall. Roedd Gwen wedi bod yn fflyrtio fel pawb arall, yn eofn yn ei gwisg ffansi, yn bihafio'n fwy gwyllt nag y byddai hi fel arfer yn ei jîns a'i chrys T.

Wedi iddi flino ar yr ystrydebau a'r jôcs thematig, roedd hi wedi gorfod baglu am y fflat ar ei phen ei hun ar ôl chwilio'n ofer am ei Robin Hood i'w hebrwng yno.

Roedd golau neon powld y lampau stryd ar y prom yn goleuo rhywfaint ar y stafell, a hithau wedi anghofio cau'r byd allan a chau'r llenni cyn mentro allan oriau ynghynt. Doedd Gwen ddim yn hoff iawn o olau bylb lectrig ar y gorau, gan ei fod yn torri pob rhith, yn cadarnhau onglau a siapiau caled yn ddigyfaddawd, fel bod amwysedd bywyd yn cael ei ddiriaethu a'i wneud yn rhy siarp a chlir.

A'i phen yn y niwl, roedd hi wedi llithro'n llyfn tuag at y gwely â'r bwriad o daflu ei hun arno ac ildio i gwsg trwm. Ond ar ei ffordd tuag at y nirfana anymwybodol honno, roedd ei throed wedi taro yn erbyn rhywbeth ac roedd hi wedi rhegi. Ac mi regodd rhywun yn ôl. Roedd hi wedi fferru, cofiai hynny, a bellach roedd yr holl brofiad wedi magu rhin breuddwyd, er mai rhyw ddiymadferthedd hurt oedd o wedi bod mewn gwirionedd. Pan edrychodd i lawr ar y gwely, doedd hi ddim yn syndod, rywsut, fod yno dwmpath go sylweddol yn symud ac yn anadlu, yn ddrewdod o gyrff ac o ryw ac o chwys ac o… frad.

Dylai fod wedi sobri drwyddi. Ond yn lle hynny, roedd hi wedi syllu ar y twmpath yn gymysgedd o ofn ac anghredinedd, fel petai'n sbio ar ryw anifail oedd yn cuddio yno, ac yna roedd hi wedi llithro am yn ôl, wedi symud yn llyfn fel petai ar rew, nes cyrraedd y drws. Petai hi wedi medru, byddai wedi llithro drwy'r drws heb boeni am bethau fel handlen a stepen, ac wedi diflannu fel ysbryd i lawr y grisiau ac allan yn ei hôl i'r nos.

Ond roedd soletrwydd y drws wedi ei deffro drwyddi, wedi cynnau'r gynddaredd fel sbarc y tu mewn iddi. Cyn iddi wybod beth oedd yn digwydd roedd hi wedi rhuthro at y twmpath ar y gwely a dechrau dyrnu, dyrnu a sgrechian a phoeri a stido nes bod y twmpath yn gweiddi ac yn griddfan ac yn bytheirio ac yn dweud nad oedd hi'n gall.

O feddwl am y peth wedyn, wedi'r digwyddiad, fe fyddai hi wedi medru maddau i Ieu petai o wedi cael ei gario gan theatr y parti gwisg ffansi ac wedi cael ffling un noson. Ond roedd o wedi bod yn gweld hon yn achlysurol ers noson ola'r tymor cyn Dolig, wedi bod yn dwyn ei damaid, heb falio dim am ran arall yr hafaliad oedd ynghlwm â chwedl Robin Hood, yr elfen foesol o ddwyn er mwyn daioni yn y pen draw.

Ac eto, ceisiodd Gwen feddwl bod hyn er lles pawb, efallai, yn y diwedd. Doedd anffyddlondeb ar ben anffyddlondeb ddim yn rysáit ddelfrydol ar gyfer dyfodol unrhyw berthynas. Tŷ wedi ei adeiladu ar dywod oedd yr hyn oedd ganddyn nhw. Nid ganddi hi yr oedd y fraint o ddewis maddau neu beidio maddau. Felly pam yr hen sictod gwag yng ngwaelod ei stumog? Pam roedd hi'n teimlo mor uffernol?

Peth fel hyn ydy llanast diwedd perthynas, meddyliodd, gan

afael mewn pentwr o hen bapurau newydd. Roedd o'n wahanol i lanast symud tŷ, llanast cymoni a rhoi trefn. Llanast gwag datgymalu am byth oedd hwn. Hen lanast budr.

Canodd y ffôn ac edrychodd Gwen o'i chwmpas mewn penbleth am eiliad, gan fod y sŵn fel petai'n dod o bob un bocs ac o bob cornel o'r stafell. O'r diwedd, dadebrodd ddigon i ddeall mai o'i bag wrth y drws yr oedd y sŵn yn dod. Tarodd y swp papurau newydd ar ymyl y gadair a cherdded tuag at y ffôn, dim ond iddo dawelu wrth iddi ei gyffwrdd.

Ymhen eiliadau, daeth sŵn arall yn dweud ei bod wedi cael neges destun. Rhythodd arni.

Plis gai dy wld di? Cyn ti fnd? Pn draw prom. 3?

Doedd 'na'm enw, wrth gwrs. Roedd Ieu'n gallach na hynny.

Ac yna, cyn iddi gael amser i feddwl oedd hi am ymateb ai peidio, daeth yr hen flipian diamynedd eto i ddynodi neges arall.

"Blydi hel!"

Ond neges gan Tony, ei landlord newydd, oedd hi y tro hwn, yn holi pryd yn union roedd hi'n bwriadu cyrraedd y fflat, er mwyn iddo wneud yn siŵr ei fod o yno i'w chroesawu.

Suddodd Gwen ar un o'r bocsys agosaf a syllu'n wag ar ei ffôn.

2

ROEDD BLAS HALEN ar ei gwefusau wrth iddi droi ei phen at y môr a sgubo'i golygon heibio ponciau'r tonnau ac allan tuag at y gorwel.

'Hen linell bell nad yw'n bod
Hen derfyn nad yw'n darfod.'

Roedd y cwpled enwog yn rhyfeddol o agos ati, yn crynhoi eu perthynas i'r dim, meddyliodd, gan gicio carreg fach yn ddiamynedd. Rhyw hen berthynas lwyd oedd hi wedi bod, yn llechu yn yr amwysedd niwlog rhwng peidio â bod ac, eto, peidio â darfod chwaith.

Trodd oddi wrth y môr anwadal, a sŵn y tonnau yn gryfach rywsut wedi iddi dynnu ei sylw oddi arnynt. Gallai weld y ffigwr yn cerdded tuag ati o bell, yn smotyn yn gymysg â'r conffeti o fân boblach eraill oedd ar y prom, ac yn tyfu'n fwy ac yn fwy sylweddol bob eiliad. Allai hi ddim peidio adnabod y cerddediad nodweddiadol hwnnw, y fraich dde yn swingio fel pendil mewn rhythm efo pob cam, yn ei wthio yn ei flaen.

Pendil. Metronom. Cadw amser. Marcio amser.

Trodd Gwen eto, a dechrau cerdded oddi wrtho i gyfeiriad Consti, a'r pendil o fraich yn rhythm yn ei phen. Aeth at y bar ym mhen draw'r prom, a phwyso yn erbyn metel y reilins. Roedd y ddau ohonyn nhw, Ieu a hithau, wedi dŵad yma ar y noson gyntaf honno, pan oedd y neuaddau preswyl a'r gwestai wedi traflyncu pob enaid byw ond nhw.

"Ti'm 'di cicio'r bar?" roedd o wedi'i ddweud y tro hwnnw, yn gor-wneud y syndod yn ei lais, ac roedd hithau wedi gor-wneud ei diniweidrwydd wrth ymateb.

"Fedri di'm deud bo chdi 'di bod yn stiwdant yn Aber a chditha heb gicio'r bar, siŵr! Ty'd!"

Ac yng nghyffro'r funud roedd Ieu wedi gafael yn ei llaw ac roedd y ddau wedi rhedeg ar hyd y prom gwlyb, a sŵn eu traed yn diasbedain dros y dref, neu felly roedd o'n teimlo ar y pryd, fel petai pob gweithred yn magu rhyw bwysigrwydd megalomanig bron. Meddwdod? Efallai. Teimlad cynnes cledr ei law yn erbyn cledr ei llaw hithau. Croen ar groen. A hynny'n gwneud iddi deimlo, ar y pryd, nad oedd 'na ddim byd arall yn bwysig.

"Ti 'di gicio fo unwaith, sdim rhaid i chdi neud eto, 'sti!"

Roedd ei lais wedi cyrraedd o'i flaen, ac yntau wedi brasgamu'r ychydig gannoedd o fetrau olaf tuag ati.

"Dyna ddechreuodd betha..." meddai hi, a difaru dweud y geiriau'n syth bìn.

Amser i orffen pethau, dod â phethau i fwcwl, oedd hwn. Nid diwrnod i gychwyn unrhyw beth, nac i wthio unrhyw beth yn bellach ymlaen.

"Rhaid i bob dim ddechra yn rhwla," meddai hi wedyn, a'i llais yn cael ei ddwyn gan y gwynt a'i daflu allan i'r môr, at y llinell bell honno oedd yn llyncu geiriau a theimladau.

"Do'n i'm yn siŵr 'sa chdi'n dŵad..." meddai o.

"Do'n inna ddim chwaith," meddai hithau.

Gadawodd y ddau i'r awel a'r tonnau siarad ar eu rhan am ennyd, ac yna:

"Sut ffendist ti bo fi'n gada'l?" gofynnodd Gwen.

"Swyn. Yn ei diod neithiwr yn y Marine."

"Reit," ac yna, "Sori", efo agwedd, efo eironi.

Rhoddodd ei llaw yn ei phoced, tynnu CD allan a'i roi iddo.

"Eniwe, gei di hwn yn ôl, yli. Ma Clannad wastad 'di codi creeps arna fi, 'blaw bo fi'm 'di licio deud."

"Iawn, fydd Sio—"

Tawodd mewn pryd. Sioned. Sio—. Sshhhhh—. Fydd Sioned be? Fydd Sioned yn falch o gael ei CD yn ôl? Fydd Sioned yn falch o gael sylw llawn ei chariad yn ôl? Fydd Sio— be?

Cododd Ieu ei ysgwyddau a sbio ar ei draed. Roedd ganddo'r

osgo swil yma pan welodd hi o i ddechrau, er ei fod o'n diferu o awdurdod a phroffesiynoldeb yn ei waith ac i bawb arall. Ac unwaith roedd hi wedi cael cip ar yr hogyn bach y tu mewn iddo fo, unwaith roedd hi wedi gweld hynny…

"O'n i'n mynd i ada'l i chdi…" dechreuodd Gwen, ond edwinodd ei llais.

"Wbod?"

"Wel, ia."

"Do'dd dim rhaid i chdi, siŵr."

"Nag oedd, dwi'n gwbod. 'Di o'm fatha 'sa ni'n…" Caledodd ei llais.

"'Sa ni'n be?" gofynnodd Ieu, ac edrych arni hi efo'r blydi llygaid glas trawiadol yna.

"Wel, mewn perthynas, 'lly. Un go iawn. Gin ti un o'r rheiny yn barod, does, Ieu? A ffling fach boeth 'run pryd. I be 'sa chdi isio fi hefyd?"

Ceisiodd eto anwybyddu'r hen deimlad gwag annifyr hwnnw.

Edrychodd Ieu o'i gwmpas, fel petai arno ofn i rywun basio, i rywun weld.

"Yli, camgymeriad mawr o'dd…"

"Dwi'm isio clywad, Ieu. Wir 'ŵan. Safia fo at y nesa, yli."

Edrychodd arni, wedi ei frifo. Symudodd ei bwysau o un droed i'r llall, a newid cywair y sgwrs.

"Beth bynnag, cofia fi at y Gogs! Hen bobol iawn!" meddai, ac edrych arni'n bryfoclyd.

"Ambell un yn arbennig," meddai hithau, ac yna roedden nhw'n ôl ar dir saff, tir fflyrtio cyffredinol lle nad oedd yr un ohonyn nhw'n disgwyl dim oddi wrth y llall.

"Joban ddysgu gynta. Amsar difyr."

"Edrach mlaen at y cyflog cynta dwi, yn lle gorfod byw 'tha blydi llygoden eglwys."

"Mynd allan a phrynu soffa 'nes i, dwi'n cofio. Yr ora'n y

siop, a sylwi 'mod i'n sgint wedyn am weddill y mis! Byw ar ffa pob ar dost. Byta fatha stiwdant eto, blaw bod 'y nhin i ar soffa grand!"

Chwerthin. Gwag.

"Beth bynnag, well mi fynd, sgin i'm lot o amsar," meddai Gwen.

"Nago's, ma siŵr."

"Wela i di, ia? O gwmpas lle. Steddfod a ballu… Neu pan ti'n sefyll i ennill y Gadair rhyw dro!"

"Wn i'm am hynny!"

Chwerthin gwag eto.

"'Drycha ar ôl dy hun, ia?" meddai o wedyn, yn trio taflu rhyw raff ati, i drio'i dal.

"Dria i 'ngora. Ti'n nabod fi! Fydda i'n grêt! Edrach mlaen 'ŵan."

Ac yna roedd hi'n cael ei chofleidio ganddo, yn teimlo'i freichiau'n gwasgu amdani, ei gorff yn dynn, ei anadl yn ei gwallt, yn gwasgu fel petai o ddim eisiau iddi…

Rhwygodd Gwen ei hun oddi wrtho a dechrau cerdded yn ôl am y fflat, a'i gynhesrwydd yn dal i larpio drwyddi wrth iddi gyflymu.

3

DECHREUODD FWRW GLAW go iawn wrth iddi stopio'r car rownd y gornel i'r fflat newydd yn Llandudno, a diffodd yr injan. Ymhen eiliadau, roedd y ffenest yn ddagrau i gyd a doedd dim posib gweld unrhyw beth. Nid bod yna lot i'w weld chwaith. Stryd gefn oedd stryd gefn. Oherwydd bod drws y fflat newydd y drws nesaf i'r caffi, a'r caffi ei hun ar y stryd fawr, roedd yn amhosib iddi gael lle cyfleus i barcio. Fe fyddai'n rhaid iddi ymdebygu i forgrugyn felly, a mynd yn ôl a blaen yn cario ei hen fywyd i mewn i'w bywyd newydd. Doedd dim arall amdani. Ond doedd y blwmin glaw ddim help o gwbl.

Caeodd ei llygaid a thrio anwybyddu arwyddocâd y garreg filltir yma, y 'digwyddiad o bwys' hwn yn ei bywyd. Roedd Swyn wedi ei ffonio ychydig ar ôl iddi adael, wrth iddi yrru oddi yno. Bu raid i Gwen dynnu i mewn i gilfach barcio ar yr A470 rhwng Dolgellau a Ganllwyd i wrando ar y neges ac ar lais Swyn yn canu rhywbeth oedd wedi ei gyfansoddi ar gefn *coaster* cwrw neithiwr, o'i sŵn o; baled feddw, sentimental am adael cartref a mynd i ffwrdd i diroedd diarth a ballu. Disgwyliodd Gwen yn amyneddgar am y crygni anochel yng nghynffon llais Swyn ar y diwedd.

Actorion oedd rhieni Swyn, ac roedd Gwen wastad wedi teimlo bod eu merch yn rhyfeddol, o gysidro. Ond roedd agwedd y ddwy at gerrig milltir bywyd yn dra gwahanol. Roedd Gwen o dras y bwrw ymlaen a pheidio gwneud ffys. Doedd ei thad a hithau ddim wedi cyboli efo llawer o ddim byd felly ers i'w mam fynd. Ond allai Swyn ddim peidio â rhoi tinsel a *glitter* a chân yn sownd i unrhyw ddigwyddiad lled bwysig, fel pen-blwydd digon di-nod. Roedd y cam o adael coleg a chychwyn gweithio, felly, yn bownd o fod yn amheuthun iddi.

Gwaith newydd mewn lle newydd oedd hwn. Dyna'r cwbl. Doedd meddwl amdani fel ei swydd gyntaf mewn ardal oedd yn mynd i'w siapio am y blynyddoedd ffurfiannol digymar nesaf ddim yn adeiladol nac yn gysur o gwbl. Ac os oedd Gwen yn unrhyw beth, meddyliodd wrthi hi ei hun, roedd hi'n adeiladol ac yn ymarferol.

Felly, gan afael mewn bocs enfawr, ei ymylon yn llipa ac yn bygwth gollwng bob dim ar y pafin, cafodd Gwen ei hun yn cnocio ar y drws coch oedd y drws nesaf i'r caffi Eidalaidd. Wrth ddisgwyl am ateb, edrychodd ar y caffi ond roedd y ffenestri wedi stemio gormod iddi allu gweld y tu mewn. Roedd sŵn tincial llestri a rhyw hisian yn dod oddi yno, ond aeth neb i mewn a ddaeth neb allan wrth iddi sefyll yno. Edrychodd i fyny ac i lawr y stryd fawr a chael honno'n llwyd ac yn anial. Dim ond y drws coch oedd yn torri fymryn ar undonedd monocrom yr olygfa.

Craffodd eto a sylwi bod yna ddwy gloch ar y wal ar y dde iddi, a dau stribed o bapur gyda selotêp wedi melynu yn eu dal yn eu lle. Wrth ymyl y gloch uchaf roedd yr enw 'SPINELLI' mewn llythrennau breision. Roedd enw wedi bod wrth ymyl y gloch isaf hefyd, ond roedd hwnnw wedi cael ei groesi allan yn bwrpasol. O graffu ymhellach, gwelodd Gwen fod enw arall wedi bod o dan yr enw hwnnw hefyd, a llinell fel saeth drwyddo.

Cyn iddi fedru trio dadansoddi'r heiroglifffics yn y glaw, dyma'r drws coch yn agor. Dyna, o feddwl yn ôl, oedd y rheswm iddi ollwng ei gafael fymryn ar y bocs cardfwrdd mawr llipa, gan ollwng ei gynhwysion i gyd ar stepen y drws. Braw.

Safai dynes o'i blaen, dynes yn ei hwythdegau efallai, a'i thlysni'n amharod i ildio'i afael. Roedd ei gwallt yn dywyll potel ac wedi ei sgubo o'i hwyneb a'i osod yn gocyn ar dop ei phen, fel coron. Chafodd Gwen ddim cyfle i sylwi'n fwy manwl ar y ddynes achos dechreuodd siarad yn syth, gan edrych i fyw ei llygaid, heb sylwi ar y llanast wrth ei thraed ar y pafin. Roedd ei llais yn isel, yn siocled tywyll ac yn fwg sigaréts i gyd.

"Parli Italiano?" gofynnodd i Gwen.

Ysgydwodd Gwen ei phen. Ochneidiodd y ddynes yn ddiamynedd.

"We are not interest to buy!" meddai hi, gan gamu'n ôl i berfeddion y tŷ a chau'r drws yn glep.

Syllodd Gwen ar y drws coch eto am eiliadau, cyn dadebru fymryn ac edrych i fyny ac i lawr y stryd unwaith eto, i weld a fu rhywun yn dyst i'r miri. Daeth rhyw hogyn mewn hwdi heibio iddi, a miwsig yn llenwi ei gyrn clustiau bach. Ochrgamodd hwnnw dros ei thrugareddau fel petaen nhw'n rhywbeth roedd yn dod ar eu traws yn ddyddiol ar bafin y stryd fawr. Gobeithio nad oedd yn un o'i darpar ddisgyblion, meddyliodd Gwen. Doedd hyn ddim cweit yr argraff roedd hi am ei chreu cyn dechrau!

Arhosodd Gwen i'r hogyn fynd ymhellach i lawr y stryd cyn iddi ddechrau mynd ati i hel pob dim oedd wedi disgyn neu rowlio i ffwrdd, a'u sortio'n dwmpath bach digon twt ar stepen y drws ffrynt.

Roedd yr hen wreigan yn amlwg yn perthyn i'r Tony Spinelli roedd hi wedi bod yn cysylltu efo fo am y fflat. Ei wraig, fwy na thebyg, ond roedd yn amlwg fod y cyfathrebu rhyngddyn nhw'n reit giami, meddyliodd Gwen, achos doedd hi'n sicr ddim yn disgwyl tenant newydd heddiw.

Edrychodd eto ar y trugareddau ar y stepen ac yna ar y blydi bocs cardfwrdd, oedd yn dda i ddim bellach ac yn glustiau spaniel o lipa yn ei llaw. Fe fyddai'n rhaid iddi fynd i nôl un o'r bocsys eraill o'r car, ond roedd y rheiny'n orlawn yn barod a...

Cnociodd eto ar y drws, cyn iddi sylweddoli ei bod wedi gwneud, bron iawn. Yna pwysodd y gloch oedd wrth ymyl yr enw 'SPINELLI' ar y wal, wedi magu mwy o hyder a hithau wedi gweld un hanner perchennog y gloch. Teimlodd rhyw gacwn o sŵn yn dirgrynu dan ei bys. Er gwaethaf tôn ei llais, teimlai

Gwen yn siŵr fod hen wreigan fel'na'n mynd i fod yn ddigon ffeind a chymwynasgar ac ystyriol o'i sefyllfa. Roedd profiad bywyd yn lliniaru ychydig ar onglau siarp pobol, ym mhrofiad byr Gwen, a phobol ifanc heb brofiad bywyd oedd y rhai mwyaf llym. Ceisiodd beidio meddwl am y bore Llun yn y dyfodol agos pan fyddai'n sefyll o flaen tri deg o'r diawliaid.

Daeth hen ŵr â chap stabal ar ei ben o nunlle a shyfflan symud tuag at ddrws y caffi cyn diflannu i mewn iddo, gan edrych yn ddigon clên arni wrth basio. Cafodd Gwen ei tharo gan don o sŵn a chynhesrwydd cyn i ddrws y lle gau drachefn. Mi fyddai *latte* bach yng nghlydwch y caffi yn fendigedig pe na bai angen symud y stwff o'r car.

Ble roedd pawb rhwng ugain a saith deg oed yn y lle 'ma? meddyliodd Gwen. Heblaw am yr hogyn yn yr hwdi, roedd hi fel petai pawb wedi cael eu sugno i fyny gan long ofod gan adael yr hen bobol a'r plant i gyd ar ôl! A hithau'n dal yn wyliau haf, roedd y lle'n anarferol o ddistaw, glaw neu beidio.

Doedd yr hen wreigan Spinelli ddim mewn unrhyw frys i agor y drws eilwaith, ond o'r diwedd gallai Gwen glywed sŵn traed yn nesáu. Agorwyd y drws a safai'r wraig yno fel o'r blaen, ond y tro yma roedd tân yn fflachio y tu ôl i'w llygaid tywyll.

"Again! You!" meddai hi.

"Gwen… Tenant? I've come about the flat." Collodd Gwen fymryn ar ei chydbwysedd am eiliad, a chrafu am ei geiriau.

Edrychodd yr hen wraig arni o'i chorun i'w sawdl, yn hollol agored, fel petai'n barnu buwch mewn sioe, neu'n edrych ar wisg dynes bren mewn ffenest siop. Wnaeth hi 'run mymryn lleiaf o ymdrech i guddio'i dirmyg.

"Mae yna mistêc," meddai'r wreigan, a'i hacen Eidalaidd gref yn golygu mai dim ond yn araf y sylweddolodd Gwen mai Cymraeg roedd hi'n siarad. "Dim fflat i chi, sori. Mistêc Antonio."

Gydag un edrychiad deifiol arall, dechreuodd yr hen wreigan

droi yn ôl am y tŷ. Roedd y sgwrs ar ben cyn belled ag yr oedd hi yn y cwestiwn, a doedd dim trafodaeth bellach i fod.

"Ond mi wnaeth 'ych gŵr… Mr Spinelli…"

Fferrodd yr hen wreigan ar untroed oediog.

"Gŵr?"

Yr eiliad honno, llanwyd y stryd â bloedd o sŵn wrth i ddrws y caffi agor. Daeth dyn main yn ei bedwardegau cynnar allan o'r lle, yn gwisgo brat gwyn gloyw, a cherdded yn syth at Gwen gan estyn ei law yn groesawgar.

"Gwenhwyfar, ia?"

"Y, Gwen."

"Tony. Tony Spinelli! Sori, 'nes i'm dallt bo chdi'n mynd i gyrra'dd mor fuan, meddwl ma heno…"

"Na, 'nes i…"

"Ti isio help efo cario petha o'r car?" meddai'n glên. "Ges ti le parcio? Ma'r dre 'di mynd yn uffernol. Gynnon ni le bach rownd y cefn, ddangosa i i chdi. Chdi bia rhein, ia?" Amneidiodd ar y twmpath ar ochr stepen y drws, a'i godi. "Ti isio bocs gwell na hwnna, 'swn i'n deud!"

Gwenodd Gwen yn chwithig arno, yn ymwybodol fod yr hen wreigan yn gwgu arnyn nhw. Gwasgodd Tony heibio i'r hen ddynes heb sbio arni. Dywedodd hithau rywbeth wrtho mewn Eidaleg, ac er na ddeallai Gwen, roedd byrdwn ei hergyd yn amlwg. Atebodd Tony hi yn swta, cyn troi, gosod y wên yn ôl yn ei lle a gwahodd Gwen i'w ddilyn.

4

DECHREUODD Y DDAU ddringo'r grisiau i gyrraedd y llawr cyntaf. Roedd dwy stafell ar y llawr gwaelod, yr un bellaf â rhimyn o fwclis amryliw yn llenwi'r ffrâm yn lle drws. Llwybreiddiai cerddoriaeth isel synhwyrus tuag atyn nhw o un o'r stafelloedd. Gallai Gwen deimlo llygaid yr hen wraig yn eu dilyn a chlywodd y drws ffrynt yn cael ei gau am yr eildro'r prynhawn hwnnw.

Dyna'r peth ola roedd hi isio, meddyliodd Gwen, rhyw hen wreigan grintachlyd yn cadw llygad ar ei symudiadau byth a beunydd! Unwaith y câi ei thraed dani yn yr ysgol, fe fyddai'n mynd i chwilio am fflat arall. Ond, yn y cyfamser, fe fyddai'n rhaid i fan'ma wneud y tro. Ac roedd ganddi lond car o fywyd coleg i'w ddadbacio. Yn Aber roedd hi wedi treulio pob gwyliau bron iawn, heblaw am y Dolig, felly doedd dim didoli wedi bod cyn iddi adael y fflat ar y prom.

Roedd Tony'n aros ar ris bob hyn a hyn i wneud rhyw sylw am ei siwrne, neu i gwyno am yr haf ofnadwy roedden nhw'n ei gael. Teimlai Gwen bechod drosto fo'n trio mor galed. Wrth iddo gyrraedd y landin ar y llawr cyntaf, a drws ac arno'r rhif 2 mewn aur, fe stopiodd Tony.

"Ta-raa!" meddai, a gwthio'r drws yn agored gyda'i ben-glin.

Roedd yn amlwg i Gwen fod hyn yn rhywbeth roedd o wedi ei wneud droeon, a'i fod wedi hen arfer â'r drws styfnig.

Mae'n rhaid fod y tenant blaenorol wedi gadael yn gymharol ddiweddar, meddyliodd, oherwydd doedd dim llawer o oglau tamp, difywyd ar y lle. Roedd y lolfa fach i'r dde yn ddigon derbyniol, a'r soffa ledr fawr lliw gwinau yn foethus iawn o'i chymharu â'r hyn oedd ganddi yn y fflat yn Aber. Gwthiodd

Gwen y sgwrs efo Ieu am ei soffa gyntaf o'r neilltu. Roedd *kitchenette* bach ym mhen pella'r stafell wrth y ffenest, a drysau'r unedau cegin wedi gweld dyddiau gwell. Roedd o'n fflat bach tsiampion, ond allai Gwen ddim llai na theimlo ei fod yn fflat oedd yn disgwyl am rywun, ac nad hi oedd y rhywun hwnnw.

"Stafall wely drwadd yn fan'cw, bathrwm drws nesa. Be arall?" meddai Tony, a gollwng ei thaclau yn ddiolchgar ar un o'r topiau yn y gegin. "Sgin ti fwy o stwff?"

"Fydda i'n iawn," meddai Gwen, gan deimlo bod Tony ar dân eisiau gadael y fflat am reswm mwy na'i fod am ddychwelyd i glydwch ei gaffi. "Wir, sgin i'm byd arall yn galw heddiw," ategodd, er mwyn gwneud iddo deimlo'n well. "Fydda i'n ocê."

Nodiodd Tony a gwenu, gan drio peidio ymddangos yn orddiolchgar, meddyliodd Gwen.

"Sgin i'm goriad i ti ar hyn o bryd. Ga i dorri un i chdi erbyn fory."

"O, reit. Felly be dwi'n mynd i...?"

"'Sna'm tenant arall yn yr adeilad o gwbwl, dim ond Mam, felly fyddi di'n iawn i adael pob dim yma. A gei di wthio'r soffa yn erbyn y drws heno os ydy hynny'n dy boeni di."

Allai Gwen ddim llai na theimlo ychydig yn annifyr, ond roedd ei resymeg i weld yn ddigon teg. Mi fyddai hi'n berffaith saff heb gloi ei drws am un noson, siawns, a fyddai hyd yn oed yr hen wreigan ddim yn trafferthu dringo'r grisiau i fusnesu.

Ar ôl cyrraedd y drws, oedodd Tony a throi at Gwen.

"Gwranda, ty'd draw i'r caffi yn munud, ia? I ti ga'l profi cappuccino sbesial Tony Spinelli, a cha'l... wel, sgwrs bach, ia?"

"Swnio'n berffaith!"

Dyna'r peth mwyaf normal a glywsai ers iddi lanio yma, meddai wrthi hi ei hun. Efallai y byddai pethau'n edrych tipyn gwell â chynhesrwydd coffi ewynnog y tu mewn iddi.

"A, wel, sori... am y busnes 'na efo Mamma. Deud y gwir, ma hi'n..."

"Stori hir?" cynigiodd Gwen, er mwyn achub tipyn ar ei embaras.

Gwenodd Tony yn llydan arni a sylwodd Gwen pa mor wyn a pherffaith oedd ei ddannedd yn erbyn y croen lled-dywyll. Teimlai iddi weld cip ar y dyn cyn iddo gael ei sathru gan yr hen fam ddiawledig oedd ganddo fo.

Welodd Gwen mo Signora Spinelli eto ar ei mynych dripiau i fyny ac i lawr y grisiau efo'i stwff, ond roedd tempar ddrwg yr hen ledi'n dal yn amlwg, gan iddi wneud yn siŵr fod miwsig opera yn bloeddio o'i fflat bach yn y cefn. Wedi mynd i mewn i'w fflat a chau'r drws, gallai Gwen deimlo dirgryniadau'r caneuon o dan ei thraed o hyd. Roedd ei hyfforddiant ar y cwrs ymarfer dysgu wedi dangos iddi mai'r ffordd orau o ddelio gydag ymddygiad mynnu sylw fel hyn oedd ei anwybyddu. Ond feddyliodd hi fawr ar y pryd y byddai'r cyngor yn fuddiol wrth ddelio efo rhywun yn ei hwythdegau!

Syllodd Gwen ar y bocsys ar lawr a phenderfynu y byddai hi'n medru rhoi trefn ar rhain yn ei hamser ei hun, heb y miwsig lawr grisiau fel cyfeiliant. Roedd ganddi rywfaint o amser cyn i'r ysgol ddechrau, felly roedd digon o gyfle iddi roi ei stamp ei hun ar y lle ac i gael gwared o'r hen deimlad annifyr fod rhywun arall, perchennog iawn y fflat, yn mynd i gerdded drwy'r drws unrhyw funud.

5

ROEDD YNA GANU grwndi tawel, boddhaus yn y caffi pan wthiodd Gwen y drws a cherdded i mewn, a daeth y cynhesrwydd i'w chofleidio'n syth. Roedd cownter hir ar un ochr a sylwodd Gwen ar unwaith ar y peiriant coffi gloyw a eisteddai fel brenin ar ben pella'r cownter. Cyn iddi gael cyfle i amsugno mwy o'r olygfa, roedd Tony wrth ei hymyl ac yn ei hebrwng at fwth bach clyd efo seti plastig coch, oedd yn atgoffa Gwen o *waltzers* mewn ffair. Ceisiodd beidio cymryd arni ei bod wedi sylwi ar y ffaith fod stwffin y sêt yn dechrau dangos drwy'r plastig, fel ewyn.

"'Na chdi! Y sêt ora'n y lle! Cappuccino? Espresso? Americano?"

Teimlai Gwen y byddai gofyn am baned o de yn anathema yn wyneb y brwdfrydedd yma, felly bodlonodd ar ofyn am *cappuccino*. Allai hi ddim peidio â sylwi bod Tony'n dod yn fyw yn ei gynefin yn y caffi.

O glydwch ei gorsedd goch, edrychodd Gwen o'i chwmpas yn iawn am y tro cyntaf. Roedd dau gwsmer arall yno, yn ogystal â hi. Yr hen foi oedd wedi mynd i mewn pan oedd hi'n sefyll y tu allan yn y glaw oedd un, ac eisteddai ym mhen pella'r caffi wrth ymyl bwrdd bach petryal. Roedd yn amlwg o'i osgo mai honno oedd ei sêt o, ac na fyddai'n gorfod nac yn fodlon ei hildio i neb na dim. Edrychai'n oddefgar ar Tony a'r sŵn trên oedd yn hysio i'w gyfeiriad o'r peiriant coffi. Roedd sêt wag wrth ei ymyl. Dynes amryliw yn ei phedwardegau oedd wrthi'n gweithio ar liniadur oedd y llall. Atgoffwyd Gwen o dderyn egsotig oedd wedi glanio mewn coedwig ddiarth, ymhell o'i chynefin.

Cododd y ddau ohonyn nhw eu pennau a'i chydnabod wrth iddi eistedd, fel aelodau o ryw gylch cyfrin, cyn gostwng eu golygon drachefn. Roedd gan y ddynes amryliw damaid o bapur ac ysgrifennai'n ddiwyd arno bob hyn a hyn, gan gopïo oddi ar y sgrin ar frys, fel petai arni ofn i'r wybodaeth ddiflannu am byth.

Ymhen dim, cyn i Gwen fedru sylwi ar unrhyw beth arall, dyma Tony yn ei ôl efo coffi bob un iddyn nhw, a bisgeden *amaretti* yn eistedd yn ddelicet ar ochr y ddwy soser.

"Ti isio dy nerth yn ôl ar ôl cario'r bocsys 'na!" meddai'n glên, a gwenodd Gwen yn ddiolchgar arno.

Fe fyddai'r caffîn yn gic i gorff ac enaid, meddyliodd.

Eisteddodd Tony gyferbyn â hi ym mhen arall y bwth. Doedd dim angen iddo fod yn sefyll fel sowldiwr y tu ôl i'r cownter mewn caffi hanner gwag. Trodd Gwen y llwy yn ei choffi, gan deimlo'n reit lletchwith mwyaf sydyn. Caeodd ei gwefusau yn gusan am y gwpan ac yfed yr hylif ewynnog. Dyna welliant. Ymgollodd ym mhleser synhwyrus yr eiliad.

"Ti 'di bod yn brysur? Dros yr ha'?" gofynnodd Gwen, er mwyn dweud rhywbeth.

"Fel hyn ma hi, haf, gaeaf, bora, pnawn..." atebodd Tony, gan godi ei ysgwyddau i awgrymu nid difaterwch yn union, ond rhyw ystum o dderbyn.

Sylwodd Gwen ar y gwallt du a gyrliai o dan ei glust, er bod gwallt ei gorun yn teneuo'n arw. Beth ddaeth ag Eidalwr a'i fam i heneiddio'n ddistaw, ddiffwdan mewn tref fach glan môr yng ngogledd Cymru, tybed?

"Tydi *hi*'m yn derbyn hynny, wrth gwrs."

"Sori?" Dadebrodd Gwen.

"Mamma. Meddwl bod petha'n dal yn mynd i fod yn union 'run fath â phan dda'th hi ac ynta yma gynta."

Edrychodd ar Gwen, a rhaid iddo dybio ei fod yn gweld cwestiynau yn ei llygaid, achos aeth yn ei flaen.

"Fy nhad, Alfonso, Papa. Wnaethon nhw'n dda yma. Pobol methu ca'l digon o'i gelato. A doedd 'na'm panad o goffi cystal 'di bod ffordd 'ma 'rioed. Dyna ma pawb yn ddeud, beth bynnag!"

Doedd dim chwithdod yn ei lais wrth iddo siarad am y lle. Mynegi ffeithiau oedd o – doedd dim *nostalgia* yn lliwio'i eiriau.

"Mamma'n mynnu mai hynny ma pawb dal isio – hufen iâ gora'r ardal yn yr haf, ffish a tsips yn y gaeaf, lle i gyfarfod…"

"A tydyn nhw ddim?"

Ciciodd Gwen ei hun am ofyn peth mor wirion, a throdd ei golygon oddi wrtho ac edrych eto ar y caffi oedd bron yn wag. Roedd rhywbeth yn rhy boenus am edrychiad Tony rywsut, a doedd hi ddim yn ei adnabod o'n ddigon da i fedru ysgwyddo hynny eto.

Canolbwyntiodd ar y cownter. Drych oedd y wal gefn, silffoedd wedi eu gosod arno a photeli o bob math yn llenwi'r silffoedd, ac yn gloywi hyd yn oed yn lled-dywyllwch y caffi. Roedd goleuadau bach fel sêr yn y to a phelydrau'r golau yn taro'r gwydr ac yn tasgu i bob cyfeiriad. Safai tair jar fawr wydr yno hefyd, un efo pethau da amryliw, un efo'r bisgedi *amaretti* ac un arall â'r hyn a edrychai fel macarŵns.

Edrychodd yn ôl ar Tony, ac roedd o'n sbio i mewn i'w goffi. Teimlodd Gwen yn wirion ei bod wedi gofyn cwestiwn mor amlwg iddo.

"Gin i gynllunia, 'sti. I'r lle 'ma. 'Sa neb isio caffi Eidalaidd yn gwerthu 'run stwff eto. Pan ddaeth Papa yma i ddechra, roedd croeso mawr iddyn nhw. Pentrefi glo'r De yn chock-a-block efo caffis y Braachis, y Fulgonis, yr Antoniazzis… Pawb yn eu croesawu nhw, medda Papa, pawb isio dŵad yno i wario'u pres."

"Pam symudon nhw i'r Gogledd?"

"Mwy o le, mwy o gyfla. Isio llonydd…" Edwinodd ei lais. "A wedyn ges i 'ngeni'n hwyr iddyn nhw…"

Ar ôl ysbaid fer, anghyfforddus pan deimlai Gwen fod y caffi i gyd yn anadlu fel un corff, siaradodd Tony eto.

"Sori eto. Am gynna. Am sut oedd hi efo chdi."

"Dy fam? Yli, sdim isio i chdi…"

"Dim ond Rosa sy'n dal i fynnu 'ngalw fi'n Antonio. Meddwl ei bod hi'n neud hynny o ran sbeit weithia. Wel, yn bendant, deud gwir!"

Gwenodd y ddau ar ei gilydd. Daeth sŵn siffrwd a symud o'r bwrdd lle eisteddai'r ddynes amryliw.

"Iawn, Mia?" holodd Tony, a sythu yn ei sêt mewn amrantiad.

"Stwffio fo, fydd rhaid iddo fo neud y tro. Mi ga i sbio arna fo eto fory. Dwi'n dechra gweld blincin sêrs!"

Caeodd ei gliniadur gydag osgo ddramatig a dechrau ei wthio i mewn i fag mawr coch oedd i'w weld yn ddigon mawr i ddal y tri ohonyn nhw.

"Ella fydd rhaid chdi daro golwg ar y laptop 'ma, Tone. Dwi 'di bod â fo at y boi 'na ond do'dd gin hwnnw ddim lot o glem, ddudwn i! A 'di o'n gweithio dim yn tŷ ni yn y weilds, mond yn fan'ma."

Ymhen eiliad, roedd hi'n sefyll o'u blaenau ac yn dechrau ymaflyd codwm efo ymbarél fawr werdd oedd gymaint â hi ei hun. Yna stopiodd, fel petai hi wedi sylweddoli pa mor wirion yr edrychai. Daeth i eistedd atyn nhw ar ymyl y bwth. Symudodd ei hedrychiad oddi wrth Tony at Gwen a sylwodd Gwen ar wyrddni ei llygaid a'r direidi ynddyn nhw. Roedd y gwyrddni hwnnw bron â phylu'r enfys o liwiau a'i hamgylchynai.

Estynnodd y ddynes law fodrwyog tuag at Gwen a gwenu'n glên.

"Mia Rogers," meddai, fel tasa hi wedi dysgu dweud enw cymeriad mewn sgript. "Ti'n newydd ffor'ma?" gofynnodd wedyn. "'Ta jest pasio drwadd? Wel, fatha 'dan ni gyd mewn ffordd, 'de!" a daeth chwerthiniad fel taran ohoni.

"O, plis! Digon o'r psycho-babble am heddiw, Mia!" meddai Tony dan chwerthin.

"Gwenhwyfar Rhys." Estynnodd Gwen ei llaw hithau.

Cododd Mia ei haeliau mewn syndod.

"Gwenhwyfar? Rili?"

Chwarddodd Gwen. "Syniad Dad. Gwen dwi i bawb arall. Dwi newydd symud fewn i'r fflat gwag," eglurodd.

"Ffrind i Tony?" gofynnodd Mia, gan swnio'n betrusgar.

"Wel, tenant."

Ai Gwen oedd yn dychmygu iddi weld rhyddhad ar wyneb Mia?

"Ma Tony 'di 'nghyflwyno fi i banad o goffi ora'r dre 'ma."

"Chei di'm coffi gwell, na boi gwell i'w neud o chwaith!" meddai Mia, a sgubo ei hamrannau'n bryfoclyd i gyfeiriad gwrthrych y geiriau.

Edrychodd hwnnw ar ei goffi.

"O'n i'm yn gwbod bo chdi 'di symud allan!" meddai Mia wrth Tony wedyn.

"Ma Gwen yn dechra yn yr 'academi' ym mis Medi," meddai Tony, braidd yn chwithig, gan osgoi sylw Mia.

"Wyt ti? Grêt! Fydd hi'n neis ca'l rhywun newydd. Ma'r stafall athrawon yn mynd yn debycach i gartra hen bobol bob dydd! Dwi'n disgw'l cerddad i mewn unrhyw ddwrnod a'u gweld nhw'n chwara bingo!"

"Charming!" meddai Tony, a gwenodd y ddau ar ei gilydd eto.

"Dyna pam dwi'n trio peidio mynd yno, mond i 'nhwll c'loman yn bora. Celf dwi'n ddysgu, a chdi?"

"Saesneg fwya, ond maen nhw 'di gofyn i mi ella 'swn i'n helpu allan fel arall 'fyd – Busnas, ABCh…"

"Paid â deud! Dwi'm isio clywad! Gawn ni ddigon o amsar i stwffio'n penna efo'r jargon addysgol, cawn!"

Trodd Mia ei golygon at Tony unwaith eto.

"Felly lle wyt ti'n byw 'ta? Os ydy'r fflat 'di rentu allan? Ti 'rioed 'di symud mewn efo dy fam ar ôl yr holl…?"

Cyn i Tony fedru ateb, hyrddiwyd y drws ar agor a daeth chwa o awyr oer drwyddo. Trodd pawb i weld Signora Spinelli yn symud i ganol y caffi fel llong ar lawn hwyliau. Anelodd yn syth at y cefn, at y bwrdd bach a'r gadair wag, gan amneidio a gwenu'n groesawgar ar y triawd syn yn y bwth bach coch. Roedd ei heffaith ar yr hen foi yn y gornel yn annisgwyl. Cododd ar ei draed, wedi cael rhyw sioncrwydd o rywle, camu i gyfeiriad yr hen wraig a'i chofleidio'n gynnes. Hwyrach ei fod wedi bod i ffwrdd am fisoedd lawer, meddyliodd Gwen – roedd y croeso'n ôl twymgalon yn sicr yn un teilwng iawn.

Estynnodd yr hen fachgen y sêt oedd o dan y bwrdd bach a'i harwain tuag ati, fel brenhines. Ar ôl eistedd yn drwm ar y sêt, cododd yr hen ledi ei braich i gyfeiriad Tony.

"Antonio, Antonio, dos i nôl rhwbath bach i dy Famma gael ei fwyta, 'nei di? A panad o goffi i fynd efo fo. A mi gymrith Emrys yr un fath â fi, gwnei, Emrys? Subito! Sydyn, Antonio! Oggi, non domani! Heddiw, dim fory!"

Cymerodd Tony ddracht pwyllog o'i goffi ac eistedd yn ôl am eiliad yn ei sêt, cyn codi a mynd yn ôl at y cownter, gan fwmian rhywbeth mewn Eidaleg wrth iddo basio ei fam.

"Hei, alwa i draw nes ymlaen, Tony," meddai Mia, gan sefyll eto i fynd a dechrau ymrafael â'r ambarél, yn fwy llwyddiannus y tro yma. Yna trodd at Gwen. "Neis cyfarfod chdi. Ella welan ni'n gilydd eto cyn i'r halibalŵ ddechra, ia?"

"Grêt! 'Sa hynna'n neis!" meddai Gwen, gan mai dyna'r peth iawn i'w ddweud dan yr amgylchiadau. Ond doedd hi ddim yn siŵr o gwbl a fyddai hynny'n grêt nac yn neis, na chwaith a oedd hi'n mynd i fedru closio at rywun mor lliwgar a… chanol oed!

"Croeso i ti aros yma faint lici di, Gwen," meddai Tony'n glên, ond roedd presenoldeb y Signora yn gwneud iddi deimlo'n anghysurus rywsut.

Arhosodd hi ddim llawer ar ôl godro gweddill y *cappuccino*. Wrth iddi godi a mynd at y cownter i dalu, chwifiodd Tony ei law arni a gwrthod cymryd ei phres, dan lygad barcud ei fam.

Am yr ail dro y diwrnod hwnnw, gallai Gwen deimlo llygaid yr hen wraig yn ei dilyn wrth iddi anelu am y drws.

6

Breuddwydiodd Gwen am Ieuan y noson honno. Breuddwyd yn llawn cyffyrddiadau pen bys a gwres anadl waharddedig ar war, yn ysgafn fel gwe pry cop. Ond hyd yn oed yn y freuddwyd roedd y caru'n wyliadwrus, yn ofalus, yn gysgod dros yr ochneidio a'r blysu. Hyd yn oed mewn breuddwyd.

Wedi cyrraedd yn ôl o'r caffi brynhawn ddoe, bu wrthi'n dadbacio dow-dow a thrio rhoi ei stamp ei hun ar y lle efo'r tipyn stwff oedd ganddi. Ar ôl gosod pob dim yn ei le am y tro, roedd wedi dod o hyd i botel o win coch roedd Swyn wedi ei stwffio i mewn i un o'r bocsys heb iddi sylwi, a rhyw ruban llipa yn ei hamgylchynu, a label â'r geiriau 'Lwc dda! – Swyn xxx'. Edrychodd Gwen ar ei stafell â gwydryn o'r gwin yn ei llaw, ar y celfi a'r geriach a phob dim wedi ei osod yn ei le dros dro. Geriach myfyriwr oedd ganddi – mygiau efo rhyw ddywediadau bach ffug-athronyddol, lliain llestri nad oedd hi'n siŵr i bwy roedd o'n perthyn, wedi gweld dyddiau gwell. Teimlai Gwen ei bod wedi camu ar set y ddrama anghywir, a'i bod yno heb gopi o'r sgript, ddim yn gwybod beth oedd i ddod nesaf.

Blydi Swyn! Roedd Gwen wedi ei melltithio wrth estyn am y botel drachefn a thywallt gwydryn mawr arall iddi hi ei hun. Roedd honno wedi gadael ei hôl arni a hwythau wedi bod yn ffrindiau mor glòs am bedair blynedd, hi a'i dramatics a'i histrionics hurt. Diolch i Dduw nad oedd Swyn yn eistedd gyferbyn â hi rŵan, a'i choes wedi ei thaflu dros fraich y gadair fel dol Lwbi Lw, yn chwerthin ac yn rhegi ac yn fywyd i gyd.

Roedd Swyn yno neithiwr hefyd, yn y freuddwyd. Neu roedd ei naws hi yno, ei phresenoldeb pan oedd hi a Ieu yn ciledrych, yn brathu gwefus isaf mewn rhwystredigaeth. Roedd hi yno, yn gigl yn y cefndir. Ac wedyn roedd gigl ddireidus Swyn wedi troi'n gigl fach arall, un fwy nerfus, a phan gododd Gwen ac edrych i fyny roedd ei mam yno, yn eistedd ar ei gwely, yn chwerthin, ei llais fel sŵn bwrlwm nant yn dod i lawr y mynydd.

Pan ddeffrodd Gwen o'r freuddwyd drioglyd, synhwyrus, cymerodd ychydig funudau i ddadebru'n iawn, a chofio nad oedd hi'n ôl yn y fflat yn Aber efo'r ffenest fae fawr hanner crwn, yn edrych i lawr ar y prom ac yn gwrando ar sŵn y môr. Cymerodd ychydig yn fwy o eiliadau iddi sylweddoli mai sŵn dŵr yn rhedeg o dap oedd sŵn 'y nant' a bod y tap hwnnw yn ei chegin ei hun. Roedd yna rywun arall yn y fflat!

Arhosodd yn y gwely lle roedd hi am eiliadau, wedi ei fferru i'r unfan. Carlamodd ei meddwl, fodd bynnag, yn ei flaen: roedd lleidr yn annhebygol o deimlo awydd i wneud paned iddo fo'i hun a gadael olion bysedd a DNA ar hyd bob dim. Ar y llaw arall, os oedd hwn yn seicopath oedd yn poeni dim am gael ei ddal, ac yn cael gwefr o ymwthio ei hun i fywyd ei ysglyfaeth fel petai o i fod yno...

Cyn ymresymu mwy, cafodd ei hun yn codi o'r gwely ac yn llithro'n araf i gyfeiriad y gegin a'r sŵn.

Eisteddai Signora Spinelli ar y gadair wrth y ffenest yn y gegin, ei dwylo ymhleth a'i choesau'n dwt oddi tani, fel petai'n disgwyl ei thro mewn syrjeri doctor. Edrychodd yn ddisgwylgar ar Gwen, fel petai honno wedi ei galw yno i gael gair efo hi. Sylwodd Gwen fod ei minlliw yn herfeiddiol o goch a'i gwallt, oedd fel pìn mewn papur, yr un mor herfeiddiol o ddu.

"Be 'dach chi'n neud yma?" Synnodd Gwen fymryn ei bod yn gallu bod mor flin ben bore efo rhywun doedd hi prin yn ei nabod. A honno'n hen berson hefyd. Ond blydi hel!

"Amser yma 'dach chi'n codi o'ch gwely, ia?" gofynnodd y ddynes, a'i llais yn ddwfn, yn garegog. "Rosa Spinelli 'di codi ers oria."

"Be 'dach chi'n neud yma?!"

Sylwodd Gwen ar y llenni y tu ôl i Rosa yn bochio fel hwyliau ar long gan fod y ffenest ar agor led y pen.

"'Dach chi 'di agor y ffenast! Be ddiawl?"

Aeth Gwen heibio Rosa am y ffenest, ond cododd yr hen wraig o'r gadair a gafael ym mraich Gwen wrth iddi basio, nes ei bod yn gallu teimlo'r esgyrn main yn naddu i mewn i'w chnawd.

"Peidiwch â gneud eich hun yn rhy... sut 'dach chi'n deud, yn rhy gartrefol yma, Signorina. Fyddwch chi ddim yma'n hir."

Stopiodd Gwen a syllu arni. O gil ei llygad, roedd yn ymwybodol o'r llenni yn symud o hyd, yn ysbryd anystywallt rhyngddyn nhw.

"Be 'dach chi'n feddwl, Signora?"

"Povero me!"

Gollyngodd y wraig ei gafael mwyaf sydyn a daeth cysgod o wên dros ei hwyneb.

"Rosa, Rosa Spinelli! Nid Signora! Ma 'ngalw fi'n Signora yn gneud i mi deimlo fel... sut 'dach chi'n deud... yn hen gant!"

Gwelodd Gwen gip o ddireidi nwydus yn cynnau yn y llygaid tywyll. Daeth cwmwl dros y direidi yr un mor sydyn.

"Mae'n siŵr eich bod chi'n meddwl 'mod i'n agos at gant, ydach chi? Fel'na o'n inna'n arfer meddwl hefyd. O'n i'n meddwl erstalwm fod Nonna cyn hyned â Duw!"

Yna, mewn ymgais i adennill unrhyw awdurdod roedd hi wedi ei golli yn yr eiliadau o lacio gafael, tynnodd Rosa ei hun i fyny i'w llawn dwf ac estyn bys tuag at wyneb Gwen.

"Sbaglio, ym... camddeall, 'dach chi'n deall? Antonio wedi ca'l y tempar ddrwg, 'chydig wythnosau yn ôl, a deud ei fod o'n mynd i chwilio am le arall i fyw. Mae o'n digwydd weithia ym mhob teulu. Ond 'nôl daw o. Ac mi fydd angan y fflat yma arna fo! Unwaith fydd petha wedi, ym, dod yn ôl i drefn, fydd o angan y fflat."

"Ond dwi 'di arwyddo..." Aeth Gwen fawr pellach efo'i phrotest.

"Dim ond isio i chi wbod, rhag ofn i chi ddechra setlo yma. Fydda'n well i chi ddechra chwilio am rywle arall i fyw. Mi gewch chi fod yma am rhyw ddwy wythnos… pythefnos, si? Tan i chi gael lle arall. Fedar neb ddeud fod Rosa Spinelli'n ddynes annheg. Dwi'n gwbod be ydy o i fod mewn lle diarth. Dwy wythnos. Bene."

Ac yna trodd ar ei sawdl ac anelu am y drws, fel petai newydd wneud y cynnig mwyaf rhesymol yn y byd.

Cythruddwyd Gwen.

"Ma gin i hawl i aros yma tan ddiwedd y cytundeb, Rosa."

Roedd Rosa wedi stopio ond yn dal i wynebu'r drws. Edrychai'n fwy truenus rywsut, â'i chefn gwargam a'r gwallt du potel i'w weld yn denau o gwmpas ei chorun. Ond yn ei blaen yr aeth Gwen, ac anghyfiawnder y sefyllfa yn dân ar ei chroen. Doedd hi ddim am gael ei gwthio o 'ma gan hon!

"Dwi wedi cytuno ac wedi arwyddo. Ac mae Tony wedi arwyddo hefyd. Ddrwg gin i os ydy hynny ddim yn siwtio'ch plania chi, ond dyna fo. Mi fydda i yma am o leia blwyddyn, ac mi gawn ni drafod ar ôl hynny."

Roedd Rosa yn dal yn yr un ystum, yn gerflun di-ildio rhwng Gwen a'r drws.

"Ylwch, dwi'n fodlon helpu. Os oes unrhyw beth alla i neud, os 'dach chi isio help efo rhwbath o gwmpas eich fflat, sdim isio i chi mond…"

"Chi? I be faswn i isio'ch help chi yn fy nhŷ fy hun?"

Roedd Rosa wedi troi a wynebu Gwen drachefn. Gwelodd Gwen fod ei chorff yn crynu fymryn lleiaf, ond yn y llygaid roedd y nerth, yr angerdd.

"'Dach chi'n sylweddoli efo pwy 'dach chi'n siarad?"

"Sori," atebodd Gwen, "ond sgin i'm affliw o ddim diddordeb efo pwy dwi'n…"

Chymerodd Rosa ddim sylw ohoni.

"Roeddan nhw'n dŵad o bell i weld Rosa Spinelli, dalltwch.

O filltiroedd, si? Jest i fod yn agos ata i! Coffi Alfonso, gelato gora gogledd Cymru yn yr haf. Ia, roedd hynny'n help! Ond mi faswn i 'di medru rhoi dŵr a… a llwch lli iddyn nhw, ac mi fasa nhw 'di dŵad yr un fath! Jest i… jest i anadlu 'run aer â fi! Sgynnoch chi syniad sut beth ydy hynny, Signorina? Oes?"

"A rŵan?"

Roedd Gwen yn difaru dweud y geiriau'n syth. Doedd hi ddim yn deimlad braf torri crib hen wreigan er mwyn ennill dadl.

Atebodd Rosa mohoni, dim ond edrych arni, a'i llygaid yn bŵl am eiliad. Roedd y tristwch ynddyn nhw'n annioddefol, a gostyngodd Gwen ei phen i edrych ar ei thraed.

"Pythefnos," meddai Rosa mewn llais cryg oedd yn sgubo'r llawr.

Yna aeth allan, a rhoi clep benderfynol i'r drws.

Eisteddodd Gwen am funudau lawer wedyn, yn gwrando ar ddiasbedain y drws yn marw'n araf ac ar sŵn traed Rosa yn mynd i lawr y grisiau yn bwyllog, mor anochel â churiadau cloc.

7

DOEDD GWEN DDIM wedi disgwyl y byddai ei bol hi'n crynu ac y byddai rhyw hen ofn oer yn lapio ei hun amdani wrth iddi gerdded i mewn drwy ddrysau'r ysgol i grochlefain y gloch. Y gloch ar gyfer cofrestru oedd hon, mae'n rhaid, ac roedd Gwen yn cael sbario'r pleser hwnnw ar ei diwrnod cyntaf.

Doedd hi ddim wedi disgwyl y byddai oglau'r lle yn ei tharo chwaith, a hithau erioed wedi sylwi ar unrhyw naws arbennig i arogleuon ei hen ysgol, ond roedd o yno, ac yn arogl hollol gyfarwydd: cymysgedd o ddisinffectant a chwys a thestosteron a sent rhad, oglau hormonau a sialc a cholur gwaharddedig ac... ofn.

Llifodd y plant yn un dorf unlliw heibio iddi, gan lwyddo i osgoi taro i mewn iddi, drwy ryw ryfedd wyrth. Mi sbiodd bob un arni hi yn gwbl agored, fel tasa hi wedi tramgwyddo ar dir sanctaidd. Cnafon powld! Oedden nhw'n meddwl ei bod hi'n ddall? Ac yn fyddar i'r sibrydiad "Teacher newydd!" a ledai fel ton o'i hamgylch?

Anelodd Gwen at ffenest fechan a'r gair 'Derbynfa' uwch ei phen. Trwyddi gallai weld dyrnaid o oedolion yn sgwrsio ac yn ei lordio hi yn eu heiliadau digyswllt, ac ambell un yn plygu uwchben rhywbeth ar ddesg ac yn gafael mewn ffeil.

Cnociodd ar y ffenest. Llusgwyd un hanner ohoni i'r ochr ac ymddangosodd hogan reit ifanc yn y sgwaryn gwag.

"Gwenhwyfar Rhys. Dwi'n newydd. Ym, Adran Saesneg," meddai Gwen gan drio llusgo rhyw rithyn o awdurdod o'i pherfeddion.

Syllodd y ferch ifanc arni am eiliad, ac yna gwenu a'i chyfarch.

"Miss Rhys, ia? Iawn. Mi ro i wbod i'r Pennaeth bo chi yma. 'Dach chi isio ista'n fan'na?"

Diolchodd Gwen iddi a throi i wynebu'r seti oedd gyferbyn â'r ffenest, a'u cefnau at y wal. Seiniai'r 'Miss' anghyfarwydd yn ei phen.

Cyn iddi gael cyfle i eistedd, dyma waedd o'r coridor, a chyn pen dim roedd yr aderyn amryliw roedd hi wedi ei chwrdd gyntaf yn y caffi yn sefyll o'i blaen, a thwr o blant ifanc wrth ei chwt, fel cywion.

"Ti 'di landio felly! A ti'm 'di rhedag allan drw' drws yn syth! Argoeli'n dda!"

"Be 'dach chi isio ni neud efo rhein, Miss?" meddai un o'r plant mewn llais bach isio plesio.

"Draw i'r stiwdio, Annest, fydda i yna mewn dau funud i'ch cofrestru chi. Diolch, blodyn!" Ac yna, wedi curiad, "Wel, ewch 'ta, Blwyddyn 8! Ne' fydd hi'n amsar mynd adra, genod!"

Chwythodd rhyw gigl fach nerfus heibio i Gwen ac aeth y cywion bach gorawyddus yn eu blaenau i lawr y coridor, yn gafael mewn ffeiliau cardfwrdd petryal mwy na nhw eu hunain.

"Maen nhw'n lyfli'r oed yna! Bechod! Cyn i'r hen hormonau gael gafael arnyn nhw!" gwenodd Mia. "Ti isio mi ddangos y stafall athrawon i chdi? I chdi ga'l gwbod lle fedri di ddianc iddo fo! Cofia di, i'n stiwdio fydda i'n mynd ran amla – ma'r stafall athrawon yn medru bod 'tha nyth nadro'dd weithia!"

Eglurodd Gwen ei bod yn disgwyl i gael y croeso swyddogol gan y Pennaeth.

"Paid â disgw'l carpad coch gin y brych – er, os ti'n ddigon lwcus, ella gei di gip ar ei ddannadd o mewn gwên. Ond dydy o mond yn gwenu ar ddiwadd tymor fel arfar, neu efo fisitors!"

Mae'n rhaid bod Mia wedi sylwi ar wyneb Gwen yn disgyn rhyw fymryn achos mi roddodd bwniad iddi, a chwerthin.

"Paid â gwrando ar rhyw hen sinig 'tha fi! 'Di'r lle 'ma ddim gwaeth na nunlla arall, 'sti! Ty'd draw i'r stiwdio gelf amsar cinio, ia? I ni ga'l sgwrs iawn!"

"Grêt! Diolch, Miss Rog—"

"Miss pwy? Mia dwi i bawb jest, ond y rhei fenga. Pobol 'dan ni i gyd, 'de! Dwi'm yn un am deitla a rhyw blydi lol fel'na!"

Ac yna fe hwyliodd Mia i lawr y coridor ac ymhen dim roedd ei lliw a'i rhialtwch wedi ymdoddi i'r dorf o blant.

—

Erbyn amser cinio, dim ond un dosbarth roedd Gwen wedi cael y cyfle i'w ddysgu go iawn, a hithau wedi anghofio bod dechrau tymor mewn ysgol uwchradd mor drymlwythog efo gwaith gweinyddol a dosbarthu llyfrau a llyfrynnau ac ati. Roedd Gwen yn eithaf balch o hynny, a dweud y gwir, gan fod sefyll o flaen dosbarth am y tro cyntaf ers iddi wneud ymarfer dysgu yn Ysgol Penweddig yn brofiad reit od, yn enwedig pan sylweddolodd ei bod hi'n cael ei chyflogi i fod yno o hynny ymlaen. Dosbarth 11 oedd y rheiny, un o'r setiau isaf, felly roedd y *ratio* athro i ddisgybl yn eithaf isel. Roedd Gwen wedi gosod gwaith sgwennu digon di-fflach iddyn nhw, er mwyn iddi gael rhyw fath o synnwyr o lefel eu gallu. 'My ideal holiday' oedd y teitl, rhywbeth y byddai pob blwyddyn wedi medru ymdopi ag o, a dweud y gwir.

Wedi iddyn nhw estyn eu cesys pensiliau a ffidlan efo'u tacla sgwennu, setlodd y dosbarth i ryw ddistawrwydd diwyd, a Gwen yn sicr ei fod yn gyflwr annaturiol i'r rhan fwyaf ohonyn nhw. Wythnos gwas newydd oedd hon, ac mi fyddai'n gwpwl o wythnosau eto cyn i'r rhain ddangos sut rai oedden nhw go iawn.

Penderfynodd fynd o gwmpas y dosbarth tra oedd pawb wrthi'n brysur, er mwyn gwneud yn siŵr eu bod yn sgwennu ar y testun roedd hi wedi ei roi iddyn nhw. Chwarae teg, roedd pob un yn rhoi ei feddwl ar waith ond siomwyd hi fymryn gan amlder y sefyllfaoedd delfrydol fel ennill y loteri, cael gwyliau yn Barbados, mynd ar gwch pleser ac yfed siampên i frecwast. Beth ddigwyddodd i wreiddioldeb yr ifanc? meddyliodd. Diogi 'ta diffyg dychymyg? Roedd safon yr iaith hefyd yn eithaf gwan, ond penderfynodd beidio tynnu gormod o sylw at hynny heddiw, dim ond gadael iddyn nhw gael penrhyddid i fwrw pob dim ar bapur fel roedden nhw'n teimlo.

Oedodd uwchben gwaith un disgybl, a syllodd yntau i fyny arni wrth iddi ei ddarllen, gan wneud i Gwen deimlo fymryn yn anghyfforddus. Roedd gan yr hogyn lawysgrifen yr oedd angen sbienddrych i'w gweld, bron iawn, ac roedd yn amlwg fod ganddo broblem efo paragraffu. Ond roedd yr hyn roedd o wedi'i sgwennu yn drawiadol; darlun digon di-nod o brynhawn braf yn yr haul mewn gardd euraid oedd o, a'i fam a'i dad a'i frodyr a'i chwiorydd yn chwarae'n hapus braf yn y pwll tywod ac ar y siglen. Brawddeg olaf y gwaith oedd yn ysgytwol – roedd wedi sgwennu y byddai'n meddwl am y darlun yma bob nos cyn mynd i gysgu gan ei bod yn braf atgoffa ei hun o'r hyn oedd ganddo cyn iddo orfod gadael ei deulu a chael ei faethu.

Edrychodd Gwen yn swil ar y bachgen. Syllodd yntau arni drwy ei ffrinj tonnog a rhoi gwên ddanheddog iddi, oedd yn gyfan gwbl wag o unrhyw hunandosturi.

"Da iawn. Ma hwnna'n… ym…" meddai Gwen yn Gymraeg, cyn cofio bod yn rhaid siarad Saesneg yn y wers Saesneg! "Very interesting…"

Craffodd ar yr enw oedd wedi ei brintio'n fychan fach ar dop y dudalen.

"Gavin Masters, Miss!" meddai yntau mewn llais oedd yn swnio'n llawer rhy ddwfn i'w oedran. "Ond ma pawb yn galw fi'n Gags!" Ac yna, meddai'n bryfoclyd, "Everyone calls me Gags, Miss!"

"Well done, Gavin!" meddai Gwen, gan wrthsefyll y demtasiwn i ymestyn y cellwair, ac aeth ymlaen â'i thaith o gwmpas y desgiau. Allai hi ddim peidio â theimlo llygaid yr hogyn yn ei dilyn.

—

Roedd pawb yn ddigon clên yn y stafell athrawon a gwnaeth Eirlys Thomas, ei phennaeth adran, yn siŵr ei bod yn gwybod ble roedd pob dim yn cael ei gadw. Addawyd y byddai hi'n cael ei thwll colomen ei hun erbyn diwedd yr wythnos, fel na fyddai modd dianc rhag yr epistolau bach a saethai'r prifathro a'i dîm o reolwyr atyn nhw yn rheolaidd. Doedd dim golwg o Mia yno yn unlle.

Erbyn amser cinio, teimlai Gwen y byddai'n hapus i fynd am dro o gwmpas yr ysgol ar ei phen ei hun, gan fod y sŵn di-baid a'r rheidrwydd i siarad yn ddiarth iddi hi. Cafodd yr un teimlad â phan oedd hi'n eistedd yn un o'r llochesau ar y prom yn Aber, ei phen wedi hanner diflannu yn ei sgarff, ei dwylo'n ddwfn yn ei phocedi, yn gwylio lliw metel y môr yn toddi i lwyd lliw gwn yr awyr, a neb o gwmpas ond y gwynt, y gwylanod a hithau.

Ond gan ei bod wedi dweud wrth Mia y byddai'n galw draw i'r stiwdio rhyw ben amser cinio, cafodd ei hun yn sefyll y tu allan i ddrws yn yr adran honno, a'r paent llwyd swyddogol wedi ei orchuddio'n llwyr gan luniau disgyblion oedd yn sgrechian o liw. Roedd y geiriau 'Stiwdio Gelf' mewn llythrennau duon ac mewn gwahanol ffontiau yn creu argraff drawiadol.

Pan aeth i mewn i'r stafell, prin y gallai gredu ei bod mewn ysgol. Roedd deunyddiau amryliw wedi eu taenu o un pen o'r to i'r llall, a'r desgiau mawr wedi eu hamgylchynu â lluniau ar eu hanner neu newydd eu dechrau, y potiau paent yn sefyll yn ddisgwylgar wrth eu hymyl. Roedd miwsig hudolus yn nadreddu ei ffordd o gwmpas y stafell, ac roedd Gwen yn siŵr iddi ogleuo rhywbeth fel *incense*, ond hwyrach mai ei dychymyg hi oedd yn ychwanegu'r manylyn hwnnw.

"Helô? Mia?"

"Dod rŵan!" meddai rhyw lais o'r tu ôl i ddrws bach yn y cefn. "Aros am funud!"

Pan ddaeth Mia allan, fel rhyw lindys o'i gocŵn, roedd ei hwyneb braidd yn binc.

"Chdi sy 'na! Meddwl ma un o'r kids o'dd 'na, a'r lle 'ma'n drewi o fwg! Ty'd i mewn!"

Ufuddhaodd Gwen a dilyn Mia i mewn i'r hyn na allai hi ond ei ddisgrifio fel ogof sanctaidd, a soffa ar un ochr i'r stafell fach wedi ei gorchuddio â chwrlid Indiaidd ei naws. Roedd yna fynydd o bapurau swyddogol wedi eu bwndelu ar un ochr i'r ddesg oedd o dan y ffenest, darn mawr o bapur wedyn yn hawlio'r rhan fwyaf o le ar y ddesg, a'r gliniadur roedd Gwen wedi ei weld ganddi yn y caffi yn eistedd ar yr ochr arall.

"Dwi'n trio rhoid gora i'r mwg 'ma, ond ma dechra tymor yn ddigon i neud i sant bechu, dydy?! Ddim 'mod i 'rioed 'di bod yn un o'r blydi rheiny!"

O weld Gwen yn edrych braidd yn anghyfforddus, chwarddodd Mia'n uchel a thynnu clustog oddi ar y soffa er mwyn gwneud lle iddi eistedd.

"Dylanwad uffernol o ddrwg dwi, wn i! Er 'mod i'n trio peidio smocio o flaen y petha bach, dydyn nhw'm yn dwp, nac'dyn? Jest gobeithio bod y gwersi Hybu Iechyd 'na'n ysgol gynradd 'di gneud 'u gwaith yn iawn, 'de? Dysgu Celf dwi, nid moesa! Panad?"

"Dwi'n iawn. Ges i un yn stafall athrawon gynna. Un o'r lleill yn cymryd piti arna fi a gneud panad i mi, ond ma isio i mi ddŵad â £5 bob wsnos i'w roid yn y citi coffi."

"Asu, 'sa chdi'n meddwl ma dyna ydy unig bwrpas byw amball un o'r rheina!" meddai Mia yn watwarllyd. "Dwi'n siŵr fod Beryl Jones 'di cael ei geni'n hen ferch! Mae'n edrach fatha rhwbath allan o *The Prime of Miss Jean Brodie*, tydy? Graduras ddiawl!"

Eisteddodd Gwen a theimlo'n gartrefol. Edrychodd yn iawn ar Mia, oedd wedi eistedd wrth ei hochr, yn mwytho paned hanner llawn. Roedd ei gwallt wedi'i sgubo i dop ei phen erbyn hyn, ac olion paent ar waelod ei breichiau cryf. Roedd y minlliw wedi diflannu ond roedd y bensel *kohl* ddu drwchus yn dal i wneud ei gwaith yn iawn. Sylwodd ar y mân frychau ar ei thrwyn, a'r bochau cochion fyddai'n gweddu'n iawn i ferch ffarm.

"Sut ma Mamma Mussolini?" gofynnodd Mia, gan estyn ymlaen at soser o fisgedi a'u cynnig i Gwen cyn dechrau cnoi un ei hun.

"Dwi'm yn gweld lot arni hi! Ddim ers y tro hwnnw pan na'th hi ada'l ei hun mewn i'r fflat."

Roedd Gwen a Mia wedi cyfarfod unwaith yn rhagor yn y caffi cyn i'r tymor ysgol ddechrau, ac roedd ymddygiad afresymol Rosa Spinelli wedi bod yn bwnc trafod brwd.

"Uffernol o'dd hynna! 'Sa chdi 'di medru ei cha'l hi am harassment, 'sti! Tydy hi'm fod i fartsio i mewn i le rhywun arall fel'na ganol nos."

"Wel, mi o'dd hi'n fora," dechreuodd Gwen.

"'Di o'm ots! 'Di o'm yn iawn ar unrhyw adag!"

"A'i fflat hi ydy o! Yn dechnegol, 'lly. Wna'th hi'm torri mewn, achos doedd y lle heb ei gloi ar y pryd."

"Ydy Tony 'di newid y clo?"

"Naddo, jest sortio'r goriad fel bo fi'n medru cloi. Dwi'n hapus efo hynna. Ddaw hi ddim i mewn fel'na eto. Bendant!"

"Ond ti'n cadw dy oriad i mewn yn y clo pan ti yn y fflat, rhag ofn?" Roedd o'n fwy o osodiad nag o gwestiwn, a'r olwg yn ei llygaid yn gymysgedd o gellwair a her.

Edrychodd Gwen a Mia ar ei gilydd a dechrau chwerthin. Doedd dim rhaid i Gwen ateb i gadarnhau ei bod wedi gwneud hynny bob nos ers y digwyddiad efo Rosa.

Cynhesodd rhywbeth y tu mewn i Gwen am y tro cyntaf ers iddi gyrraedd y dref ryfedd hon a'i thrigolion brith. Doedd yna neb yn fwy brith na Rosa Spinelli. Roedd Gwen wedi dechrau mynd i gasáu'r daith honno o'r drws ffrynt i fyny'r grisiau i'w fflat. Doedd Rosa ddim wedi gwneud na dweud dim byd arall ond roedd ei phresenoldeb hi drwy'r tŷ, oglau'r bwyd roedd hi'n ei goginio a'r miwsig opera roedd hi'n benderfynol o'i chwarae yn uchel yn gwneud yn siŵr fod Gwen yn teimlo'n anghyffforddus. Ond yr un diawledigrwydd ar ran Gwen oedd yn gwneud iddi fynnu arddel ei hawliau ac aros yn y fflat am ei bod wedi cytuno ar hynny efo Tony.

"Cofia fi ata fo, eniwe," meddai Mia'n freuddwydiol.

"At bwy?"

"At Tony, 'de! 'Sna'm lot o fois 'tha Tony Spinelli o gwmpas y lle 'ma! Dim rhei sengl, eniwe! Mi geith o agor 'y nghlo fi unrhyw adag lecith o!"

Eiliad anghyffforddus, ac wedyn llanwyd y lle gan chwerthin byrlymus, afreolus Mia, ac yna chwerthin Gwen yn ymuno tua'r canol fel llais alto.

8

ROEDD TAIR WYTHNOS wedi mynd heibio bellach ers dechrau'r tymor, ac roedd hi'n hen dywydd mwll, annifyr drwy'r dydd, a rhyw hen niwl hydrefol, gwlyb yn garthen anghynnes dros bob man a phob dim.

Roedd hwyliau'r plant yn fflat, heb frwdfrydedd at unrhyw beth roedd hi'n ei gynnig iddyn nhw, ac roedd hi wedi penderfynu newid trywydd gwersi'r prynhawn fel ei bod yn manteisio ar eu llonyddwch er mwyn darllen fel dosbarth, neu ddarllen mewn grwpiau bach. Roedd hynny'n gweithio efo'r plant oedd yn cynhesu at lyfrau, wrth gwrs. Efo'r dosbarth set isaf ym Mlwyddyn 11, byddai'n rhaid iddi fod ychydig bach yn fwy dyfeisgar wrth feddwl am gynllun fyddai'n golygu eu bod yn elwa o'r wers heb gynyddu ei phwysedd gwaed ar yr un pryd.

Roedd hi'n dechrau siarad fel petai wedi bod yn y proffesiwn ers hanner can mlynedd, yn Beryl Jones o ddynes yn gwisgo sgidiau fflat a theits *American tan*! Arni hi roedd y bai am ildio i'r demtasiwn o siarad mewn ystrydebau, wrth gwrs. Dyheu am hanner tymor fel petai'n ddŵr ym mhen draw'r anialwch, dechrau cwyno am waith marcio fel tasa neb arall yn y byd yn gorfod gweithio gyda'r nos, grwgnach am ymddygiad rhyw ddosbarth anystywallt. Doedd hi ddim wedi dechrau siarad yn freuddwydiol am ymddeol eto, o leiaf! Clywai lais ei thad yn ei phen yn dweud bod yn rhaid iddi newid ei hagwedd at ei phroffesiwn.

"Setlwch reit sydyn, Blwyddyn 11. Get your things out and settle down so that we can start our lesson, please. Carly, what's the problem? I'm sure Craig can find his seat without your help."

Ac ati. Roedden nhw'n griw bach digon hoffus, a hormonau a fferomonau glaslencyndod yn eistedd rhyngddyn nhw fel ysbryd Banquo.

Gan nad oedd gan y criw yma y dyfalbarhad i weithio ar un dasg ddarllen am wers gyfan, penderfynodd Gwen y byddai tasg farddoniaeth yn gweddu i ail hanner y wers. Roedd hi wedi sylwi bod yna newid sylweddol yn agwedd disgyblion at farddoniaeth; yn y blynyddoedd iau, bydden nhw'n awchu am yr hwyl oedd i'w chael efo limrigau a cherddi digri, ac yn barod hyd yn oed i ymateb yn sensitif i farddoniaeth. Ond roedd rhywbeth cyfrin yn digwydd i blant erbyn iddyn nhw gyrraedd y pedair ar ddeg oed, ac roedd barddoniaeth yn troi'n destun gwawd a dicter dros nos, bron. Erbyn cyrraedd un ar bymtheg, fe fyddai rhoi'r wyddor Roegaidd o'u blaenau yn ennyn mwy o ddiddordeb a brwdfrydedd ganddyn nhw.

Roedd Gwen yn benderfynol o drio datrys hyn, a gwyrdroi'r duedd. Gan wybod bod plant yr oed yma'n cymryd at farwolaeth a thristwch a galar, penderfynodd ofyn iddyn nhw roi strwythur cerdd yn ôl at ei gilydd, a'r gerdd honno oedd un syml ond ysgytwol gan Seamus Heaney, 'Mid-term Break'. Roedden nhw'n siŵr o ymateb yn sensitif i'r syniad canolog o'r bardd yn cael ei alw o'r ysgol ar gyfer angladd ei frawd bach. Roedd hi'n gerdd eithaf hawdd ei deall, ond yn grefftus a chynnil ar yr un pryd. Soniodd Gwen 'run gair am gynnwys y gerdd o flaen llaw, dim ond rhannu amlen i bob grŵp, a dweud bod y gerdd yn seiliedig ar hanes go iawn y bardd.

Roedd y gerdd wedi ei thorri'n stribedi, fesul cwpled, a gwaith y plant oedd rhoi'r cyfan yn ôl at ei gilydd mewn trefn, gan ddilyn cliwiau yn y testun. Dechreuodd y dasg yn addawol, a hithau wedi dethol y grwpiau o bedwar yn ofalus. Ond pharodd yr harmoni ddim yn hir. Roedd un o'r genod yn edrych yn ddagreuol pan ddaeth i mewn i'r dosbarth, a doedd yr "Iawn, Bethany?" gan Gwen ddim wedi cael ei groesawu. Doedd hi ddim wedi ennill ymddiriedaeth y plant eto, roedd hi'n deall hynny.

Ond wrth i Gwen fynd o gwmpas y grwpiau, heb ymyrryd ar eu penderfyniadau ar drefn y gerdd, tynnwyd ei sylw hi a gweddill y dosbarth gan sŵn sgathru cadair a desg yn erbyn y llawr, a gweiddi:

"Duda hynna eto'r brych! Say that again and I'll clobber you one, OK?!"

Bethany oedd ar ei thraed, a'i dyrnau wedi eu cau, ei hosgo'n fygythiol. Roedd hi'n ferch dlws a deallus ond roedd y colur trwm a'r flows wedi ei hagor yn isel yn awgrymu bod hon yn rhywun na ddylid ei chroesi ar chwarae bach. Roedd Sam, hogyn yn yr un grŵp â hi, wedi sefyll ar ei draed yntau, ond roedd o'n dipyn byrrach na Bethany, ac yn edrych yn ôl ar ei fêt am gadarnhad wrth ei herio.

Aeth Gwen yn syth at y criw.

"Be sy'n mynd mlaen yn fan'ma?" meddai hi, gan anghofio defnyddio iaith swyddogol y wers.

"Hon sy'n ca'l ment, Miss!" meddai Sam, a rhyw grechwenu yn y ffordd dan-din roedd Gwen yn ei chasáu.

"Hwn ddudodd betha horibl am chwaer bach fi! Duda hynna eto a fyddi di yn A&E, boi!"

"Sly!" gwaeddodd rhywun arall o gefn y dosbarth.

"Cwbwl ddudish i o'dd ma raid bo brawd bach Seamus, y boi bardd 'ma, deud ma raid fod 'i frawd bach o ddim mor annoying â chwaer bach Bethany ne' fasa fo ddim mor drist. A wedyn na'th hi ddeud… Ond… ond sut o'n i fod i wbod?"

Orffennodd o mo'i frawddeg achos roedd y llewes wedi neidio ar ei phrae a'i lusgo i'r llawr, ei breichiau fel melin wynt wrth iddi ei daro.

Neidiodd Gwen i'r adwy heb feddwl sut yn y byd roedd hi'n mynd i fedru cystadlu efo cynddaredd hogan gref fel Bethany. Ymhen eiliad, roedd hithau wedi cael ei thaflu o'r neilltu fel doli glwt a theimlodd saeth o boen yn gwibio i lawr ei choes lle roedd wedi taro'r bwrdd.

Ffrwydrodd y dosbarth mewn bonllefau o chwerthin a chwibanu a miri. Am eiliad roedd Gwen yn ferch bymtheg oed ei hun, wedi ei chywilyddio a'i bychanu o flaen dosbarth o gyd-ddisgyblion croch. Teimlai fel cropian fel ci o dan y ddesg ac aros yno â'i phen yn ei dwylo tan i'r wers ddod i ben.

"Peidiwch â bod mor blydi stiwpid, 'newch chi?"

Clywodd lais dwfn oedd ddim eto'n oedolyn. Ond doedd neb yn amau awdurdod y llais, oherwydd tawelodd y gwatwar a'r sŵn. Aeth pob man mor ddistaw fel bod synau'r byd y tu allan – y ceir a'r adar, a sŵn mwmian clystyrau o ddisgyblion yn croesi'r iard – i'w clywed yn hollol glir.

Ac yna clywodd sŵn y gloch. Cododd Gwen ar ei thraed gan geisio anwybyddu'r boen yn ei choes. Roedd rhywun yn gafael yn ei braich, yn ei helpu i sefyll ar ei thraed.

"Rhowch y cadeiriau yn ôl! Uh… put the chairs back and I'll see you on… on Monday, Year 11!"

Cadeiriau'n crafu, coed yn taro yn erbyn desgiau, traed yn drwm ar y llawr, ambell gigl, ambell un yn mwmian wrth y llall. Ac yna roedd y dosbarth yn wag, heblaw amdani hi ac un person arall. Gavin. Perchennog y llais â'r awdurdod dros ei gyd-ddisgyblion.

"'Dach chi'n iawn, Miss?"

"Yndw, Gavin. Yndw. Diolch! Dwn i'm be ddigwyddodd yn iawn, chwaith!"

Sylwodd Gwen fod ei law am ei braich. Pan edrychodd i lawr, gollyngodd Gavin ei law a sefyll yno mewn embaras.

"Bethany, Miss. Chwaer bach hi'n ofnadwy o sâl. 'Di bod yn sbyty ers wsnos. Intensive care. Touch and go, dwi'n meddwl."

Ac yna fe gofiodd Gwen am ryw sylw roedd hi wedi ei glywed yn y stafell athrawon rhyw egwyl bore, am ferch fach oedd wedi cael ei rhuthro i'r ysbyty efo tiwmor ar yr ymennydd. Ond doedd enw'r ferch ddim wedi canu cloch i Gwen ac felly roedd hi wedi anghofio am y peth. Fyddai hi byth wedi dewis cerdd Seamus Heaney petai hi'n gwybod.

"Drama queen ydy hi, eniwe. Bethany. A Sam yn rêl ploncar."

"Anaeddfed, ella. Angan tyfu fyny," cytunodd Gwen, a diawlio ei bod yn trafod disgybl efo disgybl arall. Ac eto, roedd rhywbeth yn wahanol yn Gavin, rhywbeth oedd yn ei wneud yn llawer mwy aeddfed na'r gweddill.

Ac fel petai'n darllen ei meddyliau, meddai Gavin,

"Ddim fatha fi, naci, Miss? Dwi'n mature iawn, dydw? Ne' fel'na ma pawb arall yn deud."

Roedd rhywbeth yn y ffordd roedd yn syllu arni, rhywbeth oedd yn gwneud i Gwen yr athrawes deimlo'n anghyfforddus. Ac eto, allai hi ddim gwadu rhyw deimlad arall hefyd, rhyw gynhesrwydd…

"'Dach chi isio fi helpu chi godi'r holl bapur 'ma oddi ar y llawr, Miss? Edrach 'tha conffeti, dydi?"

Ac roedd y llawr, yn wir, yn garped o'r darnau papur, ac athrylith Seamus Heaney dan draed.

"Na, well ti fynd, Gavin, i dy wers nesa, ia? Fydda i'n iawn. A diolch i ti am… wel, helpu heddiw. Ddigwyddith o ddim eto, dwi'n siŵr."

Beth oedd ddim i ddigwydd eto? Sgubodd Gwen y cwestiwn o'r neilltu yn ei phen.

Nodiodd Gavin, taflu ei fag dros ei ysgwydd a mynd at y drws.

"Wela i chi, 'ta, Miss. A neith o'm digwydd eto. Garantî gin i, ylwch, Miss."

Safodd Gwen yn ei hunfan yn y stafell wag am rai eiliadau cyn mynd ati i glirio'r llanast.

9

NEWYDD EISTEDD i lawr i wylio teledu nos Wener roedd Gwen pan ddaeth cnoc ar y drws.

Ochneidiodd, a rhoi'r glasiad o win coch yn ôl yn anfoddog ar y bwrdd bach wrth ei hymyl, y drws nesaf i'r plât ac arno olion y *spag bol*. Ar ôl yr wythnos roedd hi wedi ei chael yn yr ysgol, ac ar ôl y digwyddiadau efo Blwyddyn 11 y prynhawn yma, y peth olaf roedd arni ei eisiau oedd gorfod dal pen rheswm efo Rosa Spinelli, o bawb.

Penderfynodd beidio troi sŵn y teledu i lawr chwaith (fel roedd hi'n arfer ei wneud o ran cwrteisi); roedd Rosa'n ennyn y gwaethaf ynddi, doedd dim dwywaith am hynny. Roedd hi am i Rosa wybod ei bod yn tarfu ar ei nos Wener ac na fyddai croeso iddi aros yno'n hir.

Ond Tony oedd yno. Camodd i mewn i'r fflat yn syth ar ôl i Gwen agor y drws iddo, a'i osgo'n nerfus. Roedd pryder yn ei lygaid tywyll, ond llonyddodd rywfaint ar ôl i Gwen gau'r drws, er ei fod yn dal i sefyll yno'n chwithig.

"Ti isio ista?" gofynnodd Gwen, a theimlo'n annifyr braidd bod ei phlât budr ar y bwrdd o hyd.

"Diolch!" meddai Tony'n syth, ac eistedd ar erchwyn y soffa fach, wedi ymlacio fymryn, er ei fod o'n edrych yn nerfus i gyfeiriad y drws.

"Glasiad o win?"

Dadebrodd Tony rywfaint ac eistedd i fyny, fel petai wedi cofio ei fod yma ar berwyl penodol yn hytrach nag i fwynhau ei hun.

"Well i mi beidio, Gwen. Pob dim yn iawn, yndi? Efo'r fflat?"

"Yndi. Dim byd fedra i'm sortio."

Heblaw am gael gwared ar dy fam flin o lawr grisiau, yn lle 'mod i ar flaena 'nhraed yn y cyntedd o hyd, meddyliodd Gwen, a pham yn y byd mae hi isio i mi ada'l y lle a finna ddim ond newydd gyrraedd? Ond gwenu wnaeth hi, a dweud dim.

Doedd dim siâp ar Tony i neidio am yr abwyd. Roedd hi'n amlwg fod ganddo rywbeth amgenach ar ei feddwl na gwaith cynnal a chadw'r fflat a pherthynas ei denant efo'i fam styfnig.

"Da iawn. Grêt. Mae'n fflat bach iawn. Digon cyfleus i dre, dydi?"

"Yndi."

"A ti'n ddigon hapus."

Gosodiad oedd o, nid cwestiwn. Dychmygai Gwen ei fod yn ticio'r datganiad oddi ar ei restr feddyliol.

Llanwyd y gofod chwithig gan fonllef o gymeradwyaeth o gyfeiriad y teledu, a sŵn chwerthin mawr. Trodd Gwen y sain i lawr ond gadawodd i'r cymeriadau wneud eu meim ar y sgrin. Syllodd Tony ar y stumiau heb gydnabod bod y sŵn wedi ei ddiffodd. Yna daeth yr ergyd.

"Ti'n gneud rwbath fory, Gwen?" gofynnodd, a suddodd calon Gwen.

Roedd pob dim yn gwneud synnwyr rŵan: yr ymweliad annisgwyl, a Tony ar bigau'r drain. Y peth olaf roedd arni ei eisiau yn ei bywyd ar hyn o bryd oedd cymhlethdod perthynas.

"Tony," dechreuodd. "Yli, well i ti wbod…"

"'Swn i'm yn gofyn blaw bo fi'n desbret!"

"Be ddudist ti?!" ebychodd Gwen.

"Gofyn fedri di neud ffafr i mi, 'de! Gwarchod y caffi. Fory. Dwi'n gorfod mynd i rwla. Ella fydda i i ffwrdd am ran fwya o'r dwrnod. Fedra i… roi chdi ar ben ffordd. Ella tua'r naw 'ma. Cyn i ni agor am ddeg. 'Swn i'm yn gofyn, heblaw…"

Diawliodd Gwen eto wrthi hi ei hun. Roedd cael gorwedd yn

y gwely tan amser cinio ar fore dydd Sadwrn yn un o bleserau amheuthun bywyd, ac roedd y syniad o orfod aberthu hynny yn gwneud iddi deimlo'n reit isel. Roedd dydd Sul eisoes wedi magu'r hen deimlad fflat, annifyr hwnnw oedd yn gysylltiedig â dyddiau ysgol, pan oedd hi'n gwneud gwaith cartref o fore gwyn tan nos. Ond roedd dydd Sadwrn, ar y llaw arall, yn sgleiniog, heb ei gyffwrdd, yn llawn addewid.

"Tony, dwn i'm. Ma dydd Sadwrn…"

"Plis, Gwen. Neith o'm digwydd yn amal, wir!" Ac wrth weld ei gwep yn syrthio, ychwanegodd, "Byth eto, mae'n siŵr. Hwn ydy'r unig dro! Plis?"

"Fedra i'm cwcio i safio 'mywyd," meddai Gwen, yn ymwybodol o'r plât budr oedd yn dystiolaeth i'r gwrthwyneb. "Ddim i bobol er'ill, beth bynnag."

"Fydd dim rhaid chdi gwcio. Fydda i 'di gneud y rôls a ballu, a bydd y cacenni 'di sortio. Yr unig beth fydd rhaid chdi ddysgu fydd sut i weithio'r peiriant coffi, a sut i neud y coffis gwahanol…"

"Dim ond hynny!" ebychodd Gwen yn watwarllyd.

"Cappuccino ne' latte ydy'r petha mwya ecseiting maen nhw isio fel arfer. Neu banad o de."

Roedd o'n gwenu rŵan, yn nodio fel ystrydeb o rywun sy'n trio gwneud i'r byd ymddangos yn lle hapus, hawdd.

"Tony, ti'n siŵr 'sa'm gwell i ti jest cau am ddiwrnod? Siŵr 'sa pawb yn dallt, basa? A 'di o byth yn digwydd, medda chdi!"

"Fedra i'm cau, Gwen. Unwaith ti'n dechra agor a chau fel fynni di, buan y diflannith y ffyddloniaid, a dim ond 'chydig o'r rheiny sy 'na fel ma hi."

"A 'sa dy fam ddim…?"

Safodd Tony ar ei draed ar hynny, a dychryn Gwen drwy afael yn ei dwylo ac edrych i fyw ei llygaid.

"Faswn i'm yn gofyn i chdi, Gwen, tasa fo ddim yn bwysig.

Faswn i ddim yn mynd a gada'l y lle tasa fo ddim yn..."
Edrychodd ar y llawr am funud, cyn cario ymlaen. "Chdi 'di'r
unig un fedra i ofyn iddi, Gwen. Neb arall. Ti'n dallt? Chdi."

—

Pan agorodd Gwen ddrws y caffi am naw y bore canlynol,
cafodd gip ar Tony'n eistedd ym mhen pella'r caffi ac yn syllu ar
y llawr, ei ddwylo ymhleth fel petai'n gweddïo. Eiliad o gip oedd
o, cyn i Tony Spinelli neidio wrth glywed y drws yn agor, a'i wên
gadarnhaol yn ôl ar ei wefusau.

"Mi ddest ti!" meddai.

"Wel, do siŵr, a finna 'di deud!" meddai Gwen fymryn yn
biwis, gan feddwl efallai y byddai hi wedi medru aros yn y gwely
a nogio os oedd gan Tony unrhyw amheuaeth. Roedd hi wedi
bod yn anodd codi o blygion cynnes y gwely, a chloc ei chorff
wedi disgwyl cael ymdrybaeddu ynddo am o leiaf ddwy awr
arall o'i dydd Sadwrn.

"Ma pob dim yn disgwyl amdana chdi, yli. Mi godish i am
bump i neud y cacenni, a dwi 'di gneud yn siŵr fod digon o bob
dim yn y storws rhag ofn i chdi redag allan. Ond 'nei di ddim!"
ychwanegodd yn joli. "Os nad ydy pob caffi arall yn dre yn ca'l
toriad trydan a phoblogaeth Llandudno i gyd yn tagu isio coffis
a chacenni Tony Spinelli! Ond mae 'na dro cynta i bob dim, am
wn i."

Roedd o'n siarad fel pwll y môr, yn parablu'n nerfus.
Edrychai'r caffi yn dywyll ac oeraidd heb bobol ynddo, er mai
dim ond dyrnaid o bobol roedd Gwen wedi eu gweld yno erioed.
Gan fod y caffi wedi ei leoli ar yr ochr i'r stryd oedd yn gweld
haul y prynhawn yn hytrach na'r bore, roedd y lle'n oer, a Tony'n
amlwg ddim wedi rhoi'r gwresogydd ymlaen eto.

"Ma hi'n oer 'ma, Tony! Oes 'na wres?"

"Ddisgwylian ni am 'chydig, ia?" meddai Tony, a chafodd

Gwen awgrym o ba mor denau oedd hi ar y busnes, felly tawodd am y peth. "Cadwa dy gôt mlaen a ty'd tu ôl i'r cownter i mi ga'l dangos i chdi sut i weithio hon!" meddai, gan daflu braich warchodol ar draws y peiriant coffi, fel petai'n gafael am ddynes. Hyd yn oed yn y gwyll, roedd 'hon' yn sgleinio, yn loyw ac yn berffaith. Safai ar y cownter fel brenhines, yn urddasol ac yn sicr o'i statws aruchel o fewn y sefydliad.

"Dwi'm yn mynd i fedru gneud barista ohona chdi mewn hanner awr, ond mi ddysga i i chdi sut i sortio'r dŵr poeth i neud Americano, o leia. A gawn ni weld sut ei di wedyn."

"Symla'n byd, gora'n byd, Tony!" meddai Gwen, gan ychwanegu, "Fedra i newid olwyn car, ond dwi 'rioed 'di trio gweithio injan fel hyn o'r blaen!"

"Gawn ni weld sut ei di efo fi 'wan," meddai Tony'n addfwyn. "Gynnon ni ddigon o amsar."

Trodd Tony'r golau ymlaen fel bod y sêr bach yn disgleirio uwch y cownter a'r peiriant.

"Non e bello?" meddai, gyda balchder tad yn edrych ar ei fabi.

Gwenodd Gwen, a dechreuodd Tony arni.

"Paratoi'r espresso ydy'r peth pwysica. Er ma Americanos ma pobol ffor'ma yn gofyn amdanyn nhw fwya, mi gei di fisitors yn disgw'l ca'l espresso, felly ma'n bwysig bo chdi'n medru gneud hwnnw, ella. Ac espresso efo dŵr poeth am ei ben o ydy Americano, beth bynnag, i'r wimps sy'n methu handlo coffi Eidalaidd autentico, go iawn!" meddai Tony, gan wenu. "A dwi 'di stopio trio deud ma amsar brecwast ma latte i fod!"

Roedd gwrando arno fel gwrando ar farddoniaeth. Roedd y ffa coffi i gael eu malu yn gyntaf mewn peiriant bach ar wahân ac wedyn eu llwytho i fasged fach oedd yn rhan o'r peiriant coffi.

Aeth Tony i'r cefn i nôl casgen fach oedd yn llawn ffa coffi. Estynnodd honno at Gwen a chafodd hithau lond ei ffroenau o'r oglau mwyaf bendigedig, oedd yn deffro pob synnwyr ynddi hi, ac yn sibrwd am goedlannau pell, egsotig.

"Si?" meddai Tony dan wenu. Roedd ei lygaid duon yn pefrio.

Tywalltodd Tony y ffa coffi yn ofalus i'r fasged fach, a throi'r swits oedd uwch ei phen. Cynigiodd y fasged o goffi mâl i Gwen wedyn, ac roedd yr oglau yn wefreiddiol, yn mynd â'i hanadl.

"Ga'th Mamma ffit pan brynes i hon rhyw ddwy flynedd yn ôl!" meddai Tony, ond buan y diflannodd ei wên. "Peiriant automatic. Ar yr un roedd Mamma a Papa 'di arfer efo hi roedd yn rhaid tynnu'r lifar bob tro a'i thendiad fel cyw bach. Dwi 'di medru gosod yr amser… sut 'dach chi'n deud yn Gymraeg, 'brew' yn Saesneg…?"

"Dwn i'm. Gneud panad dwi, a 'na fo!" meddai Gwen a theimlo bechod na fyddai hi'n medru bod yn gymaint o awdurdod ar wneud te, a hithau'n yfed cymaint ohono.

Ond chymerodd Tony ddim arno ei fod wedi sylwi, dim ond rhoi'r fasged o goffi mân yn ôl yn y peiriant.

"Ar ôl gneud hynna, ti'n pwyso'r botwm. Dwi 'di gosod amser y… brewio yn barod, felly sdim isio i chdi boeni am hynna. Ti'n disgwyl tan i'r gola fynd ffwrdd, a dyna ni. Simpleso! Ti isio pwyso'r botwm?" gofynnodd iddi, a chyda balchder plentyn pum mlwydd oed, fe wnaeth Gwen hynny a theimlo gwefr fach wrth i'r weithred achosi i sŵn swishio a chwyrnu lenwi'r caffi.

"'Sa chdi'n gneud athro da," meddai Gwen, gan fod Tony wedi arddangos camau hanfodol dysgu pobol eraill – esbonio, arddangos a gadael i'r disgybl brofi drosto'i hun.

"Dwi am neud llond jwg o goffi fel hyn wrth gefn. 'Swn i'm yn synnu 'sa fo'n para drw'r dydd i ti. 'Dan ni ddim yn gorfod troi cwsmeriaid i ffwrdd," meddai Tony. "Does 'na'm cappuccino heddiw, d'wad wrthyn nhw. Fedra i'm dangos i ti sut i stemio llefrith, ne' mi eith yn hwyr. Mi gei di gnesu llefrith yn y meicro os ydy pobol yn mynnu cael caffe con latte. A gin i whisg!"

Nodiodd Gwen, gan obeithio y byddai'n cofio hyn i gyd pan oedd hi ar ei phen ei hun.

"Ac ma te yn fan'ma, ar y silff, yli. Llefrith yn y frigo yn fan'cw. Siwgwr ar y bwrdd... platia..."

"Ac ma dy fam yn iawn efo hyn, Tony? 'Mod i yma?"

Camodd Tony oddi wrth ei beiriant gloyw, ac roedd o fel petai'n colli mymryn o'i hyder, o'i sglein.

"Fydd Mam ddim yn broblemo i chdi, Gwen. Trystia fi, e? A diolch. Diolch i ti am hyn, Gwen. Wir."

"Ma raid ei fod o'n bwysig, be sgin ti i neud."

Pysgota roedd Gwen ond doedd dim cydio yn yr abwyd heddiw. Anwybyddodd Tony'r sylw.

Ar ôl iddo ffarwelio, safodd Gwen y tu ôl i'r cownter. Estynnodd ei llaw ar draws y fformeica o'i blaen, cyffwrdd y bocs plastig clir â'r teisennau ffres ynddo, ac yna cyffwrdd y peiriant gloyw yn ysgafn, â pharchedig ofn.

10

DOEDD DIM RHAID i Gwen boeni ei bod am gael ei sgubo dan don o brysurdeb yn y caffi. Dau gwsmer a ddaeth i mewn cyn un ar ddeg, un o'r rheiny am Americano fel roedd Tony wedi ei ddarogan, a'r llall wedi gofyn am baned o de. Cymerodd y ddau fisgeden hefyd, ar ôl deall nad oedd modd cael tost cyraints yn ôl eu harfer. Doedd Tony ddim wedi sôn gair am hynny, a doedd Gwen ddim yn mynd i ddechrau bod yn ddyfeisgar.

Roedd hi'n bwrw glaw yn egr, a chynyddodd hynny'r teimlad o gael ei hamgylchynu a'i gadael yn ynysig heb gysylltiad â'r byd go iawn. Yn ei ras i gyrraedd y caffi, doedd Gwen ddim wedi gafael yn ei ffôn. Allai hi ddim gadael y lle a rhedeg drws nesaf i'w nôl. Beth fyddai Swyn yn ei ddweud petai hi'n gwybod bod Gwen yn rhedeg caffi Eidalaidd am y dydd yn Llandudno? A be ddywedai Ieuan?

Am un ar ddeg o'r gloch ar ei ben, canodd cloch y drws a daeth yr hen ŵr yr oedd hi wedi ei weld o'r blaen i mewn a dechrau symud yn araf i gyfeiriad ei sêt arferol yn erbyn y wal ym mhen pella'r caffi. Roedd y cwpwl blaenorol wedi hen adael ac felly roedd y lle'n wag heblaw am hwn. Aeth Gwen at ei stondin y tu ôl i'r cownter, ond y munud y gwelodd yr hen foi hi, safodd yn stond a syllu o'i gwmpas fel petai'n amau ei fod wedi dod i'r caffi anghywir.

Un bychan oedd o, ond roedd o mewn rheolaeth lwyr o'i bum troedfedd pedair modfedd neu beth bynnag oedd o yn ei gap stabal.

"Ga i'ch helpu chi? Ym… can I help?"

"Lle mae o?" cyfarthodd y gŵr, bron iawn fel petai'n meddwl

bod Tony'n cuddio dan un o'r byrddau ac yn mynd i neidio allan i'w ddychryn unrhyw funud.

"Tony 'dach chi'n feddwl?" dechreuodd Gwen, gan deimlo'n reit flin fod y dyn yn siarad efo hi mewn ffordd mor ffwr-bwt.

"Ia, Tony! Mae o i fod yma! Lle mae o?"

"Wedi gorfod mynd i ffwrdd am y diwrnod. Fydd o'n ei ôl…"

"I le?" cyfarthodd yr hen ŵr eto.

"Dwn i'm yn iawn. Do'n i'm yn licio busnesu!" meddai Gwen yn bwyllog.

Edrychodd y dyn arni hi, a deall yr hyn roedd hi'n ei ensynio. Wedi peth tuchan ac edrych o gwmpas y caffi gwag ac yna'n ôl arni hi, dechreuodd arthio eto.

"A be ma Rosa druan yn ei ddeud am hyn i gyd? Fod o'n gada'l y lle yn nwylo rhyw…"

Doedd Gwen ddim eisiau meddwl be'n union oedd ganddo mewn golwg, ond doedd y disgrifiad ohoni ddim yn mynd i fod yn un fyddai'n gwneud iddi deimlo'n well.

"Gewch chi banad o goffi neis neu de, ac mae Tony 'di gneud y bisgedi a'r cacenni i gyd," meddai Gwen. "Ond mae croeso i chi ddŵad yn ôl pan fydd Tony yma."

Roedd ei llais yn gwrtais heb fod yn wasaidd, meddyliodd yn falch. Gwgodd yr hen ŵr arni eto a gwegian fel petai o ddim yn siŵr beth ddylai o wneud. Yna ildiodd, mynd at ei sêt ym mhen pella'r caffi ac eistedd yn drwm arni.

Nodiodd. "Panad o goffi reit wan, 'ta. Ac un o'r petha almond yna ma Tony'n reit dda am eu gneud. Sgynnoch chi'r rheiny?"

"Oes, tad!" meddai Gwen, yn ddiolchgar fod y bisgedi almon yn dŵr bach taclus yn y faril wydr, a'i bod o leiaf yn ffyddiog fod ganddi'r modd i wneud coffi gwan fyddai'n plesio.

Wedi gweini'r coffi a'r fisged iddo, aeth Gwen yn ôl i sefyll y tu ôl i'r cownter ac esgus bod yn brysur, gan edrych drwy gil ei llygad ar y gŵr, a edrychai fel petai'n meirioli rhywfaint. Ella ma lefel siwgwr isel sy gynno fo, meddyliodd Gwen, a bod hynny'n esbonio'r dymer ddrwg oedd arno. Daliodd ei lygad am eiliad a mentro gwenu arno. Nodiodd yntau mewn cydnabyddiaeth a dechrau troi ei goffi efo'i lwy, fel petai'n trio gwneud twll yng ngwaelod y gwpan.

"'Dach chi'n dŵad yma ers blynyddoedd?" mentrodd Gwen, gan deimlo rhyddhad o weld y dyn yn ymateb yn ddigon cynnes.

"Ers iddyn nhw ddŵad yma bron iawn. Rosa... ac Alfonso."

Ysgydwodd ei ben wrth iddo ddechrau hel atgofion, fel cymeriad mewn ffilm cyn i'r llun fynd yn ddu a gwyn a thorri i ddangos fflachiadau yn ôl i'r gorffennol. Clywodd Gwen y cloc yn tipian a'r peiriant coffi'n canu grwndi yn foddhaus.

"Rosa yn gymeriad, tydi?" mentrodd Gwen, a newidiodd ymarweddiad y dyn fymryn.

"Rosa sy 'di cadw'r lle 'ma i fynd o'r dechra, dalltwch!" meddai'n ddigon sych. "Hi oedd yr un oedd yn denu pobol yma."

"Un distaw oedd Alfonso?" gofynnodd Gwen.

"Dipyn o lo oedd Alfonso Spinelli, rhyngtha chi a fi, er ei fod o'n ddigon cyfeillgar. Rosa oedd calon y lle 'ma."

"Caffi poblogaidd, felly?" gofynnodd Gwen, a thaenu cadach gwlyb ar draws y cownter, er mwyn cael rhywbeth i'w wneud.

"Poblogaidd, oedd! Gwerthu hufen iâ yn yr haf, pobol yn ciwio lawr y stryd i ddŵad yma. Goeliwch chi? Doeddan ni'm 'di gweld ffasiwn beth erioed, 'chi! Erioed 'di gweld ffasiwn beth!"

"Ac ro'dd Rosa'n gweithio yma?"

"Gweithio yma? Hi *oedd* y lle yma! Hi oedd y bywyd yma! Mor dlws, ei gwallt du hi'n sgleinio, ei chroen hi, a'r llygaid tywyll..."

Daeth y rhyferthwy brolgar i ben wrth i'r gŵr sylwi ar ei ormodiaith ei hun – nid bod gormodiaith yn ei deimladau, ond ei fod o wedi mynd yn rhy bell yn eu llefaru nhw ar goedd wrth yr hogan ifanc ddiarth. Cododd ei ysgwyddau yn ddifater ac yfed dracht dwfn o'r coffi, cyn cymryd y llwy a pharhau i droi'r hylif yn y gwpan, a'r rhythm yn gylch parhaus o dincial.

"Roeddach chi wrth eich bodd, chi hogia ifanc, dwi'n siŵr!"

Nodiodd y gŵr, yn teimlo fymryn yn fwy cartrefol gan fod y sgwrs wedi symud i ymateb pobol yn gyffredinol i Rosa.

"Lot ohonyn nhw'n hidio dim am goffi, ond am ddŵad yma i'w gweld hi, 'chi." Ysgydwodd y dyn ei ben a gwenu fymryn wrth gofio.

"Ia wir? A sut oedd hi'n ymateb i hynny?"

"Flattered, yntê, fel 'sa'r Sais yn deud. Pwy fasa ddim yn licio hynny, 'te? Ond ro'dd hi'n hen ben 'fyd, chi."

"O?"

"Dallt fod hynny'n dda i'r busnas, yn denu cwsmeriaid!"

"Ac yma ma hi byth. Wedi ymgartrefu yma yng Nghymru," meddai Gwen, wrthi hi ei hun fwyaf.

Ond ysgwyd ei ben wnaeth y gŵr.

"Tydy hi 'rioed 'di cartrefu yma, 'chi."

"Naddo?"

"'Rioed. Ac eto…"

"Mynd 'nôl i'r Eidal fasa hi tasa hi'm yn hapus, ma'n siŵr, ia ddim?"

Ysgydwodd yr hen fachgen ei ben eto.

"Gynnoch chi lot i'w ddysgu, Miss!" meddai, a rhyw hanner gwên yn chwarae ar ei wefusau. "Gynnoch chi lot i'w ddysgu am fywyd, ac am neud y tro efo be 'dach chi'n ddewis, a pheidio edrych 'nôl."

"Ella!" meddai Gwen, gan dybio pam roedd pobol yn cymryd yn ganiataol nad oedd hi wedi profi poen a galar, dim ond am ei bod yn ifanc.

"Mi fydda Alfonso a Tony'n mynd yn ôl yn reit amal. Teulu

gynnyn nhw'n dal i fod yn byw yno, wrth gwrs. Dŵad yn ôl wedyn a rhyw sglein newydd yn eu llgada nhw, 'chi. 'Di ca'l dipyn o haul a chroeso teuluol, 'te."

"Do'dd Rosa'm yn mynd efo nhw?"

Ysgwyd ei ben wnaeth yr hen ŵr, yna symudodd i eistedd ar flaen ei sêt ac edrych fel petai ar fin dweud rhywbeth. Y funud honno, agorodd drws y caffi a hyrddiodd sianel o wynt rhynllyd drwyddo. Ac yna safai Rosa yno, ar drothwy'r caffi, yn syllu.

"Rosa fach, ty'd i mewn, ma hi'n oer i sefyllian yn fan'na!" meddai'r hen ŵr.

Stryffagliodd y creadur ar ei draed, gan ysgwyd y bwrdd a'r gwpan goffi, a gyrru dirgryniadau drwyddyn nhw. Ond chymerodd Rosa mo'r sylw lleiaf ohono, mwy na phetai o ddim yno. Roedd ei llygaid wedi eu hoelio ar Gwen, a theimlai hithau ei hun yn gwelwi dan rym yr edrychiad.

"Lle mae Antonio?" meddai'r llais o'r diwedd, a chaeodd drws y caffi.

Edrychodd Rosa ar y dyn ac yna yn ôl ar Gwen, a gofyn yn uwch, nes ei bod bron iawn yn gweiddi,

"Antonio! Lle mae o?!"

"Wedi gorfod mynd, ar frys, heb…"

Pam dwi'n gorfod gneud esgusodion drosto fo? meddyliodd Gwen, a'i thafod yn ffwndro'r ateb, yn clymu mewn geiriau nad oedden nhw i fod yn perthyn iddi.

"Dim amsar… Jest gofyn i mi… am dipyn…"

"Lle? I lle mae o 'di mynd?" gofynnodd Rosa, gan ddechrau cerdded i gyfeiriad y cownter tuag at Gwen, a'i cherddediad yn herciog ond yn bwrpasol ac yn syndod o chwim.

Wedi cyrraedd y cownter, fe bwysodd arno a phlygu ymlaen, nes bod ei hwyneb bron yn cyffwrdd ag ymyl y peiriant coffi, a wrandawai'n ddistaw ar y ddrama, gan hysian yn hapus braf bob hyn a hyn.

"Rosa, dwi ddim… Dw… dwi…"

Teimlodd Gwen ei bol yn byrlymu a'i thafod yn mynd yn dew. Pan drawodd llaw Rosa'r cownter, fe grynodd popeth yn y caffi ond roedd yr effaith yn llai wrth iddi ddal i daro'r cownter efo cledr ei llaw.

"Sgynno fo ddim... Antonio'r diawl gwirion! Lle mae o? Lle mae o?!"

Roedd yr hen fachgen ar ei draed erbyn hyn ac wedi gafael ym mhenelin Rosa, gan daenu ei fraich arall am ei hysgwyddau.

"Ty'd rŵan, Rosa. Ty'd rŵan, 'y nghariad i. Paid ag ypsetio. Ma'r hogan 'ma'n fwy tebol nag y mae hi'n edrach. Mi all edrych ar ôl y lle 'ma. Ty'd rŵan, thâl hi ddim i chdi styrbio fel hyn, 'sti. Ty'd, a' i â chdi adra, ia? Bicia i drws nesa efo chdi."

Roedd yr effaith yn syfrdanol. Edrychodd Rosa arno ac fe aeth yn fychan ac yn wylaidd dan gariad ei gonsýrn. Fflachiodd edrychiad pwdlyd eto ar Gwen, a dechrau ymwroli a sythu ei hysgwyddau, ond cafodd llais yr hen ŵr yr un effaith eto arni, yn ei lliniaru, ei maldodi.

"Emrys," meddai Rosa wrtho. "Emreees...", a swniai'r enw yn egsotig ac yn rhamantus wrth iddi ei yngan.

Trodd y ddau a chychwyn am allan, a rhoddodd Emrys rhyw nòd bach o ddealltwriaeth a brawdoliaeth i Gwen wrth iddo symud oddi wrth y cownter.

Gwrandawodd Gwen ar ddistawrwydd a gwareidd-dra'r caffi bach ar ôl i'r drws gau'n ddiseremoni ar ôl Rosa ac Emrys. Roedd y sefyllfa mor afreal – canfod ei hun y tu ôl i gownter caffi Eidalaidd mewn tref glan môr, yn amddiffyn ei hun rhag mam wallgo'r perchennog oedd yn flin am ei fod o wedi mynd i rywle heb ddweud wrthi. Heb ddweud wrthi! Be oedd yn bod ar Tony yn bod mor ddi-hid o'i fam a hithau drwy beidio esbonio'r sefyllfa yn iawn, gan adael y ddwy mewn lle annifyr? Roedd o siŵr o fod yn gwybod yn iawn y byddai Rosa'n galw heibio'r caffi rhyw ben, ond roedd o wedi dewis peidio â phoeni am hynny!

Ac i lle ddiawl oedd o 'di mynd beth bynnag?

11

PENDERFYNODD GWEN GAU'R caffi yn gynharach nag yr oedd Tony wedi gofyn iddi wneud. Roedd y tywydd wedi gwaethygu'n arw, a'r siopwyr a'r ymwelwyr i gyd yn amlwg yn mochel yn rhywle gwell na'r caffi neu wedi ei gwadnu hi am adref.

Bu Gwen yn stiwio yn y caffi bach ar ei phen ei hun ar ôl cloi'r drws, yn pendroni am yr olygfa ddramatig efo Rosa, yn meddwl am Emrys a'i gariad agored tuag at yr hen wraig, ac yna am Tony a'r ffaith fod ei berthynas â'i fam mor wael. Doedd y ddelwedd o'r teulu mawr Eidalaidd clòs a chariadus ddim cweit yn ffitio efo'r teulu bach cecrus yma, oedd yn berwi o ddrwgdeimlad.

Doedd dim larwm lladron, felly doedd cloi'r caffi ddim yn strach. Allai Gwen ddim wynebu mynd yn ôl i'r fflat, a hithau wedi gorfod aberthu ei dydd Sadwrn ar gyfer dyrnaid o gwsmeriaid ac wedi gorfod dioddef sen a dirmyg yr hen blydi Rosa 'na ar yr un pryd.

Penderfynodd fynd am dro. Bu raid iddi bicio'n sydyn i'r fflat i nôl ei chôt, a theimlai fel lleidr yn torri i mewn i'w chartref ei hun wrth iddi fynd i fyny'r grisiau ar flaenau'i thraed, gan glustfeinio'n ddramatig am unrhyw symudiadau o'r fflat islaw. Am unwaith, doedd dim miwsig yn dod oddi yno; mae'n rhaid fod yn well gan Rosa ddistawrwydd yn hytrach na sŵn i bwdu ynddo.

Aeth am y promenâd mawr, gan osgoi'r siopau. Roedd prom Llandudno yn llydan ac yn braf, yn ymestyn fel braich am gesail y bae, o odre'r Gogarth i gyfeiriad Craig y Don. Swatiai'r gwestai un ai'n ymddiheurol a'u paent wedi ei gannu gan halen y môr, neu'n welwch-chi-fi ymffrostgar ar hyd ffrinj y prom.

Roedd y blodau yn dal eu lliw yn dda, er bod y prif dymor gwyliau ar ben, ond doedd hi ddim yn glir am ba hyd y byddai ambell blanhigyn yn gallu goroesi'r gwynt main a hyrddiai'n ffyrnig o'r môr, o'r ffordd roedden nhw'n plygu ac yn stumio. Roedd ambell blanhigyn go egsotig yr olwg yno hefyd, yn anghydnaws â hinsawdd rynllyd gogledd Cymru yn yr hydref.

Dechreuodd Gwen gerdded i gyfeiriad y pier, a'r gwynt y tu ôl iddi. Dim ond yn y tawelwch, mewn man cysgodol, y dechreuodd deimlo'r dagrau'n cronni. Gadawodd iddyn nhw orlifo ac igam-ogamu i lawr ei bochau. Fyddai neb yn ei gweld ar y promenâd gwlyb, gwag y prynhawn yma, beth bynnag. Roedd hi wedi medru gwrthsefyll blydi Rosa hyd yma, ac wedi derbyn y byddai'n rhaid iddi ei dioddef os nad oedd hi eisiau'r strach o drio ffeindio fflat newydd ar ganol tymor ysgol – er nad oedd Rosa wedi yngan gair wrthi wedyn am orfod gadael. Roedd rhywbeth annheg iawn yn y ffordd roedd Tony wedi mynd, a'i gadael hi i wynebu'r cach.

Trodd a cherdded at ymyl y prom, ac edrych i lawr ar yr ymchwydd o raean a cherrig, a jeti bach mwsoglyd yn gwneud rhyw hanner ymgais i estyn allan am y gorwel. Edrychodd i fyny'r traeth, ac ar y môr yn bwrw ton dros y cerrig fel lliain bwrdd les Dolig ei mam erstalwm, cyn i'w bŵer grafangu'r ewyn yn ôl yn farus.

Ymbalfalodd ym mhoced ei chôt am y ffôn roedd hi wedi ei daro yno pan aeth yn llechwraidd i'w fflat ar ôl iddi gau'r caffi. Ymhen eiliadau, roedd hi'n gwrando ar ganu grwndi'r dôn ac yn disgwyl ateb.

"Ia, Min y Ffordd?" meddai, a'i lais yn gymysgedd arferol o awdurdod a diffyg amynedd. Doedd o ddim wedi ychwanegu "Be 'dach chi isio?" ond roedd yn amlwg mai dyna roedd o'n ei feddwl.

"Dad? Fi sy 'ma."

"Fi?"

"Gwen! Gwenhwyfar!"

Y saib lleiaf erioed, yna, "Sut ma petha?"

"Iawn. Mynd yn dda. Dwi'n setlo'n dda iawn!"

"A'r swydd? Y... y dysgu?"

Ai Gwen oedd yn orsensitif, yn synhwyro rhyw dinc o ddirmyg yn ei lais?

"Dwi'n mwynhau'r dysgu! Ma'r ysgol yn... grêt."

"Yndi? Enw go lew iddi hi, does?"

"Oes?" meddai Gwen, cyn cywiro ei hun ac addasu ei syndod. "Oes, ma 'na."

"O be welish i yn y *Times Ed* 'chydig wythnosa 'nôl, pan oedd 'na restr o ysgolion efo'r canlyniada gora."

"O, reit! Oes! Dwi 'di bod yn lwcus," atebodd, cyn cywiro ei hun eto. "Dwi 'di gneud yn dda i ga'l lle yna 'chi, Dad."

"Ti 'di bod yn lwcus," meddai ei thad, gan neidio ar y rhan roedd Ffawd wedi ei chwarae yn ei hapwyntiad, rhag ofn iddi gael ei chario gan don o hunanfalchder.

Llaw ei mam ar ei phen.

Anwes.

"Ti 'di gneud yn dda, pwt. Chdi, ar dy ben dy hun bach..."

"Y Pennaeth Adran yn hapus iawn efo fi hyd yma, medda hi."

"O? A be 'di credentials honno, 'lly? Lle fuo hi?"

"Ofynna i iddi hi dydd Llun," meddai Gwen yn biwis, a meddwl be ddiawl oedd haru hi'n meddwl y byddai hi'n ffonio ei thad am unrhyw gysur yn y byd. Dyn oedd yn byw ei fywyd drwy adroddiadau papur newydd neu Radio 4 oedd o, dyn oedd wedi methu mynd i Oxbridge ei hun ond oedd yn mesur gweddill y byd ar sail hynny.

"Ti'n iawn, 'lly," meddai, gan gymryd arno nad oedd wedi sylwi ar dôn ei llais.

"Yndw, Dad. Dwi'n iawn," cadarnhaodd Gwen, a gwylio

anocheledd y tonnau'n torri ar y traeth. "Ffonia i eto mewn 'chydig, efo'r hanes."

"Iawn."

Arhosodd am y clic bach oedd yn dynodi diwedd y sgwrs, ond clywodd ei thad yn tagu cyn ychwanegu, "Dal di i neud dy ora, Gwen. Ti'n cofio be 'dan ni'n ddeud?"

"Gorau arf, arf dysg," adroddodd Gwen y mantra, a theimlo'n ddeg oed eto.

Dad a Gwen, yn eistedd o gwmpas y bwrdd bwyd ar nos Sul a llyfrau'n dyrau rhyngddyn nhw yng ngolau'r lamp.

Bin llawn.

Papur sgrap, yn gymylau tywyll o inc, yn gwatwar ac yn edliw.

Eto. Eto.

Gwna fo eto.

"Iawn, diolch, Dad. A chitha, ia? Gnewch chi'ch gora 'fyd, Dad."

Fo ddiffoddodd y sgwrs, fel roedd hi'n arferol iddo wneud.

A chitha, Dad.

Sychodd Gwen y dagrau'n ffyrnig â'i llawes a dechrau cerdded yn ôl i gyfeiriad Craig y Don, a'r gwynt yn lapio amdani'n rhynllyd, gan beri i'w llygaid ddyfrio drachefn.

Gwelodd griw o hogiau ifanc a hwds wedi eu tynnu'n dynn am wynebau ambell un, a rhai wedi agor eu cotiau ac yn eu dal nhw allan fel adenydd i'r gwynt gael eu cipio a chwarae efo nhw. Roedd bonllefau eu chwerthin yn cael eu cario allan i'r môr.

Brysiodd yn ei blaen a phenderfynu nythu yn un o'r cysgodfeydd oedd yn gyffredin yma ac acw ar hyd y prom. Roedd y fainc fach bren yn y gilfach oedd yn wynebu'r môr yn wlyb ond taenodd Gwen ei llaw ar ei hyd er mwyn symud y pwll bach o ddŵr i'r pen pellaf. Eisteddodd a chlywed cwyno'r gwynt yn gostegu. Roedd hi'n andros o braf cael cysgodi yn fan'ma a syllu ar yr hen linell bell honno, yr un un ag oedd yn Aber. Doedd yna mo'r un teimlad yn Llandudno, er gwaetha'r ffaith fod cynifer o elfennau cyffredin i'r ddau le. Roedd elfen fwy sidêt i fan'ma, rywsut, rhyw naws o lendid a fu. Roedd hi'n dallt yn iawn pam roedd y lle wedi cael yr enw Costa del Geriatrica, ac roedd hi'n eironig ei bod wedi cael ei swydd gyntaf yn dysgu plant mewn lle fel hyn.

Yno, yn swatio yn y gysgodfan, gallasai fod yn bymtheg oed eto, yn disgwyl cariad neu ffrind i wneud drygau efo nhw, i sibrwd ar awel y gwynt. Gallai fod yn ddwy ar hugain oed, yn disgwyl Ieuan, yn gweddïo na fyddai neb yr oedd hi'n eu nabod yn penderfynu dianc o glydwch tref Aber i brofi gwynt y môr ym mhen draw'r prom. Ac eto'n hanner gobeithio hefyd y byddai rhywun yn eu gweld. Nid bod unrhyw beth o'i le mewn 'digwydd' cyfarfod aelod golygus o staff yn ei dridegau pan oedd hi'n mynd am dro i glirio'i phen, wrth gwrs.

Gwenodd Gwen. Byddai hi'n rhoi'r byd am gael teimlo cynhesrwydd Ieu wrth ei hymyl ar y fainc oer. Roedd hi wedi gwrthsefyll y demtasiwn i'w ffonio a doedd yntau ddim wedi ei ffonio hithau. Allai hi ddim gwadu'r mymryn siom bob tro yr agorai'r ffôn a gweld nad oedd wedi trio hyd yn oed. Ond fel'na roedd hi orau. Daeth diwedd i bethau, cyn iddyn nhw gael cyfle i ddechrau go iawn, i wreiddio. Dyna oedd yn gall. Rhyw ddiwrnod, byddai hi'n ddigon dewr i ddileu ei rif ffôn yn gyfan gwbl...

"Fatha tarmac, dydy?"

Neidiodd Gwen o glywed y llais, oedd yn ddiarth ac eto'n gyfarwydd.

Roedd y person wedi eistedd wrth ei hymyl efo gofod person arall rhwng y ddau ohonyn nhw, ac yn plygu ymlaen a syllu allan i'r môr. Allai hi ddim gweld ei wyneb oherwydd ei hwd, ond adnabu'r llais yn syth.

"Y môr, Gavin? Fatha tarmac?" gofynnodd, ac edrych allan

ar lwydlas fflat y dŵr o'i blaen, yn ymestyn fel iard ysgol enfawr. "Ella bo chdi'n iawn!"

"Dwi fatha bardd, yndw, Miss?" chwarddodd yr hogyn, gan bwyso'n ôl a thynnu ei hwd yn ôl ychydig oddi wrth ei wyneb, ond heb ei dynnu'n llwyr. "Fatha'r Seamus boi 'na."

"Seamus Heaney. Ella 'swn i'n medru gneud bardd ohona chdi, Gavin! Driwn ni ddydd Llun, ia?"

"'Sa *chi*'n medru, os fasa *rhywun* yn medru, Miss," meddai, a chyfeirio ei wyneb ati am eiliad, cyn i'w lygaid gael eu tynnu eto at y gorwel. "'Dach chi'n licio dŵad i fan'ma, i feddwl? Mi ydw i," meddai cyn iddi gael cyfle i ateb.

"Braf cael llonydd weithia, dydy, Gavin?"

"Too right, Miss. Ffrindia fi'n iawn a bob dim, ond ma nhw'n mynd ar nyrfs fi weithia. Ma nhw'n bihafio fatha plant, 'dach chi'n dallt?"

Gwenodd Gwen ar y sylw eironig. "Llonydd yn braf i bawb, weithia," meddai, gan feddwl ar yr un pryd ei fod o wedi dod yma i styrbio'i munudau hi o dawelwch a synfyfyrio.

"'Dach chi'n licio'r ysgol?" gofynnodd iddi wedyn, a damiodd Gwen ei fod yn siarad am y lle.

"Mae'n ysgol dda iawn, tydi? Dwi'n dechra setlo, yndw." Saib, ac yna, "Ti'n licio'r ysgol?"

"Mae'n iawn. O'n i'n licio fo lot pan o'n i'n fach. Methu disgw'l mynd yna bob bora, swnian i ga'l mynd yna wicends a petha, methu diodda holides am bo fi isio mynd 'nôl."

"Ew, ia? Biti 'sa pawb 'run fath â chdi!"

"Ella fasa nhw, 'sa nhw'n gorfod…"

Eisteddodd Gavin yn ôl a phwyso'i gefn yn erbyn concrit y gysgodfan. Taflodd gipolwg i gyfeiriad Gwen am eiliad a sylwodd hithau ei fod yn brathu ei wefus, fel petai'n trio meddwl oedd o am ymhelaethu ai peidio.

"'Na i jest deud do'dd hi ddim yn Happy Families yn tŷ ni, ia? O'dd ysgol yn… saff."

Cododd ei ysgwyddau a phlygu ymlaen, gan edrych ar y llawr yn hytrach nag arni hi. Teimlodd Gwen y byddai'n well iddi fynd. Roedd y golau'n dechrau pylu a'r clympiau o gymylau duon yn dechrau cymryd drosodd yn araf bach, fel cleisiau ar draws yr awyr. Doedd y lampau ar hyd y prom ddim wedi'u cynnau eto ond roedd hi'n amser troi am adref.

"Well i mi fynd."

Safodd a thynnu ei chôt yn dynnach amdani mewn ymateb i'r gwynt rhynllyd, oedd yn fwy amlwg rŵan ei bod hi wedi symud o'i nyth gysgodol.

"Lle 'dach chi'n byw, Miss? Gerdda i efo chi, os 'dach chi isio."

Roedd o'n gwenu, a'i ben fymryn ar un ochr fel ei fod o'n rhoi argraff annwyl, foneddigaidd.

"Dwi'n iawn, 'sti, Gavin. Diolch 'ti. Gin i gwpwl o betha dwi isio o dre gynta, cyn mynd adra."

"Yn Marks ma siŵr, ia? Mond tîtshars sgin bres i fynd i fan'na!" meddai Gavin, ond doedd dim malais yn ei lais. "'Dach chi'n byw reit agos at y siopa, yndach?"

"Wela i di ddydd Llun," meddai Gwen, a chyda gwên gwrtais dechreuodd gerdded oddi yno.

Cododd Gavin ar yr un eiliad, ac yn y symudiad, trawodd pennau'r ddau yn erbyn ei gilydd.

"Aw!" gwaeddodd Gwen.

"Miss? Sori, Miss. Dwi'n rili…"

Ac yna roedd ei law ar ei gwallt, yn mwytho'r man lle roedd y ddau wedi cyd-daro. Roedd ei lygaid wedi eu hoelio arni, yn pefrio, a rhyw fynegiant rhyfedd ynddyn nhw. Tynnodd Gwen yn ôl a chlymu ei sgarff yn dynnach am ei gwddw, yn teimlo bysedd oer y gwynt ar ei chroen.

"Dwi'n… dwi'n iawn, Gavin. Dwi'n ocê. Dwi'n mynd rŵan. Dwi'n mynd… Hwyl 'ti!"

Atebodd o mohoni, a dechreuodd Gwen gerdded oddi yno i gyfeiriad y dref.

Cyrhaeddodd y stryd fawr a'i rhialtwch o siopau cyn stopio a meddwl am yr hyn oedd newydd ddigwydd, a'i chalon yn curo'n anghyfforddus.

Dwi'n effro ers awr neu fwy. Yn bell yn rhywle yn y tŷ, dwi'n clywed Mamma wrthi'n symud o gwmpas y gegin ac yn estyn petha'n barod ar gyfer brecwast. Mae Nonna efo hi, ac mae honno'n un dda am godi'n gynnar, wedi arfer ers blynyddoedd. Ond mae hi 'di bod yn cwyno efo cryd cymala yn y misoedd gwlyb, oer yma yn Bardi, ac mae Mamma'n deud y ceith hi aros yn ei gwely tan ei bod yn teimlo'n barod i godi. Mae hi'n wyth deg un, ac yn nabod mwy o bobol yn y fynwent ar dop y bryn nag y mae hi yn y dre erbyn hyn, medda hi. Ond dwi'n dal i deimlo 'run fath pan dwi'n rhedeg ati ac yn claddu fy wyneb o'r golwg yn ei bronna hi tra mae hi'n lapio ei breichia cryfion amdana i ac yn sibrwd, "La mia bambina, la mia bambina…"

Mae'r boen oedd yn gydymaith i mi wrth i mi syrthio i gysgu neithiwr yn dal yno bora 'ma. Rhyw hen boen fatha poen dannodd ydy hi, ond pan dwi'n gneud fy llaw yn ddwrn pigog ac yn gwasgu ar waelod fy mol lle mae o'n brifo, mae o'n teimlo dipyn bach yn well.

Mae Mamma'n dŵad i edrych amdana i a Maria i helpu cyn i'r bechgyn godi. Mae Papa allan yn gweithio ers y gola cynta, fel arfer. Fi sy'n cael fy nhynnu allan o 'ngwely gan amla, am fy mod i'n rhy onest, dwi'n meddwl. Er bod y gwely'n gynnes, gynnes a chorff Maria yn braf wrth fy ochr i, dwi'n ffeindio fy hun yn codi ac yn ymateb i Mamma pan mae hi'n galw'n ysgafn amdana i a Maria. Ond mae Maria yn actores, yn un dda am gadw'n berffaith ddistaw a gneud digon o sŵn chwyrnu fel ei fod yn swnio'n naturiol. Mae hi'n cael llonydd gan Mamma wedyn. Ond dwi'n gneud yn siŵr 'mod i'n rhoi rhyw gic fach i'w choes hi 'ar ddamwain' pan dwi'n gadael y gwely, fel ei bod yn gwbod yn iawn 'mod i'n dallt mai cogio mae hi! Dwi'n meddwl mai Maria ydy'r hogan fwya diog yn Bardi i gyd, a hyd yn oed yn Emilia-Romagna gyfan!

Ond bora 'ma, dwi'n teimlo'n llai awyddus nag erioed i godi ac i weithio. Mae isio mynd i fyny'r bryn i nôl y coed y gwnaeth Marco a Carlo eu torri neithiwr. Chwara teg i'r ddau ohonyn nhw, rŵan eu bod nhw'n hogia mawr cryf mae digon o goed tân o hyd, ond fy ngwaith i a Maria ydy eu cario nhw i lawr at y tŷ. Mae Angelo yn rhy fychan i neud llawer o werth, ond mae Mamma'n ei hel o efo Maria a fi weithia, fel ei bod hi'n cael llonydd ganddo fo. Mae o'n annwyl iawn ond yn mynd dan draed yn fwy na helpu, a dwi neu Maria yn gorfod rhoi pàs iddo fo ar ein cefna yn y diwedd, wrth fynd i lawr at y tŷ, ac ynta'n chwerthin ac yn gweiddi "L'asino!" ar dop ei lais. Rydw inna wedyn yn gorfod gneud sŵn asyn. Mae 'na lot o chwerthin, ac mae ei bwysa'n ysgafnach pan 'dan ni'n chwerthin a chael hwyl.

Mae'r drws yn rhwbio agor ac mae Mamma'n sbio rownd ei ymyl.

"Rosetta, Maria, wnewch chi godi er mwyn i mi ddechra gneud tân? Dydy Nonna ddim yn rhy dda eto heddiw."

"Iawn, Mamma!" medda fi, ond dwi ddim yn cogio 'mod i wrth fy modd, fel oeddwn i pan oeddwn i'n iau ac isio plesio.

Daw sŵn rhochian ysgafn o gyfeiriad fy annwyl chwaer, wrth gwrs!

Dwi'n estyn fy nghoesa i'w llawn faint, er mwyn medru trio cael gwared o'r gwayw sydd wedi dŵad iddyn nhw yn ddiweddar. 'Poena tyfu' mae Nonna'n eu galw nhw. Os felly, mi fasa'n well gen i fod yn hen bwtan bach! Pwy sydd isio tyfu os ydy o'n brifo cymaint? Ond bora 'ma, mae'r brathu yma yng ngwaelod fy mol yn gneud i'r poena tyfu yn fy nghoesa ddistewi.

Wrth symud fy nhroed yn ôl i fyny, dwi'n teimlo rhywbeth gwlyb a chynnes rhwng Maria a fi yn y gwely, ac mae 'nghalon i'n suddo fel carreg i waelod afon. Tydy Maria ddim wedi gwlychu'r gwely ers misoedd lawer, er y byddai hi wrthi drwy'r amser pan oedd yr Almaenwyr ymhob man yma, a phan oedd pawb yn poeni nad oedd Marco am ddŵad yn ei ôl o'r *guerra* yn fyw. Ond pam mae hi wedi dechra gwlychu eto, a bywyd ddim llawer gwaeth nag oedd o i ni cyn y rhyfel?

Dwi'n taflu cynfas y gwely yn ôl yn flin, gan wbod yn iawn na fydd modd i Maria ddiawl gogio ei bod yn dal i gysgu yn hwn! Ond fi sy'n cael y sioc, nid Maria.

Mae Maria'n marw! Mae blodyn mawr coch yn lledu ar draws y gynfas wen, yn tyfu ac yn ymestyn. Mae Maria'n gwaedu! Mae hi wedi cael ei brifo! Mae hi'n marw!

"Mamma! Mamma!"

O glywed y panig sy'n fy llais, mae Maria'n eistedd i fyny fel sowldiwr yn y gwely.

"Be sy? Be sy'n bod arna ti'r gloman wirion? Dwi'n trio... dwi'n cysgu'n fan'ma!" medda hi, dal yn biwis er ei bod hi wrth borth angau!

Dydi'r beth fach ddim yn sylweddoli pa mor wael ydy hi. Does 'na'm eiliad i sbario os oes isio mynd i nôl y *padre*, ac iddo ynta fynd i nôl y doctor. Mae'r holl betha cas rydw i erioed wedi'u deud neu eu meddwl am Maria yn gwibio drwy 'mhen. Dwi'n dechra ei thynnu'n ofalus o'r gwely fel bod cyfle o leia iddi fedru rhoi'r *zoccoli* pren am ei thraed ac i finna gau'r strapia amdani rhag ofn iddi syrthio yn ei gwendid.

"Be goblyn? Rosetta!" medda Maria dan brotest. "Sbia!"

Mae'r ddwy ohonan ni'n syllu ar y gwely, heb ddeud gair.

A dim ond wedyn dwi'n gweld staen mawr coch ar hyd gwaelod fy ngŵn nos, a dim sbotyn o waed o gwbl ar Maria.

12

DIOLCHODD GWEN FOD pob man yn ddistaw pan gyrhaeddodd yn ôl i'r fflat. Roedd hi wedi prynu potel o win coch a phryd parod o gyrri a reis iddi hi ei hun o Marks, fel y gallai fwynhau gweddill y dydd Sadwrn oedd wedi cael ei ddwyn oddi wrthi gan blincin Tony Spinelli a'i gaffi.

Bu'n edrych yn nerfus dros ei hysgwydd yr holl ffordd adref, rhag ofn fod Gavin Masters wedi ei dilyn i'w fflat. Ond pam fyddai o'n gwneud hynny? Chwarae teg, yn Llandudno roedd yntau'n byw hefyd. Roedd ganddo gymaint o hawl tramwyo'r strydoedd â hithau, debyg! Roedd o wedi taro yn ei herbyn, wedi mwytho'r man roedd o wedi ei frifo yn reddfol, wedi gadael i'w lygaid oedi fymryn yn rhy hir ar ei gwddw pan oedd hi'n clymu ei sgarff yn dynnach amdani... Ond roedd hi'n dal yn ddigon ifanc i gofio'n glir sut roedd hormonau a thestosteron yn byrlymu yng nghorff rhywun un ar bymtheg oed. Rhagdybiaethau a thuedd cymdeithas i orliwio oedd yn golygu bod gweithredoedd yn gallu cael eu camddehongli a'u sarnu.

Yn ystod y cwrs ymarfer dysgu, cafodd pawb eu cynghori i beidio bod mewn sefyllfa lle roedden nhw ar eu pen eu hunain efo disgybl, rhag ofn i'r disgybl ddwyn achos ar gam yn eu herbyn. Ond hogyn clên oedd Gavin, meddyliodd Gwen, doedd dim dwywaith am hynny. Ella'i fod o wedi cael magwraeth anodd, ond doedd hynny ddim yn golygu ei fod o'n haeddu llai o ystyriaeth, chwarae teg. Doedd hi ddim eisiau bod yn un o'r bobol rheiny oedd yn amau cymhellion pobol o hyd ac yn collfarnu rhywun oedd yn dangos mymryn o garedigrwydd. Mae'r 'milk of human kindness' wedi cyrdlo yn ambell un, meddai wrthi hi ei hun, a thynnu wyneb ar ei chyfeiriadaeth gawslyd! Mi fyddai'r sylw yna wedi denu marc cwestiwn neu ebychnod mewn inc coch yn y marjin pe bai hi'n athrawes arni hi ei hun!

Erbyn iddi gyrraedd y fflat roedd hi wedi perswadio ei hun ei bod hi yn y proffesiwn dysgu am ei bod yn gweld y gorau mewn pobol ifanc, a doedd hi ddim am gael ei suro i feddwl fel arall. Diniwed o glên oedd Gavin, a dyna i gyd. Os oedd o wedi cael ei faethu, Duw a ŵyr pa amgylchiadau anodd roedd o wedi cael ei fagu ynddyn nhw.

Roedd y cyntedd yn hollol dywyll pan gamodd i mewn, ac ymbalfalodd am y swits golau. Fel arfer, roedd digon o olau yn dod o fflat Rosa i sicrhau gwawr wan o olau yn y cyntedd. Dechreuodd ddringo'r grisiau yn araf, gan wneud yn siŵr nad oedd y botel win yn clincian gormod yn y bag plastig. Doedd hi'n amau dim fod Rosa'n hoff o ryw wydryn bach ond doedd hi ddim eisiau tynnu ei sylw heno ar ôl y miri yn y caffi. Yna clywodd Gwen sŵn a barodd iddi rewi a gwrando eto. Sŵn tebyg i gath yn mewian, meddyliodd. Rhyfedd! Doedd hi ddim yn gwybod bod gan Rosa gath. Doedd dim sôn wedi bod amdani hyd yn hyn, beth bynnag. Daeth y sŵn eto, ond y tro hwn gallai Gwen daeru ei bod hi'n clywed gair neu ddau yn gymysg efo'r mewian, er nad oedd hi'n medru dirnad yn union pa eiriau.

Gafaelodd yn ofalus yn ei bag siopa a mynd 'nôl lawr y grisiau. Roedd fflat Rosa'n gwbl dywyll, a dim ond rhyw olau egwan o'r stryd oedd yn torri ar y düwch.

"Helô?" mentrodd Gwen, a daeth yr ateb yn ôl yn syth.

"Helô? Fi sy 'ma! Bonta me! 'Di syrthio. Rosa is fallen!"

Aeth Gwen yn ei blaen a dilyn cyfeiriad y llais. Cafodd ei hun yng nghefn y tŷ, a gallai adnabod ffurf unedau cegin a sinc o'r golau egwan a ddeuai drwy'r ffenest. Llusgodd ei llaw ar hyd y wal nes cyrraedd y swits a rhoi'r golau ymlaen. A dyna lle roedd Rosa ar ei heistedd ar y llawr leino, ac un fraich yn gorwedd fel braich blastig wrth ei hymyl.

"Aaaa! Gwennie! Dwi 'di… Mi sono rotto il braccio! Wedi torri fy… Syrthio! Doctor! Dwi isio doctor! Plis helpu fi, Gwen!"

Rhoddodd Gwen y bag neges i lawr yn ofalus a mynd ar ei chwrcwd at Rosa.

"Lle sy'n…? Arhoswch…"

Yn y golau llachar, doedd dim rhaid bod yn Sherlock i ddyfalu beth oedd wedi digwydd, gan fod sosban a chwpan a phlât wedi torri ar y llawr, a brws llawr wedi ei lusgo fel ei fod yn gorwedd bron fel petai Rosa'n bwriadu gwneud dawns y glocsen, meddyliodd Gwen. Roedd wyneb Rosa'n wyn a sylwodd Gwen am y tro cyntaf ar y rhychau dyfnion ar ei gruddiau, rhychau roedd hi'n llwyddo i'w cuddio dan haenen go dda o bowdwr fel arfer. O weld y nentydd duon, sychion o fasgara a lifai i lawr ei hwyneb, roedd hi'n amlwg wedi bod yn crio ers tro. A hithau mewn penbleth braidd beth i'w wneud nesaf, estynnodd Gwen gadair.

"Ylwch, mi helpa i chi i godi ar eich eistedd, Rosa. 'Dach chi wedi bod yn ddigon hir ar y llawr, ddudwn i."

"Naa, na… Braich yn brifo. Ho paura di spostarlo! Dwi ofn… Fedra i ddim, ddim symud."

"Wna i afael yn eich braich arall chi, ylwch."

Sylweddolodd Gwen y byddai'n rhaid iddi hi afael am ganol Rosa er mwyn ei chodi, fel y gallai hithau wedyn bwyso ar Gwen i'w chodi ei hun. Byddai'n weithred bersonol, yn weithred rhwng mam a merch, rhwng ffrindiau, nid gweithred rhwng pobol oedd bron yn ddieithriaid.

Safodd Gwen yn chwithig a symud yn anghyfforddus o un droed i'r llall, gan edrych o gwmpas y gegin fel petai'n disgwyl gweld ateb neu gymorth yn llechu yn rhywle. Roedd pentwr o lestri budron yn y sinc a phob modfedd sgwâr o dopiau'r gegin wedi eu gorchuddio â chelfi a phob math o botiau yn dal pasta, reis, bisgedi a gwahanol fwydydd. Llwybreiddiai oglau pryd blaenorol ar yr aer, fel gwestai oedd yn anfoddog i adael.

"Wel? Help me! Helpa fi!" meddai Rosa'n ddiamynedd, a dim arwydd ei bod yn teimlo mewn unrhyw sefyllfa o anfantais.

Roedd Gwen yn siŵr iddi glywed "Idiota!" dan ei gwynt.

"Reit, yr unig ffordd 'dach chi'n mynd i godi o fan'na i sêt ydy os 'dach chi'n gada'l i mi'ch helpu chi, iawn? Fel arall, fyddwch chi ar eich tin tan i mi nôl rhywun."

Distawrwydd, â Gwen yn rhythu ar Rosa, a Rosa ei hun yn rhythu ar y llawr, wedi pwdu am fod yr hogan ifanc yma'n meiddio siarad efo hi yn y fath ffordd. Yna, heb ddweud gair, estynnodd Rosa ei braich 'dda' allan mewn ystum oedd yn atgoffa Gwen o frenhines yn estyn ei llaw i gael ei chusanu gan un o'i gweision. Mygodd ei hanniddigrwydd unwaith eto a mynd ati i afael o gwmpas Rosa, gan ei hannog i roi ei braich dda o gwmpas ei gwddw.

Newydd gyrraedd glanfa'r gadair yn ddiogel oedd Rosa pan ganodd cloch y drws ffrynt. Edrychodd y ddwy ar ei gilydd mewn syndod.

"'Dach chi 'di ffonio'r ambiwlans?" gofynnodd Gwen, ond ysgwyd ei phen yn ffyrnig wnaeth Rosa, a dechrau griddfan mewn poen eto.

Naddo, wrth gwrs nad oedd hi wedi ffonio. Aeth llaw Gwen at ei phoced er mwyn estyn ei ffôn i wneud yr alwad. Roedd hynny'n haws na mynd i'r drafferth o ofyn i Rosa lle roedd ei ffôn hi.

Canodd cloch y tŷ unwaith eto. Damia! Roedd hi wedi anghofio bod rhywun yn sefyll yno yn disgwyl am ateb. Roedd ei phen hi'n dechrau troi efo holl ddigwyddiadau'r diwrnod, meddyliodd yn ddigon chwerw.

"Well i mi fynd i…"

"Dŵr! Plis, ga i ddŵr?" gofynnodd Rosa.

Tywalltodd Gwen ddŵr i fŵg, a'i roi i Rosa. Wrth ei gymryd

yn ofalus gyda'i llaw iach, gwenodd Rosa arni, yn amlwg yn wironeddol ddiolchgar.

Aeth Gwen i ateb y drws.

13

ERBYN CYRRAEDD Y drws i'w ateb, roedd Gwen wedi ei hargyhoeddi ei hun mai Tony oedd yno, un ai wedi anghofio neu wedi colli ei oriad ar ôl bod ar ei jolihoet i ble bynnag, neu'n gwneud rhyw safiad ei fod eisiau bod ar wahân i'w fam ac yn curo'r drws fel rhywun diarth.

Pan agorodd Gwen y drws led y pen, a'i hanniddigrwydd yn ffrwtian, roedd hi'n barod i roi llond ceg oedd yn annheilwng o iaith athrawes barchus i'w landlord!

A choler ei gôt dywyll wedi ei thynnu'n dynn am ei glustiau, ei wallt brith yn dawnsio yn yr awel a'i lygaid gleision wedi eu serio arni, Ieuan oedd yno. Ieuan.

"O'n i'n iawn, 'lly. Fan'ma w't ti," meddai, a'i eiriau'n swnio'n denau ac yn annigonol i gyfiawnhau soletrwydd ei bresenoldeb ar y stryd oer.

"Ieu!" meddai hi, a sgubodd y gwynt y llafariaid ysgafn a'u taflu i'r awyr rhyngddyn nhw, yn anadliad, yn sibrydiad. "Ieeuu…"

"Dwi am ga'l dŵad i mewn am banad o leia? A finna 'di gyrru'r holl ffordd."

"Ti 'di gyrru'r holl ffordd o Aber?"

Mae'n rhaid fod yr anghredinedd yn ei llais wedi ei styrbio. Gwenodd arni, ac edrych ar ei draed mewn embaras.

"Ym, naddo. Dim deud gwir. Sori. Digwydd pasio… Wel, 'di bod i weld Mam a Dad yn Rhuthun."

"O, iawn. Reit! Ia, wrth gwrs!" Ceisiodd Gwen ei gorau i guddio'r siom dan fwgwd o ryddhad. "Ond sut oeddach chdi'n gwbod lle o'n i'n byw?"

"Gin i ffyrdd 'swynol' ddudan ni, ia?" meddai, dan wenu.

Roedd o wedi holi Swyn amdani! Wedi mynd i'r drafferth!

Safodd Gwen yno, yn trio osgoi ei lygaid gleision ac yn methu. Ond yna torrwyd ar naws afreal y foment gan grochlefain a gweiddi "Gwen!" o gyfeiriad fflat Rosa. Dadebrodd Gwen yn syth.

"Ieu, ia, ty'd i mewn – ond ti'n dewis dy amsar, 'de, dduda i hynny!"

Gafaelodd yn ei law a'i dynnu dros y rhiniog tuag ati. Roedd ei law yn hynod o gynnes i feddwl ei fod wedi bod yn sefyll yn yr oerfel cyhyd. Safodd y ddau yn y cyntedd, yn edrych ar ei gilydd, cyn i lais Rosa dorri'r hud unwaith eto.

"Yli, stori hir, fedra i'm bod efo chdi am 'chydig, mae 'na ddamwain. Dynas y lle 'di syrthio. Rhaid mi ffonio. Ar fin gneud hynny o'n i pan…"

"Gweld be ti'n feddwl efo amseru da!" meddai Ieu, a rhyw rithyn o wên yn goleuo'i wyneb.

"Aros. Neu dos i'r fflat, ne—"

"Ddo i efo chdi os ti isio," meddai.

Nodiodd Gwen yn ddiolchgar, ac aeth y ddau i'r cefn at Rosa.

"Ffrind i mi 'di galw, Rosa," meddai Gwen, a sefyll yno'n chwithig. Doedd hi ddim eisiau i Rosa gael gwybod enw Ieu. Roedd ei enw yn rhywbeth roedd hi wedi arfer ei gelu, ei sibrwd dan ei gwynt pan nad oedd neb arall yn gwrando, neu ei furmur mewn breuddwyd felys…

"Man friend!" meddai Rosa'n bwdlyd.

"Dyn sy'n ffrind, Rosa!" meddai Gwen yr un mor bwdlyd yn ôl, ond doedd ei llais ddim yn ei hargyhoeddi hi ei hun na neb arall.

Er syndod i Gwen, aeth Ieu ar ei gwrcwd wrth ymyl Rosa a dechrau siarad efo hi'n annwyl.

"Sut ydach chi? Rosa, ia? Ga i'ch galw chi'n Rosa? Be 'dach chi 'di neud, 'dwch? Gormod o ddawnsio ar fwrdd y gegin, ia?"

Gwingodd Gwen o glywed y tinc nawddoglyd yn ei lais, fel

oedd yn digwydd yn aml pan siaradai pobol efo plant a henoed. Ond doedd hynny'n poeni dim ar Rosa. Roedd y trawsnewidiad ynddi bron iawn yn gomig. Eisteddodd i fyny yn ei sêt gymaint ag y gallai, a chodi ei gên urddasol. Gwenodd ar Ieu, a'i llygaid duon yn pefrio'n gellweirus arno.

"O! Dawnsio! 'Dach chi'n gwbod 'mod i'n dawnsio. Pan o'n i'n giovane... Pan ddes i yma i Gymru... dawns yn il municipio... yn neuadd y dre. Dawnsio, dawnsio, dawnsio tan y bora!"

O, grêt! meddyliodd Gwen. Mae hon fel golygfa o *Last of the Summer Wine*, a blydi Rosa Spinelli'n fflyrtio, a hithau ar fin marw funudau 'nôl.

"'Dach chi isio mi ffonio'r ambiwlans i chi 'ta be?" gofynnodd Gwen, a synnu ei hun â thôn diamynedd ei llais.

"'Sa chdi'm yn medru ei dreifio hi yna?" gofynnodd Ieu, cyn gweld o'r olwg ar wyneb Gwen fod gyrru rhyw hen ledi i Adran Ddamweiniau ar nos Sadwrn yn syniad oedd ymhell o fod yn ei chyffroi. "Yli, 'sa chi'n licio i mi eich dreifio chi i'r sbyty, eich dwy? Ysbyty Gwynedd ydy'r agosa, ia? 'Ta Glan Clwyd? Dydy'r car ddim 'di parcio mewn lle call iawn gin i beth bynnag, felly well ei symud o reit handi! Rhag ofn i mi ga'l ffein, 'te, Rosa?"

Edrychodd Ieu ar Rosa a blodeuodd honno drachefn, a gwenu'n garuaidd ar yr arwr newydd yma oedd wedi dod i'w harbed rhag how-garedigrwydd grwgnachlyd ei thenant.

"Na, wir, fasa hynna jest yn... cymryd mantais," meddai Gwen yn arwrol, gan deimlo'n syth gymaint brafiach fyddai cael ychydig o oriau efo Ieu, hyd yn oed os oedd hynny yng nghwmni blydi Rosa Spinelli ac oglau disinffectant. Ac eto, gwyddai mai gwrthod ddylai hi wneud. "Mi fyddwn ni'n iawn, diolch. Tydy 'nghar inna ddim yn bell," ychwanegodd.

"'Swn i'm yn cynnig 'blaw 'mod i isio gneud, Gwen," meddai Ieuan, a'i lygaid yn pefrio, yn ei rhwydo.

Nid felly y digwyddodd pethau. Sodrodd Rosa ei hun i eistedd yn nhu blaen y car efo Ieu, gan adael i Gwen druan stwffio i'r cefn fel hogan fach. Doedd dim pall ar afiaith a huodledd Rosa wrth iddi siarad am y dyddiau pan oedd y caffi yn ei anterth. Doedd hi ddim yn dal yn ôl chwaith ar redeg ar Tony. Roedd o wedi mynd i rwla heddiw, a gada'l y caffi, a dyma hi, ei fam o'i hun, wedi brifo ac yn gorfod dibynnu ar ddieithriaid i'w helpu hi! Pwysodd Gwen ei phen ar oerni ffenest y car a gweld y byd yn gwibio heibio iddi, gan drio gael gwared ar sŵn llais Rosa.

Pan gyrhaeddon nhw'r ysbyty, cafodd Rosa ei chymryd gan un o'r nyrsys *triage* oedd yn asesu difrifoldeb pob claf wrth iddyn nhw gyrraedd, cyn eu cyfeirio wedyn at feddyg maes o law. Cafodd Gwen ei hysio i mewn efo hi, er bod Rosa yn edrych fel pe byddai'n llawer gwell ganddi gael cwmni'r dyn golygus oedd wedi ei gyrru yma. Ond at Gwen y trodd y nyrs i gael gwybodaeth am Rosa. Na, doedd Gwen ddim yn ferch iddi, nac yn nith nac yn wyres nac yn ddim byd arall. Tenant, dyna i gyd. Doedd hi ddim yn gwybod yn iawn lle roedd 'next of kin' Rosa ar y funud, ac roedd hi'n mynd i drio cael gafael arno ar ei ffôn symudol, am y degfed tro.

Twyll oedd prysurdeb yr asesiad cychwynnol yma, meddyliodd Gwen. Twyll i wneud i chi feddwl eich bod ar fin gweld doctor a chael mynd adref. Mewn realiti, ar ôl bod efo'r nyrs *triage* o fewn y deng munud cyntaf, roedd awr wedyn o eistedd yn y stafell aros.

"'Dach chi'n iawn? 'Dach chi isio i mi nôl rhwbath i chi?" gofynnodd Gwen eto, jest i gael rhywbeth i'w ddweud, rhag bod y ddwy'n eistedd fel delwau, heb dorri gair.

"Quando viene il dottore? Y doctor! Lle mae o?" meddai Rosa'n flin, gan syllu ar ryw hogan ifanc datŵog, gwallt melyn oedd yn rhythu ar Rosa fel petai wedi glanio yno o'r lleuad.

Daliai'r ferch fandej am ei braich, ac roedd y gwaed yn lledaenu fel blodyn drwyddo.

"Dwi'n gwbod dim. Rhaid i ni ddisgwyl, sori. Mi wna i drio cysylltu efo Tony eto. Cha i'm signal tu mewn. Fyddwch chi'n iawn yn fan'ma os a' i allan am funud?"

Nodiodd Rosa'n falch, er bod Gwen wedi synhwyro rhyw gysgod o ofn dros ei hwyneb wrth iddi sylweddoli ei bod yn cael ei gadael.

"Fydda i ddim yn hir!" meddai Gwen, a chyffwrdd yn yr hen law gymalog, fodrwyog. Roedd y croen yn denau fel papur, a'r gwaed yn llifo'n araf drwy'r gwythiennau bylchog.

Ymunodd Gwen â byddin y smociwrs y tu allan i ddrws yr ysbyty, ac aeth allan ychydig ymhellach i'r maes parcio i gael rhywfaint o awyr iach.

Craffodd am gar Ieuan yn y maes parcio. Roedd o wedi mynd â nhw at fynedfa'r Adran Ddamweiniau ac wedyn wedi mynd i chwilio am le i barcio, ond doedd 'na'm golwg ohono rŵan.

Gan ochneidio, gwasgodd Gwen fotymau'r ffôn nes ffeindio rhif Tony unwaith eto. Canodd ei ffôn am eiliadau, ac roedd Gwen ar fin ei ddiffodd pan glywodd lais Tony yr ochr arall.

"Ia? Gwen? Ti'n iawn? Oes rhwbath yn bod?"

"Tony! Lle ddiawl ti 'di bod? Dwi 'di bod yn trio cysylltu efo chdi ers…"

"Y caffi! 'Sna rwbath yn bod? 'Sna broblam efo'r caffi?"

"Ma'r blydi caffi'n iawn!" Doedd Gwen ddim mewn hwyliau i wenieithu. "Dy fam sy 'di syrthio! Brifo ei braich! Dwi'n A&E efo hi rŵan. Lle ddiawl wyt ti, Tony?"

"O, damia."

"Ia, damia!"

Clywodd Gwen sŵn car yn y pellter yn gweryru fel ceffyl yn y gwyll. Trodd yn ôl i edrych ar yr ysbyty, oedd fel llong fawr wedi ei hangori, yn oleuadau i gyd.

"Felly, pryd ti'n dŵad yn ôl?"

"Yli, fydda i yna mor fuan â fedra i, iawn? Yn y fflat, dwi'n feddwl. Fyddwch chi 'di gada'l y sbyty erbyn i mi gyrra'dd ma siŵr. Wela i chi 'nôl yn y fflat."

Roedd rhythm a thôn ei lais yn wahanol, a chân a thinc Eidalaidd wedi ei feddiannu.

"Iawn! Dduda i wrthi bo chdi'n…"

Aeth y ffôn yn farw.

"… cofio ati hi," meddai Gwen wrth y maes parcio anial a'r gwynt.

Rosetta

Dwi'n dal fy ngwynt nes bod fy mhen i'n troi, ac yn gwasgu fy nghorff at y wal pan maen nhw'n cyrraedd. Pan mae 'o' yn cyrraedd. Dwi'n lwcus 'mod i ddim yn hen dwmplen dew fel Maria neu mi fasa hi'n amhosib i mi guddio'n erbyn y wal yn y cyntedd yma a'i bileri balch, a sbio arno fo o bell. Mae'r lôn fach gul yn mynd i lawr at droed y castell a tasa rhywun yn trafferthu sbio, mi fasa fo'n 'y ngweld i rhwng y colofna yma sydd rhwng y stryd fach a'r sgwâr.

Mae'r Piazza Martiri d'Ungheria yn anarferol o ddistaw heno. Pwy fasa'n meddwl bod y sgwâr fel nyth cacwn amser cinio pan oedd y farchnad yma, a'r caffis i gyd yn llawn? Mae Maria o hyd yn deud bod dwy eglwys Bardi fel dau lew yn edrych ar ôl pawb sydd yn croesi'r sgwâr. Mae'r Devota Margherita Antoniazzi fawr smart ar dop y bryn, a'r San Giovanni, ein heglwys fach ni, tua gwaelod yr allt wrth odre'r castell, a thŵr yr eglwys fach yn ymestyn ora y gall am y nefoedd. Ond dwi wastad yn meddwl nad edrych ar ôl pawb mae'r ddwy eglwys, ond syllu dros y bobol, i neud yn siŵr fod pawb yn bihafio. Mae'r *padre* yn dal i ofalu bod pawb ohonan ni yn Gatholigion bach da, yn byw ein bywyda'n agos at Dduw. Dwi'n dal i deimlo 'mod i'n gorfod edrych rownd bob cornel, er bod y rhyfel 'di gorffen ers tro.

Fan'ma roedd Daniella a fi'n arfer dŵad i sbecian ar y sowldiwrs, a fan'ma ar y *piazza* roedd y bws yn dŵad i ffarwelio efo'r rheiny oedd yn mynd i ffwrdd i'r wlad bell honno oedd yn mynd i'w gneud nhw'n gyfoethog. Tasa Mamma'n gwbod, mi fasa hi 'di'n chwipio ni a gneud i ni gario mwy o goed at y tân a mynd â'r asyn i ben y bryn i bori am wythnos gyfan.

Mi fasa hi'n fy chwipio fi 'ŵan, hefyd, tasa hi'n gwbod 'mod i yma, er 'mod i'n bymtheg oed. Tydy hi ddim yn licio'r sgwâr. Dwi ddim yn gwbod pam yn iawn, ond mae gen i syniad. Dwi'n meddwl ei bod hi'n gweld y sgwâr fel lle i ffarwelio, lle trist. Mae ganddi hiraeth o hyd am ei brawd, Luigi, sydd wedi mynd draw i'r wlad newydd i neud ei ffortiwn.

Mae rhyw newid yn Mamma ers i Zio Luigi adael. Roedd hi'n arfer bod yn ddoniol, yn gneud i bawb yn y tŷ chwerthin lond eu bolia wrth adrodd rhyw hanes neu'i gilydd. Ond rŵan... Mi fydda i'n sbio arni hi weithia pan mae hi wrthi'n pwnio'r dillad budr yn y fasged fawr yn y cefn, yn curo'r budreddi ohonyn nhw fel eu bod yn sgleinio'n lân ar y lein ddillad o fewn awr.

Mae 'na sŵn traed yn llusgo fy meddwl i'n ôl i'r man lle ydw i'n cuddio ac yn sbecian ar y sgwâr. Mae o'n nesáu! Dwi'n bymtheg oed, felly pam dwi'n teimlo mai calon hogan fach wirion sy'n rasio ac yn carlamu fel asyn wrth i mi ei weld o'n dŵad yn nes, ac yn ei deimlo fo, er ei fod o'n bell i ffwrdd ac yng nghanol torf o ddynion eraill? Dwi'n teimlo brethyn y ffrog yn cosi fwy nag arfer heddiw, am ei bod yn boethach nag arfer mae'n siŵr, er 'mod i yn y cysgod rywfaint yma, dan y bwa. Ond does fiw i mi symud gewyn, rhag ofn i rywun fy ngweld i'n llechu yma fel lleidr. Rhag ofn iddo fo weld, a dallt yn syth. Mae gynno fo bapur newydd yn ei law, ac mae o'n sgwrsio'n braf efo'r lleill. Braf fasa bod yn bapur newydd a chael ei fysedd o'n cau amdana i fel'na! Mi alla i deimlo fy hun isio chwerthin, isio gweiddi arno. Ond dwi'n dal fy ngwynt o hyd. Yn dal fy ngwynt ac yn dal fy llaw dros fy ngheg hefyd, rhag ofn i mi biffian chwerthin a bradychu fy hun.

Ac yna mae o wedi pasio, wedi mynd heibio heb edrych, heb weld. Ac mae'r *piazza* yn edrych yn wacach nag erioed.

14

M I WELODD HI o'n syth bìn, yn sefyll yn ei gôt hir, dywyll wrth ymyl y fynedfa, fel sbei, yn aros amdani. Camodd allan o'r ffrwd o olau pan welodd o hi'n dod tuag ato, a chael ei lyncu gan y nos eto am funud, cyn dod yn ddigon agos iddi weld pendil y fraich dde.

"Sut ma hi?" gofynnodd.

"Dal i aros ei thro," atebodd hithau.

Edrychodd y ddau ar ei gilydd. Gwridodd Gwen fymryn, oherwydd o lefaru'r geiriau, sylweddolodd ryw arwyddocâd nad oedd hi wedi'i fwriadu. Sythodd, a chaledu'i hedrychiad. Roedd hi'n amlwg o'i wyneb a'i osgo fod Ieu'n ymbaratoi at wneud rhyw fath o Ddatganiad. Roedd hi'n ei adnabod o'n ddigon da bellach.

"Yli, Gwen, dwi mor sori, ond fedra i ddim…"

"Na, dwi'n dallt. Pasio oeddach chdi eniwe, 'de? Jest digwydd…"

"Wel, ia, mewn ffordd, ia. Fedra i'm aros amdana chi. Chdi a Rosa. Ma raid i mi…"

"Fynd? Ia, iawn, sut bynnag." Yna ychwanegodd, "Sioned yn galw?"

Roedd ei law am ei braich, a'r cynhesrwydd yn saethu drwyddi.

"Prys. Problam efo Prys."

"O! Prys," meddai Gwen, heb drio cuddio'i chwerwder.

Roedd glaslanc Ieuan wedi magu cyrn iddi, wedi tyfu'n barodi o bob hogyn plorog roedd hi erioed wedi dod ar ei draws. Diawl bach wedi'i ddifetha oedd o, synhwyrai Gwen. Doedd ganddi ddim gobaith cystadlu efo blydi Prys.

Tynnodd Ieu ei law oddi ar ei braich er mwyn ymbalfalu

yn ei boced. Estynnodd bapur hanner canpunt coch. Prin bod Gwen wedi gweld un o'r blaen, a syllodd arno fel petai'n arian Monopoly, gan deimlo colli gwres Ieu ar ei braich ar yr un pryd.

"Yli, ga i dalu am dacsi i chi, i ga'l mynd adra?"

Ai yn y fan honno y daeth y datguddiad iddi? Efallai. Yno, fel'na? Braich yn hiraethu am wres un arall, arian parod yn offrwm crynedig yn y gwynt.

"Dwi'm isio dy bres di, Ieu." Roedd ei llais yn wastad, yn ddiemosiwn.

"Nag oes, ella, ond am y tacsi. Yli, dyma'r peth lleia alla i…"

"Dwi'm isio dy ffycin bres di!"

Chdi dwi isio, sibrydodd y gwynt yn llawn gwatwar. Chdi! Stwffia dy hun i'n llaw i ac mi wasga i di'n dynn.

Ci yn cyfarth, car yn rhywle'n canu corn fel cyfarchiad. Synau diarth. Synau bywydau pobol eraill.

Nodiodd Ieu a chamu'n ôl, y rheg wedi gwneud ei gwaith.

"Iawn. Sori. Yli, fydd jest rhaid i mi…"

"Fynd, ia. Wn i. Jest cer 'ta, Ieu, ia? Jest cer!"

A llafarganodd y gwynt drachefn. Ati hi. At dy deulu bach twt.

"Ffonia i di," meddai Ieu, ond fedrai o ddim cuddio'r gwacter yn ei eiriau olaf, meddyliodd Gwen.

Roedd y ddau ohonyn nhw'n gwybod bod pethau wedi darfod. Gweithred hawdd iawn iddi, felly, oedd troi oddi wrtho, troi ar ei sawdl heb ei ateb, a cherdded tuag at olau'r ysbyty, fel petai'n cychwyn ar fordaith i dir newydd.

—

Roedd hi'n awr arall cyn iddyn nhw fedru dringo i mewn i dacsi. Roedd Rosa wedi holi'n arw lle roedd y dyn golygus a ddaeth â nhw yma, a pham na fyddai o wedi disgwyl amdanyn nhw i fynd adra. Ond mae'n rhaid ei bod wedi synhwyro bod rhyw ddrwg yn y caws, oherwydd mi beidiodd sôn ar ôl ychydig. Roedd Gwen yn ddiolchgar iddi am hynny.

Bu'r ddwy'n eistedd yn ddigon tawedog yn y tacsi, a'r gyrrwr yn ddigon call i ddeall nad oedden nhw mewn hwyl i fân siarad. Cafodd le i barcio reit tu allan i'r fflat, gan ei bod hi'n tynnu am ddeg erbyn hyn, a'r stryd yn wag. Aeth y gyrrwr allan a chynnig ei fraich i Rosa gydgerdded ag o at y drws tra oedd Gwen yn sortio'r goriad. Ceisiodd Gwen ddangos ei gwerthfawrogiad drwy gynnig cildwrn iddo, ond ysgwyd ei ben wnaeth o.

"O'dd gin inna nain erstalwm 'fyd!" meddai efo winc, cyn diflannu i'w sêt a gyrru i ffwrdd efo'i nain yng nghesail ei feddwl.

Chafodd hi ddim cyfle i brotestio, i egluro.

Doedd dim golwg o Tony pan aethon nhw i mewn i'r fflat. Cerddodd Gwen efo Rosa i'r gegin, a mynd ati i wneud paned iddi. Suddodd yr hen wraig yn ddiolchgar i'w chadair, a sylwodd Gwen fod ei chroen yn welw, a haenen o chwys fel gwlith uwch ei gwefus uchaf.

"Dwi am fynd i'r fflat am funud, jest i fynd â'r rhein yno," meddai Gwen, o weld ei bag neges llawn addewid nos Sadwrn yn gorwedd yn geiban wrth ymyl y drws. Synnodd o glywed ei llais yn crynu.

"Dwi'n dallt, Gwen. Affari di cuore." Cyffyrddodd Rosa ei chalon. "Bûm inna'n giovane, yn ifanc unwaith."

Ochneidiodd Rosa, rhyw ochenaid doredig, flinedig, a syllu ar y ffenest ddu – ar ei hadlewyrchiad hi ei hun, debyg iawn, ond ei bod hi fel petai'n edrych ar ddieithryn.

"Yn ifanc…" meddai Rosa eto, gan geisio'i hargyhoeddi ei hun yn gymaint â neb arall.

"Ro'dd gynnoch chi lot o hogia 'di mopio efo chi, dwi'n siŵr. Dynas smart fatha chi," meddai Gwen, gan drio gwneud yn ysgafn o'r peth.

"Un. Un oedd 'na. Un amore," meddai Rosa, ac edefyn ei llais yn suddo'n araf.

"Braf arna chi, yn cael priodi cariad eich bywyd, Rosa. Alfonso, ia? Dyna oedd enw'ch gŵr? 'Dach chi siŵr o fod yn gweld ei golli o…"

Roedd Gwen wedi profi peth o wewyr gwely gwag. Estyn am gorff cynnes a chael cotwm oer yn ei le. Ond colli cymar oes? Roedd hynny y tu hwnt iddi.

"Alfonso!" meddai Rosa'n chwyrn, gan sefyll ar ei thraed a dechrau edrych o'i chwmpas fel ci yn chwilio am ei gynffon.

"'Dach chi'n iawn?"

"Paid ti siarad am Alfonso wrtha i! Byth! Capisci? Ti'n dallt?"

Roedd y sbarc yn ei ôl, y diawledigrwydd wedi aildanio yn ei llygaid tywyll.

"Sori, Rosa, do'n i ddim yn meddwl…"

"Sgin ti ddim syniad. Dim. Dim hawl! Paid ti byth â deud ei enw fo eto!"

Blydi hel, meddyliodd Gwen, i be ddiawl ma isio i hon fynd i ben caets, a finna ddim ond wedi crybwyll enw ei gŵr?!

"Dyn da oedd Alfonso! Iawn? Dyn da!" Ac yna sibrwd, bron wrthi hi ei hun, "Rhy dda…"

Daeth y rhyferthwy i stop, a Rosa fel petai'n synhwyro ei bod wedi mentro'n rhy bell.

"Ylwch, Rosa, sgin i'm bwriad o'ch ypsetio chi. Dwi am fynd i fyny i'r fflat rŵan. 'Dach chi isio help efo rhwbath cyn i mi fynd?" meddai Gwen, gan drio adfeddiannu ei rôl o fod yn awdurdodol, yn garedig.

Ond doedd hi ddim yn awyddus i geisio cael hen ddynes flin, led-ddiarth i mewn i'w choban, chwaith! Gwaith Tony oedd hynny, fel mab Rosa. Lle ddiawl oedd o? Wrth lwc, doedd gan Rosa ddim bwriad yn y byd i adael i Gwen wneud y fath beth.

"Dwi isio bod ar ben fy hun, rŵan! Dos! Vai via! Vai via!"

"Ond fedrwch chi neud eich hun yn barod i'r gwe—?"

"Dos, Gwen!" gwaeddodd Rosa. Yna, meiriolodd ychydig ar dôn ei llais. "A grazie. Am helpu, Gwen. Grazie."

Nodiodd Rosa, cystal â dweud ei bod hi'n bryd i Gwen adael.

Gafaelodd Gwen yn y bag plastig, gwenu arni a gadael am y grisiau, a'r botel o win coch yn tincian fel cloch.

Pietro ydy ei enw fo. Pieeetro. Ond dwi 'di clywed chwiorydd bach Elena yn ei alw fo'n wncwl, yn Zio Rino – mae hynny'n gneud iddo fo swnio mor hen!

A dydy o ddim yn hen o gwbl, a deud y gwir. Dydy o ddim yn bell iawn o oed Marco, dwi'n siŵr, ac mae Marco'n frawd i mi, felly fedar Pietro... Rino... ddim bod yn rhy hen. Riiiiinooooo.

Eistedd y tu allan i'r tŷ oeddwn i pan welish i o gynta, yr union fora i mi ddeffro mewn gwaed a meddwl 'mod i'n marw. Diwrnod mawr oedd hwnnw. Roedd gen i hen boen od yng ngwaelod fy mol o hyd, yn tynnu arna i, ond ro'n i'n hapus fy myd. Roedd Mamma wedi bod yn glên iawn efo fi, ac wedi rhoi llond platiad o uwd ceirch a choffi *latte* i mi i frecwast a gneud ffys ohona i fel taswn i'n sbesial.

"Ti'n ddynes rŵan, cara mia," medda Mamma, ac roedd hi'n braf eistedd wrth y bwrdd a siarad am y petha mae merched yn gallu siarad amdanyn nhw. Roedd Mamma wedi egluro bod hyn yn mynd i ddigwydd bob mis i mi, a bod isio bod yn ddistaw am y peth a pheidio gneud ffys oherwydd mai dyna oedd yn naturiol. Y corff oedd yn fy mharatoi at fod yn fam.

"Yn fam!" medda fi, ac ro'n i'n teimlo fel crio, achos ches i ddim cyfle i ffarwelio'n iawn efo 'mhlentyndod, ei wasgu o'n dynn a deud 'hwyl fawr' wrtho fo. Ac o'r hyn ro'n i'n gallu'i weld, o edrych ar Mam, doedd bod yn ddynes ddim yn hwyl o gwbl; mae Mamma'n gweithio o fore gwyn tan nos, yn gneud bwyd drwy'r amser, yn cadw trefn arnan ni ac ar y gweithwyr, ac ar yr asyn a phob dim.

Ond o leia mae 'na 'chydig bach mwy o fwyd o gwmpas, rŵan bod y *guerra* wedi dod i ben. Dwi'n dal i ddeffro weithia, ganol nos, pan mae'r tŷ yn cysgu, deffro o'r hunlle, pan aeth Papa i nôl y bochdew bach am fod y bwyd i gyd 'di rhedeg allan. Finna'n gweiddi, Maria a finna'n sgrechian arno fo beidio, yn deud yr aem ni allan i'r caeau i ddal malwod, a lawr at afon Ceno i gael llyffantod. Roeddan ni hyd yn oed yn gweiddi y basan ni'n trio draenog eto. A finna'n methu diodda meddwl am y pigau brown budr a'r chwain oedd yn berwi yn ei ffwr.

Mae Mamma wedi cadw'r llysia a'r ffrwytha ers y llynedd i neud tsiytni ac wedi sychu'r tomatos er mwyn rhoi blas neis ar y *passata* i'w roi ar y pasta.

Pam dwi'n siarad am fwyd fel hyn, a finna isio siarad am Rino? Am fod y ddau'n flasus, mae'n siŵr! Am fod fy mhen i'n dechra dychmygu brwsio fy ngwefusa ar hyd ei rudd o, fel y baswn i'n cyffwrdd fy ngwefusa mor, mor ysgafn yn erbyn croen sawrus eirinen wlanog, a gobaith a hud yr haf yn yr ogla.

Mae o'n gneud bardd ohona i! A finna prin yn medru sgwennu'n iawn! Mae o'n rhoi rhyw hud a lledrith drosta i, sy'n gneud i mi gamu o fod yn Rosetta Giovanni gyffredin o Bardi i fod yn...

Riiinoo. Ia, dwi'n meddwl mai Rino fydd o i mi hefyd. Mae'n enw perffaith iddo fo. Yn gneud iddo fo swnio fel ffilmstar, fel Amedeo Nazzari. Roedd ei lun o ymhob man yn Parma pan aethon ni mewn bws efo'r eglwys i weld un o'r eglwysi hyna, mwya crand dwi erioed wedi eu gweld. Ar ôl cael ein harwain o gwmpas yr eglwys roedd rhai ohonan ni genod wedi dechra diflasu, felly dyma ni'n deud y basan ni'n aros am weddill y criw y tu allan ar y stryd. Dwi'n meddwl ein bod ni wedi deud bod Maria'n teimlo'n sâl ac isio awyr iach, rhwbath fel'na. Ac roedd Maria, wrth gwrs, wrth ei bodd cael bod yng nghanol sylw pawb, yn lapio'r consýrn amdani fel siôl. Dwi'n meddwl ei bod hi 'di dechra meddwl ei bod hi'n teimlo'n benysgafn go iawn! Colomba stupida!

Dyna pryd welson ni Amedeo Nazzari – llun mawr, mawr o'r dyn hardda dwi erioed 'di weld. Tu allan i sinema oedd o. Sinema. Chee-ne-maaa. Roeddan ni wedi clywed pobol yn sôn fod llefydd felly'n dangos ffilmia o bobol yn canu a dawnsio a cogio bod yn rhywun arall... Ffilmia o lefydd pell fel America a Phrydain, a rhai o'r Eidal hefyd.

Ond ni sydd pia Amedeo Nazzari. Seren ydy o; mae o'n gryf, yn athletaidd, yn ŵr bonheddig, ond nid yn y ffordd wantan y mae prifathro ysgol yn 'fonheddig'. Mae hwn yn fonheddig mewn ffordd sy'n gneud i chi doddi tu mewn, efo'i fwstásh smart a'i ên benderfynol. Ac mae Rino yr un fath yn union. Ond yn well. Oherwydd mae o yma, efo ni, yn byw yn Bardi yn ei ôl, yn un ohonan ni eto.

Mae 'meddwl i'n crwydro fel gafr fynydd. Wedi cyffroi dwi, wedi cynhyrfu fel dwn i'm be. Mae meddwl am betha drwg yn bechod, yn ôl y *padre*, ond fedra i ddim derbyn bod hynny'n deg. Fedra i weld dim ond daioni pan dwi'n meddwl am Rino.

Dwi angen mynd 'nôl at yr adeg pan welis i o gynta, tydw? Pan o'n i'n eistedd ar y wal fach y tu allan i'r tŷ, yn taro fy sgidia yn erbyn y cerrig ac isio crio am 'mod i'n troi'n 'ddynes' ac yn mynd i fod yn 'fam' ryw dro, a finna ddim isio ond yn methu gneud unrhyw beth amdano. Fel y *guerra*, meddyliais wrtha fi fy hun. Yn union fel y rhyfel, pan oeddach chi'n gorfod cuddio'r gola a byw ar bryfaid a llyffantod a draenogod, oherwydd petha doedd ganddoch chi ddim byd i neud efo nhw, petha doeddach chi'n medru gneud dim amdanyn nhw.

Ro'n i'n syllu ar y castell ar ben y bryncyn bach yng nghanol Bardi, yr hen gastell hyll, tywyll sydd fel tasa fo'n sbio drostan ni i gyd, yn gwylio ein bod ni ddim yn gneud rhywbeth o'i le, yn union fel roedd y Duce yn arfer neud i ni pan oeddan ni yn yr ysgol ac yn gorfod dysgu'r 'Il credo les Fascismo' ar ein cof.

Caeais fy llygaid rhag gola cryf yr haul, a'r hen boen yn tynnu, tynnu yng ngwaelod fy mol. Ac yna, dyma ryw gwmwl mawr yn dod dros gloria fy llygaid caeedig.

"Wyt ti'n ferch i Emilio?" medda rhyw lais tywyll, a neidiais allan o 'nghroen fel cwningen.

Ro'n i ar fy nhraed mewn chwarter eiliad, a 'nyrna wedi'u cau, yn barod am ffeit. Roedd yr haul yn fy nallu, felly roedd yn rhaid i mi godi un llaw er mwyn gweld pwy oedd yn sefyll yno o 'mlaen i.

A dyna pryd y gwelish i Rino, ac roedd o'n chwerthin. Yn chwerthin am fy mhen i am i mi ddychryn fel rhyw hen gath fach ofnus!

Lwyddish i ddim yngan gair, dim ond nodio a phwyntio at y drws ffrynt, fel ro'n i 'di gweld rhyw hogan fud a byddar yn ei neud unwaith yn Grezzo. Ac wedyn dyma fi'n sbio ar y llawr.

Aeth Rino i mewn i'r tŷ ar ôl cnocio'r drws, ac mi gafodd groeso mawr gan Mamma. Dyna pryd ddalltish i mai Pietro oedd ei enw fo, ond roedd hyd yn oed Mamma yn galw Rino arno fo ar ôl ychydig eiliada yn ei gwmni.

—

"Mamma, pwy oedd y dyn yna wnaeth ddŵad draw pnawn 'ma?" medda fi'r noson honno, gan neud yn fawr o'r ddealltwriaeth gynnes oedd wedi bod rhyngddon ni yn gynharach yn y diwrnod.

Ond roedd hi'n ddiwedd y dydd erbyn hyn, a Mamma wedi blino ac yn gwbod bod ganddi oria o goginio a llnau a gorffen gorchwylion cyn iddi fedru eistedd i lawr. Doedd dim cystal hwyl arni hi, felly, er 'mod i'n gneud cystal â medrwn i wrth baratoi'r tomatos ar gyfer swper, a pheidio breuddwydio a bod yn ara deg, fel roedd hi'n cwyno 'mod i fel arfer.

"Pa ddyn, Rosetta?" medda hi'n flin, a gneud ystum oedd yn deud wrtha i am symud o'r ffordd er mwyn iddi fedru pasio efo'r fasged o ddillad i'w rhoi trwy'r mangl yn y cefn.

"Y dyn yna!" meddwn eto. "Yr un efo mwstásh fatha Amedeo Nazzari!"

Safodd Mamma yn ei hunfan a dechra chwerthin wedyn.

"Rino ydy hwnna! Dwi'n dal i feddwl amdano fel yr hogyn

ifanc aeth i ffwrdd i Gymru, ond mae'n siŵr ei fod o'n edrych fel dyn i ti a dy chwaer, tydi!" medda hi, a gwenu arna i am eiliad.

Aeth allan wedyn, ac roedd hi'n funuda lawer cyn iddi ddŵad yn ei hôl i'r gegin. Rhoddodd hynny amser i mi gnoi cil dros yr hyn roedd hi wedi'i ddeud.

"Pam aeth o i ffwrdd i Gymru? Ydy fan'no wrth ymyl Llundain?"

"Dwn i'm. Yndi, ma siŵr!" medda Mamma'n ddiamynedd, fel y bydd hi pan fydd rhywun yn gofyn rhywbeth iddi am y byd, a hitha ddim wedi bod yn bellach na Parma erioed.

"A ti'n gwbod yn iawn pam roedd pobol yn mynd i ffwrdd. Yr un rheswm ag yr aeth dy Zio Luigi i ffwrdd, yntê, Rosetta? I chwilio am fywyd gwell nag yn y lle tlawd 'ma lle ma pawb yn pigo byw!"

"Ond pam ma Rino...? Pam mae o wedi dŵad yn ôl, 'ta? Os ydy'r lle Cymru 'ma yn lle mor braf?"

Dechreuodd Mamma ysgwyd ei phen wedyn, a mynd i'r afael â thomen o'r tomatos ro'n i wrthi'n eu torri, gan eu tomennu i mewn i'r piser.

"Wel, ma Rino 'di gweld llawar mwy na ddylai hogyn o'i oed o fyth ei weld," oedd yr unig beth ddudodd Mamma wedyn, ac roedd hi'n amlwg o dôn ei llais nad oedd hi isio siarad mwy am y peth.

Anfonodd hi fi allan wedyn i weld oedd Maria o gwmpas y lle'n gneud dryga, ac i ddeud wrthi fod yn rhaid iddi ddŵad yn ôl i'r tŷ i helpu.

"A phaid ti â gadael i'r hen hogia Rabaiotti 'na dynnu arna ti, a deud petha gwirion i dy dynnu i helynt efo nhw! Ti'n ddynas rŵan, Rosetta! Ma raid i ti fod yn fwy gofalus."

Wnes i ddim gofyn be oedd hi'n ei feddwl, achos ro'n i'n ddigon call i wbod pa bryd roedd hi'n iawn i holi Mamma a phryd roedd hi'n well cadw'n ddistaw.

Ddudodd 'run ohonan ni air am Rino wedyn am ddiwrnoda.

Ond meddyliais yn hir am yr hyn roedd Mamma wedi'i ddeud amdana i'n ddynes rŵan. Roedd yna rhyw linell wedi ei thynnu oedd yn fy ngneud i'n wahanol i Maria, ac i'r plant Rabaiotti. Roedd fy mronna wedi dechra tyfu, ac roedd hi'n mynd yn anodd cau'r botyma ar fy mlows. Ro'n i wedi dal ambell hogyn yn syllu ar fy mrest, fel tasa rhyw bloryn wedi tyfu yno dros nos. Fel arfer, roedd clustan reit dda yn gneud yn siŵr nad oeddan nhw'n sbio eto! A heddiw, ro'n i wedi dechra gwaedu, wedi troi'n ddynes go iawn.

Es i 'ngwely'r noson honno a beichio crio'n ddistaw, ddistaw, rhag i Maria ddeffro a thynnu 'nghoes i am 'mod i'n crio. Yr unig beth a dawelodd fy nagra ac a wnaeth i mi syrthio i gysgu yn y diwedd oedd meddwl am fwstásh arbennig ar ddyn golygus – mwstásh hynod o debyg i un Amedeo Nazzari.

—

Gorwedd yn fy ngwely ydw i, yn gwrando ar batrwm y glaw yn taro'n erbyn y ffenest. Hynny, a sŵn rhochian Maria wrth fy ymyl i. Fel arfer, dwi ddim yn licio ei chlywed hi'n chwyrnu fel mochyn bach, ac mi fydda i'n rhoi cic fach iddi er mwyn iddi ddeffro a throi i gysgu ar ei hochr er mwyn iddi dawelu. Fydd hi ddim yn deffro, ond fel arfer mi fydd hi'n gneud rhyw sŵn bach ac yn troi ei chorff i wynebu'r fforrd arall. Ac ma hynny'n gweithio, am 'chydig. Ac efo lwc, mi fydda inna wedi medru sleifio i fyd cwsg cyn iddi ddechra rhochian eto.

Ond 'di o'm ots gen i heno. Dwi'n falch ei bod hi'n cysgu'n drwm, neu fe fydda hi'n sylwi 'mod i'n syllu ar y to yn hollol effro, yn sylwi 'mod i'n wahanol, yn meddwl amdana fo. Achos mae Maria yn hen fusnas – mae hi'n sylwi ar bob dim, yn enwedig gan fod y ddwy ohonan ni'n rhannu gwely, a dwi ddim isio iddi hi ddallt 'mod i a Rino...

Ond rhaid i mi gallio. Tydy cael gwersi Saesneg gan rywun

ddim yn golygu mwy na hynny. A dwi ddim yn un o'r genod rheiny sy'n giglan ac yn fflyrtian ac yn mopio efo athro newydd neu'n mynd yn wan ac yn wirion i gyd pan mae rhyw offeiriad newydd yn dŵad i'r plwy, a phawb yn ymladd dros ei gilydd i weld pwy sy'n medru gneud iddo wenu arnyn nhw gynta.

Dim hogan fel'na ydw i. Dwi'n wahanol. Ac mae Rino'n gwbod 'mod i'n wahanol. A dyna pam mae o wedi cytuno i rannu hynny o Saesneg sydd gynno fo efo fi, er mwyn i mi gael dysgu.

Dwi'n codi a mynd at y ffenest i edrych i lawr ar y buarth. Mae yna hanner lleuad ac mae'r buarth a'r wlad i gyd wedi cael eu socian mewn byd o las tywyll, ac ambell lafn o baent arian ar draws y llun. Ro'n i'n licio gneud llunia yn yr ysgol, er bod y rhyfel 'di golygu mai dim ond unwaith bob pythefnos roeddan ni'n cael peintio, oherwydd bod pob dim yn brin. Doedd 'na ddim gwerth o baent, ac roedd y brwshys bron iawn yn foel! Dwi'n cofio un o'r hogia lleia'n rhoi mymryn o baent yn ei geg i weld oedd o'n blasu'n dda, gan fod y lliw melyn yn cosi rhyw atgof yn ei ben am y cyfnod cyn y rhyfel pan oeddan ni'n cael petha da a melysion. Sôn am dagu a thuchan wedyn! Roedd gen i biti drosto fo, deud y gwir, ond roedd Signora Ricardo, yr athrawes, yn reit flin efo fo – rhag ofn i'r gweddill ohonan ni gael yr un syniad, mae'n debyg.

Ro'n i isio'i amddiffyn o. Peth bach, roedd o ar lwgu, a Signora Ricardo yn llond ei chroen am fod ei thad yn ffarmwr go gefnog oedd yn gneud yn siŵr fod ei deulu o'i hun yn cadw lot fawr o'r cnydau wrth gefn. Ond doedd fiw i mi ddeud dim, nag oedd?

Ond ma gen i hen gwlwm tyn, annifyr yn fy mol hyd yn oed rŵan wrth feddwl am y peth. Fo oedd un o'r hogia bach aeth yn sâl, un o'r rhei na welodd ddiwedd y rhyfel am ei fod o wedi cyrraedd ei heddwch yn barod yn y fynwent ar y bryn. Roedd diffyg bwyd wedi gneud iddo fo fethu cwffio pan ddaeth y niwmonia. Chlywodd o mo'r dyffryn yn atseinio i'r clycha dathlu oedd yn canu ymhob pentre ychydig fisoedd yn ddiweddarach.

Dwi'n cerdded at erchwyn y gwely ac yn edrych ar Maria,

a'r nant fach o lafoer sy'n llifo'n ara bach ar hyd ei chroen llyfn, ei gwallt yn glwstwr du ar y glustog. Dwi'n meddwl mai fel hyn dwi'n licio Maria ora, pan mae hi'n llonydd ac yn ddistaw ac ynghwsg!

Fory. Mae hi'n fory'n barod, mae'n siŵr, neu bron â bod, er gwaetha'r lleuad. Fory fydda i'n dechra cael gwersi gan Rino. Er 'mod i 'di gorffan gorfod mynd i'r ysgol rŵan, dwi ddim isio stopio dysgu. Dyna pam wnes i ofyn i Mamma os fasa Rino yn medru dysgu Saesneg i mi. Gan ei fod o 'di bod i ffwrdd yno ac yn medru'r iaith, mae o mewn lle delfrydol i drio dysgu rhywbeth i mi. Dwi'n wahanol, a dwi isio i 'mywyd i fod yn wahanol i un Mamma. Ambell waith, mi fydda i'n dal ei hedrychiad hi drwy'r ffenest neu ar y llawr pan mae hi'n meddwl nad ydan ni'n sylwi.

Dwi isio bywyd sy'n fwy na llnau a choginio a chario coed a chael plant rif y gwlith. Dwi isio i enw Rosetta Giovanni fod yn enw sy'n gneud i bobol godi eu penna, cyffwrdd eu capia mewn parch, yn enw sy'n golygu rhywbeth i bobol y tu hwnt i dre Bardi, ella y tu allan i ddyffryn Ceno ei hun, hyd yn oed!

Do'n i ddim 'di meddwl y byddai Mamma'n cytuno'n syth bìn, ond wnes i'm disgw'l iddi hi ymateb fel y gwnaeth hi chwaith. O'n i 'di trio dewis amsar pan oedd pawb arall y tu allan, a hitha a finna yn y gegin yn gweithio. Ar yr adega hynny y bydda i'n teimlo agosa ati hi, fel 'sa ni'n ddwy ffrind yn hytrach nag yn fam a merch. Fel'na dwi'n mynd i fod os ca i ferch ryw dro. Cael rhannu gwên fach ac edrychiad nad oes neb arall yn sylwi arnyn nhw.

"Cael gwersi Saesneg! Gan Rino o bawb! Wyt ti'n gall? Pwy ti'n feddwl wyt ti?"

Ro'n i wedi dychryn braidd. Mae Mamma a fi'n licio trafod pobol, sut mae pobol yn gneud efo'i gilydd yn y dre 'ma, ac mae Mamma o hyd yn gall ac yn methu dallt sut mae pobol yn medru bihafio mor wirion a pheidio cael mlaen efo'i gilydd yn iawn. Mae Mamma'n deud 'mod i'n hogan efo pen da ar fy sgwydda, a dwi'n gwbod ei bod hi'n falch pan oedd yr athrawes yn rhoi clod i mi am ddarn o waith o'n i 'di neud yn yr ysgol. Ac eto, roedd hi'n edrych yn drist ar yr un pryd. Ac ro'n i'n dallt pam. Am ei bod hi'n gwbod mai Bardi a Grezzo a Varsi oedd yr unig lefydd y byddwn i'n mentro mynd iddyn nhw, ac nad oedd pwrpas yn y byd i mi fod yn ddeallus am mai yma y byddwn i, yn crafu byw.

Ymhen ychydig ddiwrnoda roedd hi wedi meirioli rhywfaint, mi fedrwn weld hynny.

"A sut 'dan ni'n mynd i dalu iddo fo am y gwersi 'ma?" gofynnodd pan oeddan ni wrthi'n sgrwbio'r dillad yn y bwcad tu allan, a'r haul yn gynnes braf ar ein cefna ni.

Ro'n i'n barod efo'n ateb iddi hi.

"Meddwl y baswn i'n cynnig gneud ei waith golchi iddo fo, Mamma," meddwn, gan drio bod mor ddidaro â phosib, er bod Mamma yn fy nabod i'n ddigon da i wbod 'mod i wedi bod yn meddwl am y peth. "Gan fod mam Rino wedi marw rŵan, a'i fod o'n byw yn y tŷ bach 'na wrth ymyl y ffynnon, dwi'n siŵr y basa fo'n falch o gael help i olchi ei ddillad. Ac mi faswn inna'n cael gwersi Saesneg yn ôl."

Edrychodd Mamma arna i heb ddeud gair, ond ro'n i'n gwbod o'i hwyneb hi 'mod i 'di ennill ac y byddai hi 'di licio tasa hi 'di cael yr un cyfla ei hun.

Felly, ma'r gwersi efo Rino yn dechra fory. Dwi'n llithro 'nôl i'r gwely at Maria.

15

S GRECHIODD Y GLOCH, a suddodd calonnau'r disgyblion a'r athrawon. Roedd hon yn un elfen roedd Gwen wedi gallu ei hanghofio ar ôl gadael yr ysgol fel disgybl ei hun. Wedi pedair blynedd yn y coleg, a phob sŵn fwy neu lai yn un roedd hi wedi medru ei ddewis, neu ddewis cerdded oddi wrtho, roedd natur orfodol cloch ysgol yn sioc.

"Shit!" meddai Mia, a giglodd y ddwy. Roedd cael nythu a rhegi yma yn yr hafan glyd yng nghefn y stiwdio gelf yn faldod ac yn ddihangfa. Cell y rebals y byddai Mia yn galw'r lle.

"Felly do'dd gin Tony ddim mwy i ddeud na jest ei fod o 'di bod i ffwrdd 'ar fusnas'?" gofynnodd Mia eto.

"Dyna ddudodd o. Dim mwy, dim llai!"

"'Swn i 'di mynnu bod o'n esbonio mwy na hynna!"

"Basat, dwi'm yn ama!" meddai Gwen, a gwenodd y ddwy.

⁓

Roedd hi wedi clywed Tony yn siarad efo Rosa drannoeth y ddrama yn yr ysbyty, rhyw grwndi isel, grwgnachlyd oedd wedi codi'n gresendo o ffraeo tanbaid. Roedd Gwen wedi penderfynu cadw o'r ffordd yn ei fflat, ac aros yn ei gwely i wneud yn iawn am y diffyg cyfle roedd hi wedi ei gael i wneud hynny'r bore cynt.

A bod yn onest, roedd hi wedi cysgu'n drychinebus o wael eto. A phan gysgodd hi, roedd y freuddwyd yn glytwaith o ysbytai, lipstig coch hen wraig a phapurau hanner canpunt yn syrthio o'r awyr fel eira. A llais Ieu. A'i wyneb o pan oedd o'n dweud nad oedd o'n medru aros, fod 'na rywbeth neu rywun arall yn gweiddi'n uwch. Yn y freuddwyd, roedd Gwen wedi gweiddi arno, a dro arall wedi rhoi peltan iddo ar draws ei wyneb. Am eiliad, ar ôl deffro, roedd hi'n meddwl bod hynny wedi digwydd go iawn. Rhyddhad oedd cofio, ac eto fedrai hi ddim peidio â meddwl efallai y byddai rhoi slap iddo wedi gwneud iddi deimlo'n llai fflat a di-hwyl, yn llai o gadach.

Bore yn llyfu'i chlwyfau yn y gwely oedd yr union beth roedd arni hi ei eisiau. Fe gâi'r marcio a'r paratoi a'r crap arall i gyd aros tan heno, penderfynodd. Be fyddai ei thad yn ei ddweud petai'n ei gweld mor ddi-hid?!

Ychydig amser wedyn, clywodd Gwen gnoc fach ymddiheurol ar y drws – y gnoc roedd hi'n ei disgwyl. Edrychai Tony fel nad oedd wedi cysgu winc drwy'r nos, neu ei fod wedi cysgu yn ei ddillad, neu ddim wedi boddran newid i ddillad glân. Edrychai fel petai ei groen yn gwingo.

Derbyniodd ei gwahoddiad i fynd i mewn i'r fflat, ond prin y mentrodd o dros y rhiniog.

"Yli, Gwen, dwi isio diolch i chdi. Am ddoe, efo'r caffi."

"Mae'n iawn," meddai Gwen, yn ddigon sych, gan feddwl pa mor anodd oedd ymddangos yn fursennaidd a hithau yn ei phyjamas!

"A, wel, am neithiwr hefyd. Efo Mamma. Sori, do'dd gin i'm syniad 'mod i'n mynd i fod mor hwyr."

"Iawn. Do'dd neb yn gwbod. Ond ella 'sa 'di bod yn syniad i chdi tsiecio dy ffôn weithia!"

Doedd hi ddim wedi disgwyl i'w geiriau swnio mor chwerw, a doedd yntau ddim chwaith, yn amlwg. Roedd Gwen yn falch nad oedd hi wedi cyfeirio at unrhyw 'dro nesa', rhag ofn i Tony gael y syniad fod ganddo hawl galw arni bob tro roedd ganddo rywbeth gwell i'w wneud yn rhywle arall.

"Lle est ti, eniwe?"

"Ti'n swnio fatha hi!"

"Ond ma gin i hawl gwbod, does? Os ti'm isio i mi wbod am

dy fywyd di, Tony, ma hynna'n grêt gin i. Jest paid â disgwyl i mi fod yna i warchod dy fam a dy blydi gaffi di!"

"Iawn. Digon teg, ma siŵr," meddai Tony, a'i lais fel hogyn bach wedi cael ffrae. Cododd ar ei draed. "Busnas oedd o, Gwen. Cyfarfod busnas. Dim hwyl. Dim plesar."

"O." Oedd y diawl yn disgwyl cymeradwyaeth?

Bu'r ddau'n sefyll am eiliadau hir, Tony yn dal i edrych ar ei draed a brathu ei wefus isaf, a Gwen yn syllu ar y patsyn bach moel ar ei gorun.

—

Cafodd Gwen ei llusgo yn ôl i'r ysgol gan lais Mia.

"Sut ma *hi* erbyn hyn?"

"Sori?"

"Mam Tony, 'de. Y Frenhines Rosa!"

"O'dd hi'n o lew neithiwr. Wel, mewn mwy o boen, deud gwir. Y sioc yn dechra mynd. Gynni hi dabledi."

Safodd Gwen a chodi ei bag oddi ar y llawr, a hwnnw'n teimlo'n drwm iawn, iawn.

"Pwy sgin ti nesa, 'ta?"

"Set 4 Blwyddyn 11," griddfanodd Gwen, a chofio wedyn mai dyma fyddai'r tro cyntaf iddi weld Gavin ers y promenâd brynhawn Sadwrn.

"Chwechad sgin i. Holly a Ioan. Lyfli o blant. Mi eith Holly'n bell iawn, 'swn i'n deud."

"Ma rhei yn iawn yn Set 4 Blwyddyn 11 'fyd. Rhan fwya, deud gwir. Jest bo gynnyn nhw broblema tu allan i'r ysgol, 'de," meddai Gwen.

"Toes gin bawb!" meddai Mia.

"Be ti'n wbod am Gavin?"

"Gavin Masters?" ebychodd Mia, ond cyn iddi gael cyfle i ymhelaethu, daeth cnoc disgybl ar y drws. Roedd cnoc disgybl yn wahanol i bob cnoc arall. Cnoc i ddistewi clebran a gwneud i Mia chwifio ei breichiau'n wyllt i gael gwared â'r mwg.

"Wela i di wedyn!" meddai Mia gyda winc.

Roedd Set 4 Blwyddyn 11 yn anarferol o dawedog pan gerddodd Gwen i'r dosbarth, funudau'n hwyr. Fel arfer, os na fyddai Gwen yno o'u blaenau, wedi gosod y llyfrau neu daflenni ar y desgiau, fe fyddai'n anodd cael trefn arnyn nhw wedyn, fel petaen nhw wedi meddiannu'r dosbarth a bod y pŵer yn eu dwylo nhw. Hyd yn oed ar ôl wythnosau yn unig, roedd Gwen yn synnu ei hun drwy siarad am ddysgu gan ddefnyddio termau brwydr: cael y llaw uchaf, tiriogaeth, rheoli, balans pŵer. Gobeithio nad un gwffas hir am reolaeth fyddai ei gyrfa, neu fe fyddai hynny'n tynnu unrhyw bleser oddi wrth y dysgu.

Ond heddiw, roedd pawb yn eistedd fel angylion, yn barod i gael eu goleuo. Sefyllfa ddelfrydol, sefyllfa fyddai'n gwneud i unrhyw athro fod fymryn yn ddrwgdybus. Gwnaeth Gwen yn siŵr nad oedd hi'n edrych i gyfeiriad Gavin o gwbl, rhag ofn iddo ofyn rhywbeth iddi hi am brynhawn Sadwrn, gofyn oedd hi wedi cyrraedd adre'n iawn neu rywbeth cyffelyb. Doedd fiw iddi ddangos y mymryn lleiaf o ffafriaeth.

Blood Brothers oedd y ddrama dan sylw, ac roedd y dosbarth yn ymateb yn dda i wewyr Mrs Johnstone ac i eironi bywydau'r ddau efaill oedd yn dilyn llwybrau go wahanol oherwydd i un ohonyn nhw gael ei roi i ffwrdd gan fod y fam yn rhy dlawd i ofalu amdano.

Roedd y rhannau wedi cael eu neilltuo eisoes, ond roedd Ela Parry adre'n sâl, a hi oedd wedi bod yn chwarae rhan Linda, cariad Mickey, un o'r brodyr.

"Ela Parry's pukin at home, Miss!"

"No she isn't, idiot, she's got the flu, yeah!"

"That's what I said! Pukin flu!"

Daeth bonllef o chwerthin a churo dwylo. Tawelodd Gwen y dosbarth a mynd ati i drio cael olynydd i Ela, rhywun i sefyll i mewn dros dro. Doedd neb yn rhy awyddus i wneud hynny, a phwy bynnag roedd Gwen yn eu henwi, roedden nhw unai'n gwrthod yn bendant neu roedd Gavin (a chwaraeai ran Mickey) yn gwrthod yn lân cydactio efo nhw, gan fod ambell olygfa led-ramantus rhwng y ddau.

"Why don't you do it, Miss?"

"Yeah, Miss. Gavin would love that! Yeah, Gavin?"

"Shut your face!" meddai Gavin, a chymerodd Gwen gipolwg arno, heb feddwl.

Ond yn lle gwrido a dangos embaras, roedd Gavin yn gwenu'n agored ac yn edrych o gwmpas y dosbarth, fel petai pawb ond hi yn rhannu rhyw jôc fawr. Edrychodd yn ôl ar Gwen a gwên fach gellweirus yn plycio wrth gorneli ei geg.

"Haf, I'm choosing you!" meddai Gwen er mwyn adfeddiannu ei hawdurdod wedi iddi sylweddoli mai hi, ac nid Gavin, oedd yr un oedd yn troi'n goch ac yn ffwndro'n anghyfforddus. A bod y dosbarth yn gweld hynny.

Roedd rhyw grechwenu, ambell sylw'n cael ei sibrwd rhwng dau, ond fe aeth y wers yn ei blaen yn ddidramgwydd.

Sicrhaodd Gwen ei bod yn cadw'r dosbarth fymryn ar ôl y gloch, fel eu bod ar frys i fynd i'w dosbarth nesaf – neu, i fod yn fanwl gywir, fod Gavin ar ormod o frys i loetran a mân siarad.

Roedd ganddi hen deimlad anghyfforddus yng ngwaelod ei bol drwy weddill y diwrnod, a chan fod gan Mia ddosbarth ychwanegol yn y stiwdio amser cinio, chafodd Gwen ddim cyfle i siarad dros y profiad efo'i hunig ffrind yn y lle.

16

ROEDD HI'N DYWYLL bron iawn cyn i Gwen gyrraedd adref o'r ysgol, a'r stryd o flaen y caffi bach yn sgleinio yn y glaw. Hyrddiodd chwa o wynt i lawr y stryd, gan sgubo ambell siopwr dyfal efo hi. Wedi parcio, camodd Gwen allan o'r car a thynnu ei sgarff yn dynnach amdani wrth iddi blygu ei chorff yn erbyn y gwynt miniog.

Ar ôl agor y drws a'i gau y tu ôl iddi, pwysodd yn ôl arno a chau ei llygaid, gan glywed y storm yn chwibanu'n anniddig drwy'r hollt fain o gwmpas y ffrâm. Paned a swper bach syml o flaen y teledu, cyn ymosod ar y ffeiliau asesu TGAU Llenyddiaeth oedd ganddi'n disgwyl amdani. Ymosod. Brwydr fach arall ym mywyd athrawes.

Gwelodd olau yn y fflat gwaelod a chlywed rhubannau tenau o fiwsig yn nadreddu eu ffordd oddi yno. Gosododd Gwen y bag ysgol ar waelod y grisiau a mynd drwodd i'r cefn at Rosa. Roedd hi wedi bod yn meddwl amdani wrth yrru o'r ysgol y prynhawn yma, meddwl am fynd yn hen ac yn fusgrell a theimlo ar gyrion dawns bywyd, yn niwsans i bawb. Roedd digwyddiadau'r penwythnos efo Rosa wedi gadael eu hôl arni, ac roedd gorfod aildrafod adwaith Tony i ddamwain ei fam efo Mia wedi ailgodi'r anniddigrwydd a deimlai.

Bwriad Gwen oedd cnocio'n ysgafn ar y drws neu chwibanu rhyw "Iw hw!" digon joli er mwyn cychwyn y sgwrs ar nodyn cyfeillgar. Ond wrth syllu drwy'r llenni mwclis amryliw, fe wnaeth yr olygfa a'i hwynebai yn y gegin gefn fach glyd ei hatal rhag cnocio.

Roedd Rosa wedi taenu lluniau o bob math dros fwrdd y gegin, nes ei orchuddio'n llwyr. Roedd ganddi sbienddrych mawr bron cymaint â'i hwyneb yn ei llaw dda, a'r fraich arall mewn sling, wrth reswm. Plygai uwchben un llun yn arbennig, a'i astudio'n fanwl drwy'r sbienddrych. Eisteddodd yn ôl ymhen rhai eiliadau, a'r mynegiant ar ei hwyneb yn un o foddhad a phleser pur. Gan roi'r sbienddrych i lawr ar y bwrdd yn ofalus, dechreuodd chwalu drwy'r lluniau yn ddyfal efo'i llaw, yna ailafael yn y sbienddrych a syllu ar un llun, cyn rhoi'r teclyn i lawr yn llafurus a symud y llun o'r neilltu'n ddiamynedd, ac yna dechrau chwilota drachefn.

Wrth edrych ar yr olygfa, teimlai Gwen y dylai hi adael, heb ymyrryd. Cafodd yr argraff y byddai'n amharu ar foment arbennig ac nad oedd ganddi hawl i dorri ar y pleser roedd Rosa'n amlwg yn ei gael o edrych ar y lluniau. Wrth droi yn ei hôl am y cyntedd i ddechrau dringo'r grisiau i'w fflat, brwsiodd Gwen yn erbyn y llen o fwclis, a dechreuodd y rheiny glindarddach, a'i bradychu. Roedd yr hud wedi ei dorri.

"Pwy sy 'na? Stop!" meddai Rosa, a'i llais yn grynedig er gwaetha'r geiriau herfeiddiol.

"Sori, Rosa, wedi dŵad i weld os oeddach chi'n iawn o'n i, 'na'r cwbwl. Ddo i 'nôl nes mlaen! 'Dach chi ar ganol rhwbath," meddai Gwen yn lletchwith.

"Gwen, ty'd i mewn! Ty'd! Entra!"

Ufuddhaodd Gwen, wedi ei hannog gan gynhesrwydd cyfarchiad Rosa.

"Llunia ohona chi'n yr Eidal sgynno chi?"

"Si. Bardi. Dwi'n mynd i gadw pob dim rŵan."

"Sdim isio i chi glirio, Rosa! Mi faswn i wrth fy modd yn gweld y…"

"Na! Dwi'n clirio," meddai'r hen wraig yn bendant, a phlygu i estyn bocs gwag hynafol yr olwg oddi ar y llawr, a llun cwpan goffi fawr ar ei ochr.

"Panad?" gofynnodd Gwen, gan ychwanegu, "'Sa chi'n licio i mi…?"

"Si, panad o de. Dyna'r un peth 'dach chi'n gneud sy'n well

na'r Eidalwyr!" meddai Rosa yn gellweirus. "Panad a Marie biscuits!"

Aeth Gwen ati, dan gyfarwyddyd Rosa, i estyn y bagiau te a berwi'r tegell.

Holodd Gwen am y boen yn ei braich, a thybed oedd y tabledi lladd poen yn gwneud eu gwaith. Holodd pryd roedd yr ysbyty wedi dweud y dylai hi fynd yn ôl i gael gweld sut roedd yr asgwrn yn asio, ac a oedd hi angen mynd at ei doctor ei hun. Ar ôl tipyn o fân siarad fel hyn, daliodd Rosa ei llaw dda i fyny, er mwyn dod â'r drafodaeth i stop.

"Y dyn, y dyn caredig, Ieuan, si? Lle mae o'n byw?"

"Aberystwyth," meddai Gwen. Roedd hi wedi gobeithio y byddai Rosa wedi anghofio pob dim am Ieu, fel na fyddai'n rhaid iddi grybwyll ei enw na'i drafod. "Efo'i bartner!" ychwanegodd, ac ewyllysio'i hun i beidio troi ei phen i sbio ar Rosa. Cododd y caead oddi ar y tebot a throi'r cymysgedd brown yn ddyfal, fel petai'n paratoi rhyw goncocsiwn cemegol.

Ddywedodd Rosa ddim byd i ddechrau, a meddyliodd Gwen efallai nad oedd hi wedi ei chlywed. Ond wrth i Gwen estyn dau fŵg bach tsieina lliwgar oddi ar y goeden fygiau bren yn y gornel, meddai Rosa,

"Y galon ydy'r bòs."

"Sori?"

"Dwi'n ddigon o Eidales i wybod mai c'e il cuore che governa – y galon sy'n gyrru'r ceffyl. Dwi'm 'di bod yng Nghymru'n rhy hir i anghofio hynny."

Atebodd Gwen mohoni'n syth, dim ond dod â'r baned o de iddi, ac eistedd gyferbyn â hi.

"'Dan ni'm yn... 'Dan ni jest yn ffrindia. Jest ffrindia rŵan."

Chwarddodd Rosa, a'i llygaid tywyll yn edrych yn bryfoclyd ar Gwen, ond heb golli rhyw gynhesrwydd, rhyw empathi nad oedd Gwen wedi ei brofi o'r blaen ganddi.

"Si, si, amico," meddai Rosa. Doedd hi ddim yn credu gair,

yn amlwg! "Ffrindia, si. Efallai. Ond 'dach chi 'di cysgu mil o weithia efo'ch gilydd yn fan'ma, do?" meddai wedyn, gan dapio ochr ei phen. "Mil o weithia."

"Rosa, dwi'm yn siŵr os dwi'n hapus i drafod…"

"Yn Bardi, roedd petha'n wahanol i fan'ma. Roedd bywyd yn anodd. Roeddan ni mor dlawd. Crafu byw oeddan ni. Mamma'n gweithio'n galed. Pump o blant. Dim llawer o fwyd. Byd arall."

Ysgydwodd Rosa ei phen ac edrych heibio Gwen am eiliad, cyn cario ymlaen.

"Ond yn y galon? Yn y pen? Ro'n i'r un fath â chdi, Gwen. Yn gwbod beth o'dd cariad. Yn gwbod beth o'dd meddwl am rywun bob munud o'r dydd, bob munud o'r nos."

"Ond tydy hynny'm yn ddigon, ella."

"Be?"

"Mae 'na fwy, does? Yn gorfod bod. Dwi'm isio bod yn ail orau i neb. Dwi'm isio cyfaddawdu a bodloni ar jest setlo am damed o rywun."

"Bodloni ar jest setlo… Dyna ydy bywyd, weithia, caro mea. Dyna ydy bywyd."

Pwysodd Rosa ymlaen ac yfed dracht dwfn o'r baned o de.

"Fyddwch chi'n mynd 'nôl yno? I Bardi? I weld teulu, perthnasa, ffrindia?" mentrodd Gwen, er ei bod yn gwybod yr ateb o'r hyn roedd Emrys wedi'i ddweud wrthi yn y caffi.

Gwingodd Rosa mewn poen a symud ei braich yn y sling fel ei bod yn fwy cyfforddus. Sylwodd Gwen ar y rhimyn gwyn o gwmpas gwreiddiau ei gwallt, fel ewyn yn torri ar draeth, a'r môr yn dywyll y tu cefn iddo.

"Yng Nghymru dwi'n byw rŵan, Gwen. Fan'ma dwi rŵan."

"Cymraes 'dach chi felly!"

Ond codi ei hysgwyddau ac yna ysgwyd ei phen wnaeth Rosa.

"Perthyn i neb. Rhwng dau fyd. Eidales yng Nghymru, ond ddim yn Gymraes. Ac yn yr Eidal? Dwi ddim yn ffitio. Dydyn nhw ddim yn gwbod be i neud ohona i erbyn hyn, dwi'n siŵr."

"Dwi'n dallt," meddai Gwen.

"Ti? Na, ti ddim yn dallt, Gwen. Sori. Ti ddim yn dallt be 'di bod yn unig… yn unig, fel dwi'n unig…"

"Ella 'mod i…" meddai Gwen dan ei gwynt, wrth neb yn arbennig.

Wardrob wag, a phlentyn yn anwesu ei hiraeth ym mhlygion sgarff sidan ei mam.

Sidan ar groen.

Wardrob wag.

Newidiodd Gwen fymryn ar y trywydd.

"A Tony? Beth am Tony? Ydy o'n teimlo fel Cymro 'ta Eidalwr?"

Yn ddirybudd, stryffagliodd Rosa i sefyll ar ei thraed.

"Rhaid i ti ofyn i Tony! Dwi wedi blino, Gwen. Dwi am gymryd dwy dablet a mynd i orwedd ar y gwely. Diolch am alw draw."

"Oes 'na rwbath fedra i…?"

"Na. Diolch, Gwen, ond na. Domani, Gwen. Fory, si?"

Ac yna, mewn ystum oedd bron yn ddrych o'r hyn roedd Gwen wedi ei wneud yn stafell aros yr ysbyty, rhoddodd Rosa ei llaw dros law Gwen, a'i gwasgu â rhywbeth oedd yn ymylu ar anwyldeb.

Mae'r tai lliwgar ar y lôn fawr sy'n nadreddu i lawr at waelod y castell fel tasan nhw'n plygu mlaen i sgwrsio efo'i gilydd, fel hen wragedd yn hel clecs yn y Caffè Centrale. Dwi wastad 'di meddwl hynny, ond dwi erioed wedi ei deimlo fo gymaint â dwi'n ei deimlo fo rŵan wrth i mi droedio'n ofalus, a'm llyfr bach yn fy llaw. Dwi'n teimlo bod y dre i gyd yn clywed fy nghalon i'n cnocio, yn gwrando arna i'n anadlu'n gyflym, fel cath.

Mi ddudodd Rino ei bod hi'n well i ni fynd allan o'r tŷ ar gyfer y wers, ac am ein bod ni'n cyfarfod yn y bore, fydd hi ddim yn rhy boeth. A tasa hi'n dŵad yn law, mae 'na ddigon o lefydd i gysgodi. Mae o wedi gofyn i mi ei gyfarfod o wrth ymyl troed y castell.

Does neb ond fi yno pan dwi'n cyrraedd, fi a'r brain sy'n crawcian yn flin o gwmpas y castell ac yn ei amgylchynu. Maen nhw'n nythu'n uchel i fyny yn y tyrau, ac yn codi stŵr pan mae rhywun yn meiddio dŵad yn agos atyn nhw. Does neb yn byw yn y castell rŵan, dim ond y brain. Mae arna i ofn y lle, braidd. Ro'dd Nonna'n arfer deud bod hogia drwg yn gorfod treulio noson yn y castell ar eu penna eu hunain efo'r ysbrydion i gyd. Pan soniodd Rino mai fan'ma roedd o isio i ni gyfarfod, 'nes i welwi, ond do'n i'm yn licio deud wrtho fo sut ro'n i'n teimlo rhag ofn iddo feddwl 'mod i'n hen fabi.

Dwi'n pwyso ar y wal sy'n arwain o giatia rhydlyd mynedfa'r castell ac yn edrych i lawr ar afon Ceno, sy'n llifo fel rhuban ar hyd y dyffryn. Fedra i'm peidio meddwl am yr hen eliffant mawr yn y stori ddudodd yr athrawes wrthan ni pan oeddan ni tua saith oed. Stori oedd hi am ddyn pwysig o'r enw Hannibal oedd wedi teithio drwy Bardi ar y ffordd i Rufain efo criw o filwyr, ac eliffantod i gario'u petha nhw. Enw un o'r eliffantod oedd Bardus, a fo oedd yr ola o eliffantod Hannibal. Mi gerddodd Bardus ar hyd dyffryn Ceno, gorwedd i lawr a marw wrth ymyl yr afon yn fan'na. Roeddan ni'r plant wedi gneud stŵr mawr a deud ein bod yn methu credu'r stori. Ond yn ddistaw bach, ro'n i'n ei chredu. Sut medrech chi beidio, wrth edrych i lawr ar y gwastadedd llydan, digon llydan i gael eliffant mawr yn crwydro yno ac yn syrthio i gysgu am byth yn sŵn yr afon ar wely'r dyffryn...?

Ac mae'n rhaid bod fy meddwl yn ddwfn yn hynny, achos dwi'm yn clywed Rino y tu ôl i mi. Mae'r coblau mor slic a llithrig, maen nhw'n cuddio sŵn traed.

"Mi ddest ti, felly! A finna'n meddwl ella fasa gin ti ofn!"

Dwi'n cael cymaint o fraw wrth glywed ei lais, a finna'n bell, bell i ffwrdd yn fy meddwl, fel 'mod i'n gollwng fy llyfr bach ar y llawr. Mi fedra i deimlo fy hun yn dechra cochi! Yn mynd yn goch fel tomato a ddim yn gwbod lle i sbio. Pryd ddechreues i neud hyn, y cochi gwirion 'ma?

Dwi wedi bod yn hel darna o bapur dros y blynyddoedd. Os oedd 'na damed o bapur yn cael ei daflu, ro'n i'n ei achub, ei gadw, a'u rhwymo nhw i gyd efo'i gilydd wedyn i neud llyfryn bach. Dwn i'm pam. Ar gyfer hyn, ella. Ar gyfer bod yma rŵan, yn mynd i gael gwers Saesneg efo Rino, sydd wedi bod i ffwrdd ac wedi dŵad yn ôl i Bardi.

Dwi'n clymu'r darna papur efo'r llinyn, er mwyn ei neud yn llyfr eto. Yn y llyfr yma dwi'n mynd i sgwennu'r holl eiria newydd dwi'n eu dysgu. Y geiria yma fydd y goriada i'r byd newydd dwi am ei gael, y geiria yma fydd y goriada i'r Rosetta newydd fydd yn dallt Saesneg ac yn medru gadael y tlodi a'r crafu byw er mwyn cael bywyd newydd yn rhywle arall. A Rino sy'n dal y goriada yn ei law.

"My name is Rino. Who are you?" medda fo, a'i lygaid yn dawnsio, yn pryfocio.

Dwi'n edrych arno, yn mwynhau sŵn y geiria diarth, ond yn gwbod o'r tro yng nghynffon ei lais fod Rino wedi gofyn cwestiwn i mi, a'i fod yn disgwyl ateb. Mae o'n gwenu arna i, a dwi'n licio'r ffordd mae ei ddannedd o'n dynn wrth ei gilydd, ac eto'n plygu fymryn yn erbyn ei gilydd am gefnogaeth.

"Rino," medda fo eto, a tharo ei law yn erbyn ei frest wrth ddeud "My name is Rino."

Yna mae o'n pwyntio ata i, a dwi'n dallt!

"Myyy naaame iiis Riiiiino!" medda finna, gan bwyntio ata fi fy hun, ac wedyn, wrth i mi sylweddoli 'nghamgymeriad, mae'r ddau ohonan ni'n dechra chwerthin yn uchel fel plant bach, gan foddi crawcian y brain sy'n cylchdroi yn farus uwchben.

17

DOEDD GWEN DDIM wedi sylwi'n syth ar y golau yn y caffi. Roedd hi wedi picio allan o'r fflat ar ôl agor y ffrij a gweld y botel lefrith wag roedd hi wedi ei rhoi yn ôl yno yn lle'i thaflu. Roedd hi wedi ei dal ei hun yn gwneud pethau gwirion fel hyn yn ddiweddar, rhyw bethau bychain oedd yn awgrymu bod ei meddwl yn rhywle arall, ar bethau eraill. Roedd hi'n wir bod prysurdeb yn golygu bod y meddwl yn gallu distyllu gwybodaeth a blaenoriaethu'r hyn oedd yn bwysig. A doedd neb prysurach nag athrawon, fel yr oedd pawb yn y stafell athrawon yn ei hatgoffa. Fe fyddai'n rhaid iddi fod yn ofalus neu mi fyddai hi'n troi'n ystrydeb, meddyliodd.

Felly, a'i hwd yn gynnes am ei phen, ag osgo rhywun oedd yn ymbaratoi ar gyfer mentro allan i noson dywyll o law mân eto fyth, aeth allan i'r stryd a dechrau cerdded tuag at y siop fach ar y gornel oedd yn gwerthu bob dim. Roedd hi wedi troi ei phen i gyfeiriad y caffi yn reddfol, cyn troi ei chefn ato a pharatoi i groesi'r stryd, oedd yn weddol wag a hithau'n hwyr y dydd. Ac yna fe dynnodd ei throed o'r lôn a throi'n ôl am y caffi. Oedd, roedd hi'n iawn. Roedd yna olau bach yno, reit yn y pen draw – golau bach oedd yn bygwth cael ei draflyncu gan ddüwch gweddill y caffi, mae'n wir, ond roedd o yno, yn debyg i olau tortsh.

Petrusodd Gwen am eiliad, ac yna pwysodd ei phen ar wydr oer y drws a thrio craffu, gan wthio'r drws ar agor ar yr un pryd. Ildiodd y drws ddim, fel roedd hi'n hanner disgwyl. Gwnaeth gwpan â'i llaw a chraffu eilwaith i mewn i'r gwyll, ac yna galw "Hoi!" a difaru'n syth.

Hoi, meddyliodd wrthi hi ei hun. Hoi? Be ddiawl…? Lle ddiawl mae'r byrglar yn mynd i fynd os ydy o'n sownd yn y caffi? Roedd yna ddrws cefn, o'r hyn roedd hi'n ei gofio, ond roedd hwnnw'n arwain at iard fach oedd wedi ei hamgylchynu gan waliau tal y tai cyfagos. Doedd dim lot o bwynt i neb drio dianc o fan'no. Eu denu nhw ati hi fyddai'r "Hoi!" a dim byd arall, nhw a'u cyllyll neu ba bynnag arfau eraill oedd ganddyn nhw.

Oedodd, a syllu eto ar ddrws gwydr y caffi. Roedd y golau bach wedi ei ddiffodd a dim ond llewyrch oren lampau'r stryd yn adlewyrchu'n aflafar ar y gwydr. Gwibiodd ei meddwl. Oedd hi wedi taro ei ffôn yn ei chôt cyn cychwyn allan? Gwibiodd ei meddwl eto. Gwibiodd fel moth mawr tew yn taro'n drwsgwl i mewn i'r golau lamp uwch ei phen, yn gaib yn y golau.

Ac yna fe welodd olau'r tortsh yn cynnau eto y tu mewn i'r caffi du, ac yn chwyddo wrth iddo ddynesu ati. Er bod Gwen yn ysu am ei heglu hi oddi yno, ewyllysiodd ei hun i aros. Yn sydyn, agorodd y drws o'r tu mewn, a safai Tony yno, yn simsanu o'i blaen. Doedd dim rhaid iddo ddweud gair iddi ddeall ei fod o wedi meddwi. Roedd o'n drewi o oglau diod. Rhoddodd ei fys ar ei wefusau a hisian "Sssssh" fel petai mewn pantomeim, a rhyw wên wirion yn pryfocio ar ei wefusau. Gafaelodd yn ei braich a'i thynnu'n ddigon afrosgo i mewn i'r caffi, heb falio pwy oedd yn edrych arno, er gwaetha'i stumiau cartwnaidd.

Clodd y drws y tu ôl iddyn nhw ac, wrth wneud, gollyngodd y tortsh ar lawr efo clec, nes bod y ddau yn sefyll yno yn y tywyllwch.

"Be ddiawl ti'n neud, d'wad?" meddai Gwen, ac roedd ei llais yn swnio'n fwy blin nag ofnus, er bod ei chalon yn mynd fel trên.

"Be dwi'n neud?" atseiniodd Tony, gan ddechrau chwerthin a dweud eto, "Be dwi'n neud? Be dwi'n blydi neud? Dyna ti isio wbod, ia? Dyna ma Miss isio wbod, be ddiawl ma'r hogyn bach drwg yn neud, yn trio…"

"Ydi'r ffiws 'di chwythu?"

"Ffiwsio, conffiwsio! Fy ffiws i sy 'di chwythu – ma'r gola'n ocê!" chwarddodd eto, ac yna dechrau mwmian o dan ei wynt mewn Eidaleg.

"Ond pam ti'n cerdded o gwmpas efo tortsh? Blydi hel, Tony!"

Dim ond wedi picio allan am lefrith i gael paned oedd hi, ac yn sydyn roedd hi wedi cael ei llusgo i ryw helynt gwirion efo Tony yn ei ddiod. Aeth Gwen heibio iddo, gan ei bod yn gweld yn ddigon da i anelu at y wal gefn lle roedd y swits golau, o'r hyn a gofiai. Yr eiliad cyn iddi bwyso'r swits, clywodd Tony'n baglu y tu ôl iddi, yn trio rhedeg at y golau o'i blaen.

"Na, paid!"

Daeth y waedd a'r ffrwd o olau trydan ar yr un foment. Syllodd Gwen a Tony ar y llanast oedd ar hyd y caffi. Roedd papur newydd a *serviettes* wedi eu taenu ar draws y llawr a'r byrddau a'r seti, fel conffeti mawr blêr rhyw gawr. Roedd ambell sêt wedi ei throi drosodd ac yn gorwedd a'i thraed i fyny. Roedd ambell boster o'r Eidal wedi ei rwygo oddi ar y waliau. Dim ond y peiriant coffi oedd yr un fath, yn loyw, yn hunanfeddiannol ac yn urddasol fel erioed.

Ar y bwrdd bach yn y cefn lle arferai Rosa ac Emrys eistedd, roedd coelcerth fach o bapurau a brigau, a bocs o fatsys wrth ei hymyl.

"Iesgob, Tony, ti'n lwcus!" meddai Gwen, a'i llais yn llawn syndod hogan fach.

"Lwcus?" meddai Tony ar ei hôl.

"'Nest ti lwyddo i gyrra'dd cyn i'r diawlad roi'r lle ar dân! Ti'n ocê? Wnaethon nhw'm dy frifo di na dim byd cyn ei heglu hi, naddo?"

"Y… na. Naddo. Dwi'n ocê." Cododd Tony ei ysgwyddau a lledaenu ei ddwylo, gan ysgwyd ei ben a mynd i eistedd wrth y bwrdd bach fel petai'n disgwyl am bryd o fwyd. Syllodd ar y goelcerth fach a gafael yn y bocs matsys.

"Paid, Tony! Well i ti beidio! Mi fydd fforensics isio cymryd olion bysadd, byddan? Well i ti gamu 'nôl, well i ni ada'l, ac awn ni i'r fflat i ffonio, ia? Wna i goffi cry a lot o siwgwr i ti. Gwneud lles ar gyfar sioc, meddan nhw, 'de? Ac i sobri ella!"

Roedd hi'n swnio'n wahanol iddi hi ei hun, wedi cymryd mantell rhyw fetron ganol oed oedd yn medru 'delio efo'r sefyllfa', heb anghofio'r tinc mursennaidd o feirniadaeth oedd yn dro yn y gynffon. O ble ddiawl ddaeth hynny?

"Yli, ty'd. Mynd o 'ma 'di'r peth gora rŵan. Gadael y lle'n union fel mae o," ategodd, o weld bod Tony'n dal i ymddangos fel petai mewn sioc.

Aeth Gwen ato a gafael yn ysgafn yn ei fraich er mwyn ei gymell yn hytrach na'i gynorthwyo.

"Ty'd. Gest ti olwg iawn arnyn nhw? Mi fydd yr heddlu isio gwbod pob dim fedri di gofio... Gei di sgwennu petha lawr unwaith awn ni i'r fflat, yli. Tra bod o dal yn ffres yn dy feddwl di."

Roedd Tony wedi sefyll erbyn hyn ac yn llusgo'i draed i gyfeiriad y drws efo Gwen. Gadawodd hithau ei ochr am eiliad, er mwyn mynd i ddiffodd y swits golau. Doedd dim synnwyr mewn denu sylw pawb efo'r golau ymlaen, nag oedd? Pan drodd yn ei hôl gallai weld, yn y wawr orenaidd, ei fod o'n dal i sefyll lle gadawodd hi o, a'i gorff yn simsanu fel petai'n symud i gyfeiliant chwa o wynt doedd neb ond y fo yn ei theimlo. Mwmiai rhyw gadwyn hir o Eidaleg. Roedd ei lais yn floesg, yn morio o lafariad i lafariad, ac oedai arnyn nhw fel petai'n glanio ar ynysoedd mewn storm.

Yna dechreuodd chwerthin eto, a dyna pryd y collodd Gwen ei hamynedd. Dechreuodd ysgwyddau Tony ysgwyd yn afreolus, nes bod y cryndod yn lledaenu i lawr ei gorff hyd at odre'i draed. Brasgamodd Gwen ato nes ei bod yn ei wynebu. Roedd ei lygaid wedi'u crychu'n fychan fach, a'i ddannedd yn sgleinio yn yr hanner gwyll. Roedd hi ar fin ei ysgwyd o, er mwyn iddo roi'r gorau i'r hen igian chwerthin gwirion, pan ddaeth gwaedd o'i ddyfnderoedd yn rhywle, a dechreuodd y dagrau.

"Tony bach, be ddiawl sy'n…? Ty'd i ista. Plis, ty'd."

Arweiniodd Gwen o i noddfa'r seti lledr cogio coch, yn ôl i'r cysgodion lle nad oedd y wawr o olau neon yn cyrraedd y cilfachau. Pwysodd Tony ymlaen ar y bwrdd, rhoi ei ben yn ei ddwylo a chrio eto.

Eisteddodd Gwen efo fo, a'i llaw yn wres llonydd ar ei gefn. Ac wrth wrando arno, roedd hi'n berffaith, berffaith glir beth oedd wedi digwydd, a naws fwriadol y llanast – fe welai hynny rŵan. Fel creu set ar lwyfan, roedd y bwndel bach o frigau a phapurau wedi eu gosod yn barod i gael eu cynnau. Ac roedd adwaith Tony wrth iddo fynnu nad oedd hi'n ffonio'r heddlu…

"Ond pam, Tony?" meddai Gwen o'r diwedd, ar ôl i'r gweiddi crio dawelu'n igian ac yna'n ddim.

"Plis, plis, paid â deud wrth Mamma," meddai. "Plis, Gwen."

"Be ddiawl ddaeth dros dy ben di?" meddai Gwen, heb deimlo'n barod i addo dim iddo fo ar hyn o bryd. "Y peth cynta fasa'r bobol siwrans yn sbio mewn iddo fo fasa arson, siŵr iawn! Oeddach chdi wir yn meddwl 'sa chdi'n ca'l getawê efo hyn? O ddifri? A chditha'n feddw gaib!"

Ysgwyd ei ben wnaeth o, ac allai Gwen ddim llai na theimlo drosto. Nid heno oedd yr amser i gael at y gwir nac i edrych ar wir gymhelliad Tony. Ond doedd cael y ddau ohonyn nhw'n ymdrybaeddu mewn hunandosturi ddim yn mynd i wella dim ar y sefyllfa chwaith. Doedd Tony ddim mewn stad heno i fedru ymresymu nac egluro pam iddi hi. Ond fe fyddai'n rhaid iddo fo siglo'i stwmps rywsut, fel y byddai Swyn yn ei ddweud.

"Ty'd, rown ni drefn ar y lle cyn gada'l. Fel na fydd gormod o olwg i ddenu sylw pobol bora fory."

Cododd a dechrau codi'r posteri oddi ar y llawr. Gallai glywed Tony'n codi o'r gadair y tu ôl iddi a dechrau symud o gwmpas y caffi, ond edrychodd hi ddim arno.

18

ROEDD Y DISGYBLION Blwyddyn 7 olaf wrthi'n llusgo'n araf o'r dosbarth pan ddaeth y dirgryniad oedd yn dynodi bod Gwen wedi cael tecst. Trodd un o'r disgyblion yn siarp wrth glywed y sŵn, ond penderfynodd Gwen gario ymlaen efo'r gwaith marcio a pheidio cymryd sylw ohono, fel petai'r sŵn yn rhyw ddirgryniad naturiol yng ngwead brics a mortar hen waliau'r ysgol.

Tecst gan Tony oedd o:

Ti isio cfod panad rol ysgol. dim caffi na fflat.

Ac yna daeth nodyn arall yn syth ar ei ôl:

Sori.

Cyn iddi feddwl ddwywaith, roedd hi wedi tecstio'n ôl:

4? Lle?

Daeth yr ateb yr un mor chwim.

Happy Valley

—

"Ti'n ddistaw iawn! Be sy matar, blodyn?" gofynnodd Mia wrth osod mŵg o goffi stemllyd o flaen Gwen yn stafell gefn y stiwdio gelf.

"Dim byd. Gwaith. Plant. Isio gwylia arall!" atebodd Gwen, gan dderbyn y mŵg yn ddiolchgar ac yfed y dracht cyntaf yn betrusgar, rhag iddi orfod dweud mwy. Damia Mia! Roedd hi'n ei nabod yn ddigon da bellach i wybod bod rhyw ddrwg yn y caws, ac wedi synhwyro bod meddwl Gwen ymhell.

"Ydy petha'n iawn efo Rosa? Ydy hi'n dal i neud petha'n anodd i chdi?"

"Na, mae'n iawn yn y bôn, 'sti."

Lluniau wedi eu gwasgaru ar y bwrdd, pen Rosa yn plygu uwch eu pen, llaw esgyrnog, grynedig yn dal sbienddrych.

"Fuodd gin i 'rioed lawer o fynadd efo hen bobol, 'sti," ychwanegodd Mia, "yn enwedig rheiny sy'n cwyno drw'r amsar."

"Ella bo chdi'n iawn," meddai Gwen.

"Pobol ifanc ydy'r dyfodol!" meddai Mia ac yna, gan biffian chwerthin, ychwanegodd, "God, dwi'n swnio 'tha'r blydi Prif!"

Chwarddodd Gwen yn wan. Roedd ei meddwl wedi bod ar Tony ers y noson cynt, ers iddyn nhw ffarwelio fel hen gariadon ar y pafin, ers iddi ei weld yn hercian ar hyd y stryd oddi wrth y caffi. Roedd hi wedi aros yn effro ar ôl mynd i'r gwely, a phan geisiodd gau ei llygaid roedd llun y twmpath bach pathetig o bapurau yn barod i'w tanio yn mynnu ei sylw. Ond allai hi ddim rhannu hynny efo Mia. Fe fyddai nid yn unig yn gollwng Tony yn y cach, byddai'n teimlo fel ei bod yn ei fradychu rywsut, bradychu'r nentydd o ddagrau oedd yn rhedeg eu cwrs ar ei ruddiau, yr ysgwyddau crynedig.

"Ti ffansi panad ar ôl gwaith? Neu dro bach rownd Oriel Mostyn? I ni gael y lle 'ma allan o'n system! The Milky Bars are on me!" chwarddodd Mia, a'r bloneg ar dop ei breichiau'n dawnsio'n braf.

"Fedra i ddim, sori. Dwi 'di gneud trefniada," meddai Gwen, a damio'n syth na fyddai wedi meddwl am rywbeth na fyddai'n denu chwilfrydedd naturiol Mia.

"O, wela i! Fel'na mae'i dallt hi! A be ydy'i enw fo?" gofynnodd Mia, dan chwerthin, ond gan ddal ei llygaid ar Gwen fel petai'n disgwyl ateb.

"Paid â bod yn wirion! Ond fedra i ddim pnawn 'ma. Sori. Rywdro eto," mwmiodd Gwen, a fu hi erioed mor falch o glywed y gloch.

—

Roedd cymylau tywyll Tachwedd yn meddiannu'r awyr lwyd yn gynyddol erbyn pedwar o'r gloch y prynhawn, a'r nos yn aros ei chyfle.

Cerddodd Gwen yn fân ac yn fuan i gyfeiriad y Fach, neu Happy Valley fel y'i gelwid ar lafar gan bawb bron, yn anffodus. Llecyn bach yn nythu wrth odre'r Gogarth oedd o, wedi ei drawsnewid yn erddi ysblennydd fel teyrnged i'r Frenhines Fictoria yn y bedwaredd ganrif ar bymtheg gan yr Arglwydd Mostyn, yn ôl pob sôn. Roedd yr enw ynddo'i hun yn ddigon i ddenu'r ymwelwyr a dyrrai i dref Llandudno ar gyfer eu dogn blynyddol o benysgafndod a hwyl, a doedd dim pall ar boblogrwydd y lle ers canrif a mwy. A dim pall chwaith ar y teimlad mai bod yn hapus a diofal roeddech chi i *fod* i'w wneud wrth grwydro'r gerddi taclus.

Cododd Gwen goler ei chôt yn uwch dros ei chlustiau, a stopio wrth un o'r meinciau oedd yn edrych allan at y môr, uwchlaw Marine Drive. Eisteddodd yno a swatio, gan lygadu'r cymylau'n ddrwgdybus. Doedd hi ddim wedi taro ar Mia wedyn yn ystod y diwrnod, yn ffodus, gan ei bod wedi gwneud trefniadau i oruchwylio dau ddrwgweithredwr yn ei dosbarth dros amser cinio. Roedd hi felly wedi medru ei gwadnu hi'n reit sydyn ar ôl i'r diwrnod ysgol ddod i ben, heb orfod cyfiawnhau ei symudiadau i rywun arall.

Edrychodd draw ar dref Llandudno a'r goleuadau'n dechrau wincio fel sêr wrth i'r dydd ildio'i olau. Gan fod Llandudno yn dref wyliau, roedd sglein a chyffro'r Nadolig fel petaen nhw'n dechrau'n gynnar yma. Roedd Gwen yn hoffi'r syniad o Ddolig bob mis Tachwedd, yr addewid pur ohono fel sent ar yr aer, yn rhoi rhyw sbonc i gerddediad pawb. Ond erbyn i fis Rhagfyr gyrraedd, roedd sŵn canu carolau bloesg a thinsel yn troi arni, a'r Nadolig wedi colli ei burdeb a'i hud, fel eira ddoe wedi troi'n slwj brown, dyfrllyd dan draed.

Wrthi'n meddwl am hyn roedd hi pan dynnwyd ei sylw gan

ffigwr tal, tenau'n cerdded yn dalog tuag ati, a'i gorff yn plygu yn erbyn y gwynt.

"Ciao!" meddai Tony'n harti, gan eistedd wrth ei hymyl. Ond roedd hi'n amlwg o edrych arno mai'r 'ciao' oedd yr unig beth harti roedd o'n ei gynnig heddiw.

"Dwi 'di gweld chdi'n edrach yn well!" meddai Gwen.

"Teimlo'n… ofnadwy," meddai Tony, a'i acen Eidalaidd yn gryf. "Fel 'swn i'n mynd i farw. Byth eto. Dwi byth yn twtsiad un drop o alcohol eto! Byth, byth, byth!"

"Ti'n uffernol o wreiddiol, 'sti, Tony!" chwarddodd Gwen, ond chwarddodd yntau ddim, dim ond suddo'n is i'r fainc a gwthio'i ddwylo'n ddyfnach i'w bocedi.

"Ti isio cerddad o gwmpas wrth siarad? 'Sa'n gynhesach nag ista yn fan'ma, basa? Neu mi fasan ni'n medru mynd i gaffi am banad…"

"Na, dim byd fel'na. Plis. Cerdded, iawn. Cerdded o gwmpas a siarad. Si? Iawn?"

Safodd Gwen. Roedd hi'n amau na fyddai arno eisiau siarad am neithiwr mewn man cyhoeddus lle byddai yna glustiau bach yn gallu bod yn gwrando. Roedd hynny'n ei siwtio hithau i'r dim hefyd.

Er bod prinder lliw yn y gwelyau blodau erbyn hyn, roedd rhywbeth braf yn y ffaith fod trefn i'r lle, fod y gerddi'n gaeafgysgu bron, ac yn barod i ffrwydro'n lliwiau pan fyddai'r gwanwyn yn cyrraedd. Mewn byd lle roedd pethau'n gymhleth ac yn aneglur, siawns fod unrhyw arwydd o drefn yn braf, meddyliodd Gwen, wrth iddyn nhw ddilyn y llwybr concrit a nadreddai ei ffordd i fyny'r ardd.

"Un peth, Gwen – plis. Dwi angen gofyn un peth… am yr… am neithiwr. 'Nes i ddim meddwl rhoi'r lle ar dân. Ddim wir. O'n i'n gaib, 'di meddwi, ddim yn meddwl yn streit, 'di ca'l diwrnod uffernol. Ma raid i ti goelio hynna."

"Os mai ofn i mi fynd at yr heddlu wyt ti…"

"Naci! Wel, ia, yn amlwg, dwi ddim isio i chdi neud hynna, Gwen. Dydi attempted arson ddim yn rhwbath ti isio ar dy CV!"

Roedd Tony ar fin dweud rhywbeth arall, ond penderfynodd dewi. Ymataliodd Gwen hithau rhag gadael i'r geiriau cysurlon ruthro ato, ac felly cerddodd y ddau mewn distawrwydd am ambell gam, cyn i Tony ddechrau arni eto.

"Fedra i ddim stopio chdi, wrth gwrs, os ti isio deud. Ond dwi ddim isio i Mamma, i Rosa, ga'l gwbod. Dwi ddim isio iddi hi…"

"… gael ei siomi yndda chdi?" cynigiodd Gwen, a difaru braidd wedyn.

Ond chwerthin wnaeth Tony, chwerthiniad oer.

"Dwi 'di siomi Rosa Spinelli ar hyd 'n oes, pam ddyliwn i stopio rŵan?!"

"'Di siomi hi? Sut?"

Ond wnaeth Tony ddim ymhelaethu. Cerddodd y ddau nes cyrraedd mainc arall ym mhen ucha'r ardd. Eisteddon nhw ddim, ond roedd yn fan naturiol i stopio ac edrych i lawr ar yr ardd a'r môr a goleuadau'r dref.

"O'dd Papa'n arfar dŵad â fi i fan'ma pan o'n i'n hogyn bach. Mi fydda fo'n gwrthod prynu hufen iâ i mi, wrth gwrs, gan ddadla fod gynno fo beth oedd fil gwaith gwell 'nôl yn y caffi, ac i be fydda fo'n talu am stwff sâl rhywun arall?! Ond mi fydda fo'n prynu bonbons i mi, a'r cylchoedd sherbet bach yna mewn bag papur, a Sherbet Fountains a'r tamad o licrish yn sticio allan o'r paced o sherbet fel tafod ddu. Ti'n cofio'r rheiny?"

"Dwi'n meddwl 'mod i'n cofio rhywun yn sôn," atebodd Gwen, gan deimlo nad rŵan oedd yr amser i'w atgoffa ei fod hi dipyn iau nag o. "Oedd dy dad yn licio Llandudno?" gofynnodd yn betrusgar.

"Mi fasa Alfonso Spinelli yn hapus lle bynnag o'dd Rosa'n

hapus," meddai, a throi oddi wrthi i gyfeiriad y goedlan wrth droed y Gogarth. "Ro'dd o 'di, ym, sut 'dach chi'n deud, 'di mopio efo hi. Mi fasa fo 'di cerddad i ben draw'r byd iddi. Hi o'dd ei fyd o."

"Roeddach chi'n deulu agos," mentrodd Gwen. "Ma teulu'n bwysig i chi'r Eidalwyr, tydy?"

"Agos?" meddai Tony, a throi'n ôl nes ei fod yn edrych arni. "Agos? Ddudish i y basa Papa 'di gneud rhwbath iddi hi. Mi ddes inna'n hwyr i'w bywyda nhw, a Rosa'n bedwar deg, Papa'n nes at hanner cant. Ac ro'dd Papa'n ffeind efo finna."

Syllodd y ddau yn eu blaenau.

"'Dach *chi*'n agos, Gwen? Fel teulu?"

"Dwn i'm. Mi adawodd Mam. Pan o'n i'n chwech. Mond Dad a fi sydd 'na rŵan."

Clep drws yn diasbedain cyn edwino'n ddim.

Crwydro drwy bob stafell yn chwilio, chwilio.

Clep drws yn diasbedain drwy ddyddiau oer plentyndod…

… yn atsain drwy'r arddegau.

"Hynna'n anodd i ti…"

"Ella wir," atebodd Gwen. "A chdi a Rosa? Sut oedd petha efo chi?"

"Oedd hi'n rhoi bwyd i mi, yn fy nghadw'n lân ac yn daclus, yn gneud yn siŵr 'mod i'n gneud fy ngwaith ysgol, yn fy magu'n hogyn bach cwrtais a pharchus o bawb? Si, si, si. Oedd, oedd."

"Ond?"

Cododd Tony ei ysgwyddau.

"Ro'dd 'na rwbath ar goll ynddi hi 'rioed, Gwen. Rhyw wacter. Ac mi dreuliodd Papa'i fywyd i gyd yn trio'i lenwi o."

Eisteddodd Tony ar y fainc a gwthio'i goesau hirion o'i flaen. Swatiodd yn is, i amddiffyn ei hun rhag yr oerni. Gwnaeth Gwen yr un fath. Roedd hi'n teimlo fel gafael amdano, ei wasgu'n dynn a dweud y pethau iawn. Ond doedd yna ddim pethau iawn i'w dweud. Tony siaradodd yn gyntaf.

"Ma hi'n mynnu dal ei gafa'l yndda i, 'sti. Mynnu rheoli o hyd, yn enwedig ar ôl i Papa fynd."

"Dyna pam symudist ti o'r fflat?"

"O'dd hi'n fy mygu i, Gwen. Yn y drws yn swnian, bob munud."

"A dyna lle est ti y diwrnod hwnnw, ia?" mentrodd Gwen. "Pan wnes i edrych ar ôl y caffi. Trio dianc am 'chydig?"

"Trio am job wnes i."

"Job?"

"Ia, yn bell o 'ma. Mewn bistro yng Nghaer. Lle posh. Chwilio am Eidalwyr…"

"Reit. A dydi Rosa'm yn gwbod." Datganiad, nid cwestiwn.

"'Sna'm byd i wbod 'ŵan, nag oes? Dim byd 'di newid. Ches i mo'r blydi job, naddo? Ddim yn… yn Eidalwr digon da, ma raid…"

"Reit. Sori."

Distawrwydd. Fel niwl oer rhyngddyn nhw.

Yna safodd Gwen ar ei thraed, gan dorri ar y lletchwithdod. Rhwbiodd ei dwylo yn ei gilydd i'w cynhesu.

"Yli, Tony, dwi'n gwbod tydy dy fusnas caffi di'm yn ffynnu ar y funud, ond…"

"Dim fy musnas i ydy o, naci? Dyna'r drwg. Yn enw Rosa ma'r busnas. A tydy hi'm yn fodlon newid dim ar y lle."

"Oes gynni hi hiraeth, ti'n meddwl? Am yr Eidal?"

Safodd Tony fel ei fod yn ei hwynebu, yn sefyll rhyngddi hi a'r panorama islaw.

"Pam ti'n gofyn? Hy? Pam ti'n gofyn hynny, Gwen?"

"Dwn i'm. Rhyw deimlad dwi 'di ga'l amdani ers i mi ei chyfarfod hi, rwsut. Ac wedyn y noson o'r blaen, pan es i draw i weld sut oedd hi, ro'dd hi wrthi'n pori dros hen luniau o

Bardi a rhyw wên… Wel… doedd hi ddim yn wên o'n i 'di gweld ganddi o'r blaen."

"Hiraeth," meddai Tony. "'Dach chi Gymry'n meddwl mai chi pia'r teimlad."

"Ond tydy'r Eidal ddim yn ben draw'r byd. Digon hawdd neidio ar awyren."

Teimlai Gwen yn gyfrwys yn holi Tony a hithau'n gwybod yr ateb yn iawn o gofio'r hyn a ddywedodd Emrys yn y caffi. Codi ei ysgwyddau wnaeth Tony a dod yn ôl i sefyll wrth ei hymyl.

"Dyna dwi'm yn dallt. O'dd Papa yn mynd â fi draw i Bardi bob rhyw ddwy flynedd. O'n i wrth fy modd, yn gweld teulu, yn cael croeso mawr, a phawb wrth eu boddau yn fy nghlywed i'n siarad Cymraeg a Saesneg, yn fy ngweld i'n glyfar!"

"Dy dad a chdi. Dim Rosa?" gofynnodd Gwen, yn troedio'n ofalus, ofalus.

"Ddaeth hi 'rioed efo ni, Gwen. Gwrthod bob tro. Ac wsti be arall oedd yn od? Doedd neb yn holi amdani chwaith. Fel tasa hi ddim yn bod."

Daeth hyrddiad o wynt oer o rywle a'u gwthio'n nes at ei gilydd am ennyd, nes bod Gwen yn simsanu. Dawnsiodd y dail o'u cwmpas yn wallgo wyllt.

"Mae'n dechra oeri, Tony. Dechra nosi."

"Ti isio mynd 'nôl i lawr at y byd?" cynigiodd yntau, gan edrych ar ei draed wrth ddweud, a rhyw hanner gwenu.

"Be sy'n ddoniol?" gofynnodd Gwen yn ofalus.

"O'dd Papa a fi'n arfer – sut 'dach chi'n deud – cogio, ia? Smalio bod ni mewn rhyw wlad arall pan oeddan ni fyny yn fan'ma. Yn enwedig os oedd hi'n ddistaw. A Llandudno'n edrych fel tre degan… y bobol yn fychan, yn ddim byd i neud efo ni."

"A fel'na oeddach chdi'n teimlo? Yn hogyn bach? Ar y tu allan?" Roedd y geiriau wedi dod allan cyn i Gwen fedru eu hatal. "Sori," ychwanegodd yn syth wedyn. Doedd ganddi ddim hawl i gynnig rhyw seicoleg eildwym oedd yn dadansoddi natur yr alltud yn ei wlad fabwysiedig.

Codi ei ysgwyddau wnaeth Tony, heb ymddangos ei fod yn gwrthwynebu ei bod wedi mentro i dir cysegredig.

"Ges i bach o'r galw enwa, do – 'eyetie' a ballu. Papa'r un fath. Ma 'na wastad amball idiot, does? Ond dim byd mawr. Rhan fwya o bobol yn glên. Ac o'dd Papa wastad yn deud, os ti'n rhoi bwyd da yn eu bolia nhw, ti hanner ffordd at ga'l dy dderbyn!"

"Ro'dd dy dad yn ddyn call! Ac yn yr Eidal? Oeddach chdi'n iawn yn fan'no?"

"Rhywun o'r tu allan o'n i yn yr Eidal hefyd. Ro'dd Papa yn well, yn cael croeso mawr."

"Oeddan nhw'n gas efo chdi?"

"Na, ddim yn gas o gwbwl. Yn glên. Ond do'dd y plant ddim yn siŵr ohona i – fy acen i, fy nillad i'n wahanol. A phan o'n i 'di dechra setlo, siarad, bihafio fatha nhw, wel, ro'dd hi'n amser dŵad adra i Gymru. I fod yn Tony yn ôl."

Cododd ei ysgwyddau eto, ac estyn ei law i afael yn llaw Gwen. Edrychodd hithau ar ei law am sbel fach, cyn ei derbyn yn ei llaw hithau.

"Ty'd! Coffi poeth amdani!"

A dechreuodd y ddau gerdded law yn llaw i lawr y llwybr drwy'r gerddi smart, a goleuadau Llandudno yn eu denu.

Siffrwd y tudalenna yn y gwynt, yr haul yn crafangu drwy'r hollt yn y cerrig. Gwallt Rino'n sgleinio yn y gola, cannwyll ei lygaid yn chwyddo, yn meddiannu...

Am hyn dwi'n meddwl pan dwi'n sgrwbio'i ddillad o yn y bwced, a theimlo pleser y sebon ar fy mysedd. Mae gafael yn ei goler o'n gneud i mi deimlo'n hapus, mae anwesu'r baw ar boced frest ei grys yn braf! Pan dwi'n hongian ei ddillad ar y lein yn yr ardd gefn a'u clywed yn clecian yn y gwynt, mae fel taswn i erioed 'di gneud hyn i neb o'r blaen.

Dwi wedi bod yn ymarfer ers y wers ddwetha. Efo'r gath dwi'n ymarfer fwya, ond hen beth sych ydy hi, yn malio dim am Saesneg, dim ond am soser o ddiod a gweddillion y bwyd amser te. Mae golwg well arni hi erbyn hyn, rŵan fod 'na fwy o sbarion i'w cael dan y bwrdd. Ond tydy'r gath ddim wedi anghofio newyn y rhyfel. Mae hi'n dal yn swnian ac yn gwau ei ffordd rhwng ein coesa dan y bwrdd amser bwyd, nes fod Papa neu un o'r hogia'n rhoi cic iddi o'r ffordd. Does 'na fawr o sbarion chwaith. Nid y gath ydy'r unig un all ddim anghofio.

Mae'n well gen i fynd y tu mewn i'r castell i gael ein gwersi. Dwi'n licio bod 'na'm to ar y lle, fel bod yr haul yn tywynnu'n braf arnan ni pan 'dan ni'n eistedd yn y canol. Ond mae hi'n rhy boeth yno weithia, ac mae Rino a finna'n cilio i'r cysgod i swatio yn nes at yr ochra, ac weithia'n pwyso'n cefna ar y cerrig wrth weithio. Ond mae'r cerrig yn oer, a phan dwi'n pwyso'n ôl yn eu herbyn nhw, mae'n gyrru rhywbeth drwy fêr f'esgyrn i, rhyw dristwch a surni fedra i'm eu hegluro.

Mae Rino'n deud 'mod i'n gneud yn dda, yn dysgu'n sydyn. Dwi'n medru deud rŵan be ydy'n enw fi, lle dwi'n byw a be ydy enw iawn Papa a Mamma, er bod Rino yn dal i wenu pan dwi'n mynnu mai 'Mamma' a 'Papa' fydda i'n ddeud am byth, a wna i byth arfer â deud 'Maaather' a 'Faaather'.

"Myyydder," medda Rino eto heddiw.

Dwi'n ailadrodd "Maaadder" ac mae o'n gwenu ac yn deud "Myyy... Nid Maaadder ond Myyy. Myyy..."

Mae o'n tynnu fy sylw at ei geg yn gneud y sŵn "myyy... myyy", a'i wefusa'n cau ac yna'n agor ac yn chwythu'r anadl leia erioed allan.

Dwinna'n copïo, yn gneud i fy ngwefusa adlewyrchu'r siâp mae ei wefusa o'n neud. Mae'n llygaid i'n crwydro at ei lygaid o, a'u cael yn sbio arna i.

"Si..." medda fo, ac mae o'n gwenu a nodio. "Si..."

A dwi'n teimlo bod fy mywyd i gyd i fyny at rŵan wedi bod yn arwain at hyn – cael Rino yn nodio arna i ac yn sibrwd "Si". Mae o'n fy nychryn i braidd. Dwi'n codi ar fy nhraed er mwyn cael symud tipyn ar y byd, newid ongl, newid meddwl.

"Ty'd! Awn ni i sbio allan!" medda fi, ond mae Rino'n gyndyn.

"Mae 'na fwy i ddysgu heddiw. Dwi isio i ti fedru deud faint o frodyr a chwiorydd sgin ti. Faint o bobol sy'n byw yn tŷ chi..."

Ond dwi ddim isio meddwl am y lleill, am Marco a Carlo yn dal ac yn bell eu meddylia yn rhywle, am Maria dew yn hawlio'r gwely ac yn bwyta mwy na'i siâr, am Angelo bach yn swnian ac yn hongian oddi arna i isio chwara. Am Mamma a Papa, a Nonna a phawb arall sy'n rhan o'r byd y tu allan i walia'r castell 'ma.

"Ty'd," a dwi'n ffeindio'i law o ac yn ei dynnu ar ei draed. Mae ynta'n ildio'n hawdd, ac unwaith 'dan ni'n sefyll mae'r haul yn ein dal a'n cynhesu.

Mae 'na lecyn bach da i sefyll ac i sbio i lawr ar y gwastadedd oddi tanan ni, a'r cerrig yn eitha gwastad fel nad oes peryg i ni golli'n balans a syrthio i lawr y dibyn. Roeddan ni'n cael ein siarsio i beidio dŵad yma pan oeddan ni'n blant. Dwi'n falch o hynny rŵan, fod plant y fro yn cadw draw, fel bod y lle fel y bedd. Dwi'n mynd gynta, a dwi'n clywed Rino yn fy nilyn.

"'Sa'n braf byw mewn castell, basa Rino?"

"Ti'n meddwl? Ar wahân i bawb?"

"Sbio i lawr ar bawb a neb yn medru jest cerdded i mewn a deud wrthat ti be i ddeud a be i neud."

Mae'r tŷ adra yn gwasgu arna i dyddia yma. O'n i'n arfer licio'r ffaith fod pawb ohonan ni'n agos, a bod chwerthin a lleisia pawb arall byth yn bell i ffwrdd. Rŵan, 'swn i'n rhoi'r byd am gael byw ar fy mhen fy hun. Neu ella ddim ar fy mhen fy hun yn llwyr, chwaith... Dwi'm yn deud gair, wrth gwrs.

"Ti'n gwbod am stori'r dywysoges Soleste?" medda Rino, ac mae'n camu'n agosach, nes bod ei wynt ar fy ngwar.

"Soleste? Mae'r enw'n... Ond nac'dw, dwi'm yn meddwl."

"Byw yma oedd hi, yng nghastell Bardi."

"Pryd?"

"O, dwn i'm. Flynyddoedd maith yn ôl!" medda fo'n goeglyd. "Fel pob hanas gwerth ei halen. Merch ifanc oedd hi, er gwaetha'i theitl crand."

"Ia?"

"Ac ro'dd hi mewn cariad efo Moroello, capten pwysig iawn oedd yn enwog am fod yn ymladdwr da mewn brwydra. Wel, mi aeth Moroello i ffwrdd i ymladd un tro ac roedd o wedi mynd am amser hir iawn. A dyna lle roedd Soleste yn eistedd yn disgwyl amdano i ddŵad yn ôl, mewn rhyw le tebyg iawn i lle 'dan ni'n sefyll rŵan. Mi fydda hi'n eistedd am oria, a'i llygaid draw ar y gorwel, yn disgwyl i Moroello a'i ddynion ddychwelyd yma, i ddyffryn Ceno."

Ac wrth i Rino siarad, dwinna'n syllu draw ar y brynia yn y cefndir, yn dychmygu Soleste yn edrych ar yr union olygfa yma, a'i chalon yn llawn cariad at Moroello. Mae Rino'n symud fymryn yn nes a gallaf deimlo garwedd ei ên yn erbyn fy nghlust, y blewiach bach gwydn yn crafu-bigo'r croen meddal.

"Ac yna, o'r diwedd, un diwrnod, mi welodd hi symudiad, draw fan'na. Mintai o filwyr a cheffyla yn nesáu."

"Ia?"

"Ond fe drodd ei hapusrwydd hi'n dristwch yn yr un gwynt bron pan welodd hi mai lliwia'r gelyn oedd gan y milwyr wrth iddyn nhw nesáu. A doedd hynny'n golygu dim ond un peth: roedd Moroello wedi ei ladd yn y frwydr."

Saif Rino am funud mewn distawrwydd, dim ond syllu i lawr ar y gwastadedd, a'r afon fel rhuban. Yna mae'n parhau efo'r stori.

"Mewn tristwch, â'i chalon ar dorri, aeth Soleste yn nes at y dibyn a thaflu ei hun i lawr ar y creigia islaw yn fan'na."

"Naddo!"

Dwi'n meddwl am y gwynt yn rhuthro i glustia Soleste wrth iddi syrthio, syrthio, syrthio, a'r byd â'i ben i lawr. Dwi'n camu fymryn yn nes er mwyn syllu i lawr i'r lle roedd Rino wedi ei ddangos, a gweld y creigia llwydion yr un mor fud ag erioed, yn bradychu dim o'r hanes trasig. Ond mae Soleste yno'n gorwedd: ei cheg wedi'i rhewi'n gam yn y waedd ola, llygaid gwydr a chylch coch yn tyfu a thyfu o dan ei phen, fel coron. Mae awel yn dŵad o rywle ac yn chwarae rhyngddon ni.

"Am stori drist!" meddwn, ac mae'r awel yn cipio'r geiria, fel plu.

"Ond mae mwy i'r stori, Rosetta," medda Rino.

Mae'n camu'n ôl, a dwi'n dyheu ac yn ysu am ei deimlo'n agos ata i, am realiti cynnes ei gorff byw o yn erbyn fy nghorff byw inna...

"Erbyn dallt, Moroello a'i ddynion oedd yn nesáu at y castell, wedi'u gwisgo yn lifrai'r gelyn, er mwyn brolio a datgan bod Moroello wedi ennill y frwydr. Ond pan welodd Moroello gorff Soleste ar lawr wrth droed y creigia yna, wel..."

"Mi laddodd ynta'i hun?"

"Do, Rosetta. Mi laddodd ynta'i hun!"

"O!"

Dwi'n teimlo'n benysgafn, fel tasa'r creigia'n fy nhynnu am i lawr. Ond mae llais Rino yma o hyd, yn anwes ar yr awel.

"Ac ma nhw'n deud..." medda fo'n araf.

"Deud be? Be ma nhw'n ddeud, Rino? Plis! Mai ysbrydion Soleste a Moroello sydd yn y castell 'ma, ia? Ia? Yn crwydro'r lle yn chwilio am ei gilydd!"

Dydy Rino ddim yn ateb, dim ond taflu un edrychiad eto ar y dyffryn cyn troi yn ôl ata i.

"Hen lol. Ty'd, ma gynnon ni waith ar ôl i neud."

Mae o'n gwenu arna i ac yn estyn ei law am fy llaw i er mwyn i mi fedru camu'n saff dros y cerrig. A dwi'n falch o gael camu'n ôl o'r dibyn ac o'r stori drist, ac i lygad yr haul unwaith eto.

19

Meddyliodd Gwen i ddechrau mai rhuthr rhwng gwersi oedd i'w gyfrif am y ffaith nad oedd Mia wedi ei chydnabod yn y coridor. Roedd Mia, yn ôl ei harfer, wedi ei hanner cuddio gan un o ffeiliau celf mawr y disgyblion, a phrin ei bod yn medru gweld ble roedd hi'n mynd beth bynnag. Roedd Gwen hithau'n symud yn betrus, a thŵr mawr simsan o lyfrau blêr Blwyddyn 9 yn ei dwylo. Fyddai hi ddim yn syniad iddi ollwng y bali lot ar y llawr, a bod yn destun gwawd. Doedd hi ddim eto wedi magu'r hunanhyder i gredu nad oedd ei hawdurdod yn ddibynnol ar ymddangos yn ddifrycheuyn ar bob achlysur. Doedd Gwen ddim wedi petruso, felly, wrth gerdded i mewn heb gnocio i'r gilfach sgwrsio yng nghefn y stiwdio gelf.

"Ydi'r tegall mlaen? Dwi jest â thagu, ches i'm cyfla i ga'l un bora 'ma," cychwynnodd.

Ond roedd rhywbeth yn wahanol. Doedd dim sŵn tegell yn canu grwndi, nag oedd, ac roedd hynny'n beth diarth ynddo'i hun. Ond nid hynny oedd o chwaith. Fel arfer fe fyddai Mia'n chwerthin ei chyfarchiad, neu'n cynnig rhyw sylw ffraeth, anfoesgar yn ôl, yn arwydd fod y cyfnod cyfrin o beidio bod yn 'athrawes' wedi dechrau am ysbaid, cyn i'r gloch ganu eto.

Safai Mia â'i chefn at y drws, yn edrych drwy'r ffenest. Throdd hi ddim i ymateb, fwy na phetai Gwen ddim yno.

"Mia, ti isio i mi…?"

"Nag oes, mi wna i, 'sti," meddai Mia o'r diwedd, a'i llais yn gryg i gyd.

"Ti'n… ti'n iawn? Oes 'na rwbath yn bod?" dechreuodd Gwen.

"Yn bod? Nag oes, siŵr iawn!" meddai Mia, a syllodd Gwen ar ei chefn.

"O, reit," meddai Gwen yn gloff, gan symud i gyfeiriad y tegell bach oren ffynci. "Dwi 'di haeddu hon! O'dd Blwyddyn 8 'di weindio'n wirion bora 'ma!"

"Oeddan?"

Roedd y llais yn dal i swnio'n wahanol, yn oer ac fel petai'n cael ei wasgu allan ohoni. Trodd Mia ac estyn am y mygiau oddi ar y goeden fygiau. Doedd dim ôl dagrau ar ei hwyneb, ond roedd hi'n amlwg nad oedden nhw ymhell. Allai Gwen ddim peidio meddwl pa mor hen yr edrychai, ei chroen yn llwydaidd ac yn llac o gwmpas ei bochau a'i gwddw, y llinellau a fframiai ei llygaid yn amlycach heddiw na'r siwmper oren lachar a wisgai. Teimlodd yn euog yn syth am feddwl hynny.

"'Sna'm byd 'di digwydd, nag oes? Ti'm 'di ca'l newydd drwg?"

Gosododd Mia'r ddau fŵg yn ofalus ar ochr y ddesg.

"Dim byd felly, nag oes." Ochneidiodd Mia ac eistedd, heb wneud yr un ymdrech i estyn am y tegell yn ôl ei harfer a dechrau'i lenwi efo dŵr. "Sgin ti mo'r help bo chdi'n ifanc ac yn ddel, yn fengach ac yn ddelach…"

"Sori, Mia, dwi 'di methu rhwbath? Be ydy hyn i gyd?"

"Gin ti hawl i weld pwy bynnag leci di, wrth gwrs."

Safodd Gwen yn stond, a'r geiriau'n hercian o'u cwmpas fel sêr.

"Pwy ti'n feddwl dwi'n weld?" meddai Gwen ar ôl yr hyn a deimlai fel oes, er mai prin eiliadau ydoedd mewn gwirionedd.

Chwerthin wnaeth Mia ac ysgwyd ei phen.

"Am Tony ti'n sôn?" mentrodd Gwen.

"Ti *yn* dallt, 'lly! Amdana chdi a Tony, ia."

"Fi a Tony?"

"Ia!"

"Ond… ond does 'na'm blydi fi a Tony! Pam ddiawl ti'n meddwl…?"

Cododd Mia ei hysgwyddau mewn ystum o ildio, o dderbyn.

"Mae'n iawn, Gwen. Fel dudish i!"

"Ond pam ddiawl 'sa chdi'n meddwl hynny?"

Cododd Mia ei llais wedyn. "Welodd rhywun chi, iawn?"

"Pwy? Pwy welodd ni?"

"'Di o'm ots pwy, nac'di! Yn Happy Valley. Enw addas! Dal dwylo a'r… a'r crap sentimental yna i gyd."

"Dal dwylo?"

Tony'n estyn am ei llaw yn fyr rybudd wrth iddyn nhw fynd yn ôl at wareiddiad. Gwres ei law yn braf yn erbyn oerni'r noson. Y gwres yn rhan o'r rhannu teimladau oedd wedi digwydd rhwng y ddau, y datguddio. Goleuadau Llandudno yn wincio, yn gwahodd. A rhywun yn sbecian! Yn eu dilyn! Ond pwy? A pham? Roedd y geiriau'n baglu dros ei gilydd yn ei phen. Yn mygu ei gilydd yn eu hymdrech i gael allan. Yn tawelu'i gilydd.

"Yli, mae'n iawn. Mia Menopausal ydw i dyddia yma. Methu derbyn 'mod i'n heneiddio! Ddo i drosta fo! Wir 'ŵan! Sori am ddeud bod be sgynnoch chi'n crap. Sgin i'm hawl deud hynna."

"Ond 'sna'm byd i…" dechreuodd Gwen, ond cododd Mia ei llaw i'w hatal.

"Jest… ti'n meindio? Dwi jest isio llonydd am 'chydig, ocê? I sylcio! I ddŵad i arfar efo'r peth. Jest bach o lonydd."

"Iawn, os ti'n meddwl…"

"Yndw. Plis. Yn dechra o rŵan."

Gadawodd Gwen hi'n eistedd ar ei phen ei hun, yn gerflun amryliw o siom ganol oed.

—

Roedd hi'n ddrycinog, a'r gwynt yn hyrddio o gwmpas iard yr ysgol nes gyrru hyd yn oed y rhai mwyaf eofn i gysgodi mewn corneli. Roedd un ffŵl gwirion yn mynnu agor ei freichiau led y pen, a'i gôt ar agor fel adenydd ystlum. Cafodd ei gipio oddi ar ei draed ymhen dim, a'r elfennau'n dangos heb amheuaeth pwy oedd yn rheoli.

Gwyliodd Gwen hyn i gyd o ffenest ei stafell ddosbarth. Doedd hi ddim wedi mynd 'nôl i'r stafell athrawon ar ôl bod efo Mia, ond yn hytrach i'w stafell ddosbarth ei hun, i lyfu'i chlwyfau.

Aeth gweddill y diwrnod yn ei flaen fel arfer, a sŵn y gloch yn atalnodi'r prynhawn.

Roedd dosbarth Blwyddyn 11 yn fwy anystywallt nag arfer, fel roedd Blwyddyn 8 cyn cinio. Clywsai Gwen athro arall yn sôn ar ddechrau'r tymor fod y tywydd yn cael effaith ar y ffordd roedd plant yn ymddwyn. Roedd diwrnod gwyntog yn chwipio rhyw gynddaredd wyllt o fewn y plant. Er bod Gwen wedi bod yn ddirmygus o'r sylw hwnnw ar y pryd, yn enwedig pan oedd yr athro wedi ychwanegu bod moch yn bihafio 'run fath, roedd hi wedi gorfod cyfaddef erbyn hyn fod peth gwirionedd yn y ddamcaniaeth.

Fel arfer, gallai ddibynnu ar Gavin i ymddwyn yn reit gall, hyd yn oed os nad oedd o'n gynhyrchiol iawn. A byddai'n un da am dawelu'r dorf ac annog y lleill i setlo. Ond roedd yntau'n wyllt iawn heddiw, a'i symudiadau yn fympwyol ac yn ymosodol. Dro arall, roedd yn torri i chwerthin yn blentynnaidd ar y peth lleiaf, oedd yn anghydnaws â'i lais dwfn.

Ar ddiwedd y wers, dechreuodd Gavin ymuno â gweddill y disgyblion oedd yn llifo allan o'r dosbarth, gan wthio a bod yn wirion. Rywsut neu'i gilydd, hedfanodd bag rhywun ar draws y stafell a glanio wrth draed Gwen. Ychydig o fodfeddi'n nes ac fe fyddai wedi ei tharo ar ei phen. Ar ôl sefydlu mai Gavin oedd y drwgweithredwr, dyma Gwen yn ei alw'n ôl. Doedd o ddim yn hapus, yn rhyw grechwenu o flaen y lleill – ystum oedd yn gymysgedd o embaras a brafado.

"Ond Miss, dwi'n gorfod mynd at Parry Pythagoras, i Maths."

"Dwi'n siŵr bydd Pyth… Mr Parry'n dallt pan eglura i!"

"Ond gynno fi brawf, Miss. Rhaid mi fynd!"

"Ddim tan ar ôl i mi siarad efo chdi! Arhosa!"

Yn anfoddog, llithrodd Gavin tuag ati a sefyll yno'n heriol, ei freichiau ymhlyg a'i ben ar un ochr. Roedd ei lygaid ar y llawr.

Arhosodd Gwen tan i weddill y dosbarth adael cyn siarad.

"Be sy'n bod arnat ti heddiw, Gavin? Ti 'di bod yn hollol wirion drw'r wers!"

"'Im byd, Miss!"

"Ma raid bod 'na reswm!"

"Gwers boring o'dd hi, Miss."

Cododd ei ben a syllu'n herfeiddiol ar Gwen, a'i lygaid yn tanio.

"Wel, ma'n ddrwg gin i bo chdi'n teimlo felly, Gavin," meddai Gwen, yn trio peidio dangos ei bod wedi ei brifo. "Ond tasa chdi'n rhoi dy feddwl ar dy waith, ella 'sa'r wers ddim mor 'boring'!"

Gwenodd Gavin, gwên araf oedd yn meddiannu ei sylw wrth iddi ledaenu ar draws ei wyneb.

"Ac ella bo'ch meddwl chi ddim ar eich gwaith chwaith, Miss!" meddai, ac roedd ei lygaid yn oer wrth edrych arni.

Plygodd ymlaen, bachu'i fag ar draws ei ysgwydd a cherdded allan o'r stafell.

—

Cafodd Gwen ei hun yn gwthio drws y caffi ar agor ar ei ffordd adref, ac yn croesawu'r gwres a'r sgwrsio a'r mân siarad. Doedd ganddi ddim awydd bod ar ei phen ei hun a gorfod taclo'r mynydd marcio oedd yn ei hwynebu, fel pob noson. A ph'run bynnag, petai'n onest â hi ei hun, roedd llygaid oer Gavin yn dal i afael ynddi.

Roedd Tony'n hynod o glên wrth iddi gerdded i mewn.

"Dyma newid bach neis! Ti fel arfer yn mynd yn syth i'r fflat ar ôl gwaith! Y plantos bach yn ddrwg i ti heddiw, hy?"

"Rhwbath felly, Tony. Ty'd â latte i mi, 'nei di?"

"Latte? Amser yma o'r dydd?" gofynnodd Tony yn bryfoclyd. "Ti'n cofio be ddudish i? Dim ond yn y bore ti fod i yfad latte!"

"Rho be ma'r hogan isio iddi, Antonio!"

Synnodd Gwen o glywed llais isel Rosa. Sut nad oedd hi wedi sylwi ei bod yn eistedd yno yn ei lle arferol, ac Emrys wrth ei hymyl? Roedd Rosa'n dal ei braich blastar fel tarian o'i blaen. Suddodd calon Gwen fymryn. Doedd Rosa ddim yn gwmni hawdd ar y gorau, a doedd hi ddim mewn hwyliau i ymdopi â'i nonsens ar ôl diwrnod mor ddiawledig.

"Pobol Cymru ddim yn... ddim yn dallt sut ma yfed coffi'n iawn!" meddai Rosa, â chellwair lond ei llais.

Ysgwyd ei ben a chwerthin wnaeth Emrys, fel petai Rosa wedi dweud y jôc orau erioed. Rhoddodd winc fach gyfeillgar i Gwen.

"Cappuccino 'ta, Tony. Diolch," meddai Gwen, a mynd i nythu wrth fwrdd bach i ddau yn y gornel, fel ei bod yn medru gweld y byd heb fod yn rhan ohono.

Deallodd Tony mai profiad cwsmer distaw roedd arni ei angen, a daeth â'r *cappuccino* draw iddi gyda gwên, a bisgeden fach yn swatio rhwng y gwpan a'r soser.

"Yfa hwnna, Gwen. Fydd y byd yn lle gwell wedyn, prometto!"

Ac ymhen chwarter awr, roedd problemau a helyntion y diwrnod wedi diflannu i stêm a chlebran y caffi, wrth i Gwen wylio Rosa ac Emrys fel hen gwpwl priod wrth eu bwrdd, yn gyfforddus yng nghwmni ei gilydd heb fod angen sgwrs. Bu

Gwen yn gwylio Tony hefyd, yn glên ac yn groesawgar ac yn effeithiol o gwmpas y caffi, a dechreuodd ddod yn agos at ddeall pam roedd Mia'n torri ei chalon drosto.

"'Di o'm yn deg! Pam ma fi sy'n gorfod gwarchod? Pam 'dach chi ddim yn gofyn i Maria?"

Mae'r pryfaid yn hofran a rhyw hen sŵn grwndi yn llenwi fy nghlustia, ac wedyn dwi'n sylweddoli mai sŵn Angelo bach ydy o, yr hen fwmian swnian babi Mamma mae o'n andros o dda am ei neud er mwyn cael ei ffordd ei hun. Ond dydy o ddim yn tycio'r tro 'ma! Mae Papa'n brysur ar y tir a sgin Mamma ddim dewis ond mynd efo Carlo draw i Varsi i'r farchnad er mwyn medru gwerthu 'chydig ar y tomatos a'r lemons 'dan ni wedi bod yn eu tyfu.

"Chdi ydy'r hyna! A chdi ma Angelo isio – sbia ar y peth bach!"

Ac mae'r 'peth bach' yn estyn ei freichia ac yn dechra dringo i fyny 'nghoes i fel mwnci. Mae'n anodd gwrthod Angelo, yn enwedig pan mae o'n tagu ac isio mwy o faldod nag arfer. Ond dwi isio ei wrthod o heddiw yn fwy nag unrhyw beth arall yn y byd. Heddiw fydd y tro cynta i mi weld Rino ers y diwrnod yn y castell pan adroddodd o stori Soleste druan, y stori sydd wedi cadw cwmni i mi byth ers hynny, ynghwsg ac yn effro. Dwi isio holi eto ai ysbryd Soleste sydd i'w weld yn crwydro'r lle.

A ph'run bynnag, mae gen i betha i'w dysgu, geiria, syniada. Dim fy lle i ydy bod yma'n sychu trwyn a magu fy mrawd bach! Ond yma'n syllu ar y castell o'r ardd gefn ydw i, a rhoi'r dillad i sychu ar y coed afala bach yn y berllan. Dwi wedi rhoi hen sach ar y llawr o dan un o'r coed mwya, ac wedi gosod Angelo yno a deud wrtho fo am beidio symud am fod Rosetta'n brysur! Mae'r canghenna'n ymestyn fel coflaid amdano ac mae o'n ddigon hapus i aros yn eu cysgod.

Ar fore braf o wanwyn fel hyn mae Bardi ar ei gora. Roedd

'na wanwynau, hafau, pan oedd y lle'n berwi efo Natsïaid tua diwedd y rhyfel. Ond roedd hi'n hawdd anghofio ar fore braf fel hyn fod 'la Guerra continua', fel roedd Badoglio wedi'i ddeud pan syrthiodd Mussolini, heblaw nad ar ein hochr ni oedd y Natsïaid erbyn y diwedd. Roedd Bardi dan ormes y Swastica. Yr adeg honno, fyddech chi byth yn bell o glywed clec gwn neu ryw synau fel tarana yn y mynyddoedd, ac mi fyddai'r *guerra* yn rhuthro 'nôl i darfu ar suo'r cacwn ar y bloda.

Ond clec peswch Angelo bach sydd i'w chlywed ar draws yr ardd heddiw, yn ddigon uchel i'w chlywed drwy'r dre i gyd. Neu fel'na mae'n teimlo i mi. Ydy hi'n ddigon uchel i Rino ei chlywed, ac ynta'n loetran yn y castell yn disgwyl amdana i, yr athro yn disgwyl am ei ddisgybl, fel Soleste yn disgwyl am ei Moroello?

Nid Soleste ydy'r unig un sydd wedi bod yn gydymaith i mi yn fy mreuddwydion. Mae Rino wedi bod yno hefyd, unwaith ar gefn ceffyl yn carlamu tuag at odre'r graig iasbis goch y mae'r castell yn sefyll arni. Ond dwi ddim yn gweld ei wyneb fel arfer – does dim rhaid i mi, achos dwi'n ei deimlo fo, ei wynt ar fy ngwar, teimlad ei foch a'r tyfiant pigog ar ei ên pan dwi'n estyn ymlaen... meddalwch ei dafod a'i geg...

Dwi'n dadebru wrth deimlo rhywbeth yn cydio yng ngodre fy sgert ac yn gweld Angelo yn plycio ar y deunydd eto, yn sbio i fyw fy llygaid i efo'i lygaid mawr brown ynta. Mae o'n peswch drachefn, fel hen ddyn bach, ac yn estyn ei freichia i fyny amdana i. Mae o'n ysgafn braf pan dwi'n ei godi, ei frest o'n esgyn ac yn disgyn yn sydyn, yn anadlu'n gyflym fel cath, yn cwffio am ei anadl. Mae ei fysedd bach tewion yn estyn am fy ngwallt, am gysur y llyfnder a'r meddalwch.

"Heiii... hei, Angelo bach, be sy'n bod? Be sy matar arnat ti, caro mio? Hy? Caro mio... Ti isio canu? Si? Canu efo Rosetta, si?"

A dwi'n dechra canu 'Fa la ninna, fa la nanna' iddo, gan

droi'n araf, araf yn fy unfan wrth neud, fy llygaid yn cau gyda'r haul a'r alaw, yn teimlo pleser Angelo bach ar fy mraich.

"Fa la ninna, fa la nanna,
Nella braccia della mamma.
Fa la ninna bel bambin.
Fa la nanna bambin bel.
Fa la ninna, fa la nanna,
Nella braccia della mamma."

Dwi'n agor fy llygaid ac mae o'n gwenu, wedi cau ei lygaid ynta ac ymgolli, yn ymroi i'r alaw, a llais ei chwaer fawr, a sigl rhythm y ddawns fach, yn dal i afael yn dynn yn fy ngwallt i...

Dwi'm yn ei weld o tan mae o'n siarad. Rino. Dwn i'm ers faint mae o wedi bod yn sefyll yno, yn yr ardd, yn sbio arnan ni.

"Neis iawn. Ma gin ti lais da," medda fo dan wenu. Mae'n dod yn nes, ac yn cyfeirio ei sylw at Angelo. "A pwy wyt ti, ddyn bach? Hmm? Pwy wyt ti?"

"Angelo," medda'r bychan, ac mae ymarfer ei lais yn cychwyn y peswch eto, a dwi'n medru clywed y sgrwtsh yn ratlo ac yn cnocio yn ei frest fach o.

"Sori, dwi'n gorfod gwarchod. Mamma 'di gorfod mynd i'r farchnad. Do'n i'm yn medru..."

"O'n i'n meddwl bod 'na reswm. Neu'n meddwl ella 'mod i 'di dy ddychryn di'r diwrnod o'r blaen... efo'r stori."

"Dim o gwbwl! Dwi 'di meddwl dim am y peth!" medda finna'n ddewr i gyd, ond gwenu mae o, yn amlwg ddim yn credu 'run gair.

"Os ti'n hapus i mi ddŵad yma atat ti, mi fedran ni neud rhwbath yma, debyg. Mae'n newid o'r hen gastell oer yna!"

Dwi'n edrych draw at y castell a'r tyrau sydd mor gyfarwydd i mi. Mae'n edrych yn ddigon saff a diniwed o bell, ac ynta wedi bod yno ers erioed. Yno ers fy erioed i. Ac eto, fedra i byth edrych ar y lle, na meddwl am y lle, yr un fath eto.

"Iawn. Diolch, Rino. O'n i'm isio peidio dy weld di." Ac yna dwi'n ychwanegu'n frysiog, "Dwi'm isio... peidio ca'l y wers!"

"Wrth gwrs! A chditha'n dŵad yn dy flaen mor dda!" medda Rino, ac mae ein llygaid ni'n cloi ar ein gilydd, yn dallt.

"Riiino..." medda Angelo, a dechra pesychu drachefn, a'r dillad yn clepian a slapio wrth sychu yn y gwynt.

20

DEFFRODD GWEN YN gynnar fore Sadwrn, yn ddigon cynnar i glywed y peiriant glanhau strydoedd yn griddfan ei ffordd ar hyd y palmentydd gwlybion fel anifail bach blin.

Roedd hi wedi syrthio i gysgu'n hawdd y noson cynt, ar y soffa wrth wylio rhyw raglen sgwrsio, ond roedd ei breuddwydion wedi bod yn dymhestlog ac yn anghyfforddus, yn llawn o'r Mia edliwgar, oeraidd.

Byth ers y miri efo Mia yn gynharach yn yr wythnos, roedd Gwen wedi bod yn annifyr ei byd. Roedd hi wedi llwyddo i gadw allan o ffordd Mia, a pheidio mentro i'r stiwdio gelf o gwbl. Ond roedd hynny wedi denu sylw ambell un o'r athrawesau eraill, oedd yn holi a oedd Mia'n brysur yn marcio ffolios, a thybed oedd hi dan straen. Pysgota oedden nhw, heb wneud unrhyw ymdrech i guddio'r ffaith eu bod wedi sylwi bod Gwen yn treulio mwy o amser yn y stafell athrawon. Roedd hithau'n un wael iawn am guddio ei theimladau, er nad oedd hi wedi dweud gair am y sefyllfa wrth y cnafon busneslyd.

Roedd y stafell athrawon yn lle brafiach wrth i'r tymor dynnu at ei derfyn. Roedd rhywun wedi taenu tinsel coch yn sgarff ar dop yr hysbysfwrdd, ac roedd poster yn cyhoeddi cinio Dolig y staff. Rhoddodd Gwen ei henw ar y rhestr a rhoi tic o dan y golofn 'Isio bws'. Byddai digon o amser iddi newid ei meddwl tasa raid, meddyliodd. Sylwodd Gwen nad oedd enw Mia ar y rhestr.

Roedd neges destun gan Swyn y noson cynt wedi anesmwytho tipyn arni hefyd. Yn raddol, roedd y cyswllt rhwng y ddwy wedi edwino yn ystod y tymor gan fod Gwen wedi bod mor ddiawledig o brysur. Ond neithiwr roedd y ffôn wedi dirgrynu tua deg o'r gloch, a chan fod Gwen rhwng cwsg ac effro roedd hi wedi methu ei ateb mewn pryd. Ychydig funudau wedyn, daeth y neges:

Gwen! Blod1! Lot i ddeud! Mwn cariad! Mn gr8! Ond cymhleth! :/
Swynsi x

Doedd bosib ei bod hi wedi blino ar anaeddfedrwydd Swyn ar ôl un tymor yn unig o fod yn athrawes gyfrifol? Ond roedd y syniad o gysylltu â hi yn teimlo'n fwy o ddyletswydd nag o fwynhad. Roedd Swyn yn waith caled ar y gorau – pan fyddai perthynas wedi dod i ben, byddai'n llawn histrionics a melodrama. A phan oedd hi ar ben ei digon ac mewn cariad, doedd pethau fawr gwell. Llai o grio, efallai, ond yr un faint o ddrama!

Gwnaeth Gwen goffi a thost iddi hi ei hun, a setlo wrth y bwrdd bach wrth ymyl y ffenest i fwyta ei brecwast. Roedd hi'n hanner awr wedi saith, a golau dydd yn dechrau ennill y frwydr i hel y nos i ffwrdd. Cododd ei choesau a gosod ei thraed sanau yn erbyn y rheiddiadur wrth edrych allan drwy'r ffenest. Er nad oedd fawr o olygfa o'r ffenest, gan fod y fflat yn wynebu cefn rhes o dai a siopau, roedd Gwen wastad yn mwynhau edrych ar olygfa drefol fel hyn: onglau'r toeau yn creu patrymau diddorol fel rhai Hopper, pobol yn swatio byw wrth ymyl ei gilydd, rhesi o ddillad bywydau gwahanol ar bob lein, pob un yn adrodd ei stori ei hun. Ac roedd ei dydd Sadwrn yn ymestyn o'i blaen heb ei gyffwrdd, yn sglein ac yn addewid i gyd.

Roedd ei meddwl wedi bod ar grwydr reit hamddenol pan ddaeth y gnoc ar y drws, fel petai wedi ei chynllunio mewn sgript.

"Gwen? Gwen? Rosa sydd yma."

Edrychodd Gwen ar y cloc cegin mawr ar y wal y tu ôl iddi. Prin wyth o'r gloch oedd hi. Ac roedd wyth o'r gloch ar fore Sadwrn fel chwech o'r gloch ar unrhyw ddiwrnod arall!

Trodd yn ôl a chau ei llygaid. Petai'n peidio rhuthro at y

drws a'i ateb, siawns y byddai Rosa'n meddwl ei bod hi'n dal i gysgu, fel pawb call. Ond roedd ychydig mwy o frys ar y gnoc yr eilwaith. Cododd Gwen yn hynod anfoddog a llusgo'i hun at y drws i'w agor.

Roedd Rosa wedi camu i'r fflat cyn i Gwen ei gwahodd i mewn. Aeth at y gadair lle bu Gwen yn eistedd yn edrych drwy'r ffenest a syllu allan, ei dwylo ymhleth. Roedd ei gwallt tywyll yn hongian yn aflêr o gwmpas ei hwyneb ac edrychai'n hynod o wahanol i'r ddelwedd drwsiadus oedd ganddi fel arfer pan oedd ei gwallt yn gocyn ar dop ei phen. Eisteddodd hi ddim yno'n hir iawn cyn codi a dechrau cerdded o gwmpas y stafell, gan godi ambell beth yn freuddwydiol cyn eu gosod i lawr drachefn a symud ymlaen.

"'Dach chi'n iawn, Rosa? 'Dach chi'n sâl?"

"Non, dwi ddim yn sâl," meddai hi, a'i hedrychiad yn amlygu rhywbeth arall. "Ddim yn sâl, fel'na..."

"Ydi'r fraich yn dal i frifo?"

"Prurito... sut ti'n deud...?"

Cosodd Rosa o dan y plastar i ddangos yr hyn roedd hi'n ei feddwl.

"Mae o'n gwella, Rosa, os ydy o'n dechrau cosi. Dyna fel o'dd Mam..." Stopiodd Gwen yn sydyn. "Be 'dach chi isio, Rosa?"

Roedd ei llais yn siort, y geiriau'n rhy uniongyrchol ar gyfer bore bregus a hen wreigan oedd yn amlwg yn anniddig. Lliniarodd Gwen fymryn arni hi ei hun, gan deimlo'n euog braidd am fod yn ffwr-bwt. "Be fedra i neud i chi, Rosa? 'Dach chi isio help efo rhwbath?"

"Dim ysgol heddiw i ti?" gofynnodd Rosa, ond roedd hi'n amlwg wrth iddi ofyn nad mân siarad roedd hi.

"Nag oes, diolch i Dduw! Dydd Sadwrn."

Nodiodd Rosa, a'i llygaid yn gwibio.

"A! Si, si. Wrth gwrs! Dydd Sadwrn. Be ti'n neud heddiw? Mynd i weld cariad? Mynd i siopa yn y dre?"

"Na, sgin i'm byd dwi angan neud heddiw. Dim amserlen, dim cloch ar ddiwadd pob awr."

Ond doedd gan Rosa ddim diddordeb mewn trafod manylion. Aeth at Gwen a rhoi ei llaw ar ei braich, gan syllu'n daer i'w llygaid. Roedd cylchoedd tywyll o gwmpas ei llygaid hithau, ac roedd eu cloriau yn chwyddedig.

"Wyt ti'n hapus i fynd â fi yn y car heddiw? Dwi isio… ma raid i mi, Gwen. Ma raid i mi neud rhywbeth."

"O, ym… reit. I lle 'dach chi isio mynd? Dwi'm isio mynd rhy bell, ma'r car isio syrfis a…"

Pethau eraill a wibiai drwy feddwl Gwen ar hyn o bryd. Lle ddiawl oedd Tony na fasa fo'n medru cynnig help llaw i'w fam? Pam ddiawl na fasa Rosa'n medru gofyn i Tony wneud cymwynas â hi pan oedd y caffi ar gau, ar ddydd Sul? Roedd y ddau ohonyn nhw'n edrych yn eithaf cymodlon yn y caffi y diwrnod o'r blaen. Roedd Rosa'n amlwg wedi rhagdybio beth roedd Gwen yn ei feddwl.

"Dwi ddim isio i Antonio fynd â fi, Gwen. Ti. Ti dwi isio. Plis?"

"A, dwi'n dallt," meddai Gwen. "'Dach chi'n gwbod pa faint bra 'dach chi isio, sgynnoch chi siop 'dach chi'n…?"

Edrychodd Rosa'n syn, yna gwibiodd cysgod o wên ar draws ei hwyneb cyn iddi ddifrifoli eto.

"Per favore, Gwen. Dim jôcs."

"Ond dim jôc oedd hi fod…" dechreuodd, ond torrodd Rosa ar ei thraws.

"Dwi isio i ti fynd â fi i'r cimitero… mynwent."

Diflannodd haul llawn addewid ei dydd Sadwrn y tu ôl i gwmwl mawr du.

21

ERBYN I GWEN alw am Rosa ddwy awr yn ddiweddarach, roedd y ddwy ohonyn nhw'n edrych yn fwy parod i wynebu'r diwrnod. Roedd gwallt du Rosa wedi ei osod yn ei steil arferol, a phob cudyn yn dwt yn ei le, a'r minlliw coch wedi ei roi'n ofalus ar ei gwefusau. Sylwodd Gwen ei bod hyd yn oed wedi taenu llinell ddu efo pensil ar hyd ymylon ei llygaid a bod masgara'n glynu'n glympiau ar flew prin ei hamrannau.

O bell, edrychai'n hanner cant, a dim ond wrth nesáu a gweld croen ei gwddw a'i brest fel *papier mâché* y byddech chi'n sylweddoli mai dynes dlos yn ei hwythdegau oedd hon. Roedd hi wedi'i gwisgo'n hynod ofalus er mwyn mynd i fynwent, meddyliodd Gwen.

"Barod?"

"Si, gwisgo côt ac mi fydda i'n barod. Diolch, Gwen!" meddai, a diflannu i mewn i'r un o'r ogofâu o stafelloedd a arweiniai oddi ar y gegin – llefydd nad oedd Gwen wedi cael gwahoddiad iddyn nhw erioed.

⁓

Anelodd Gwen drwyn y car i gyfeiriad y pier ar orchymyn Rosa, a phasio i'r chwith o'r Grand Hotel fawr oedd ar ddechrau'r pier – gwesty oedd yn boenus o annigonol o'i deitl.

"Ffor yma, si!" meddai Rosa'n benderfynol, o weld Gwen yn pendilio rhwng dilyn y lôn oedd yn mynd i fyny i'r chwith hyd lethrau'r Gogarth a'r lôn arall ehangach oedd yn dilyn godre'r mynydd, fel ffril ar liain bwrdd hen ffasiwn. Doedd dim arwydd o fath yn y byd i'w harwain tuag at Eglwys Sant Tudno, felly penderfynodd Gwen ddilyn yr arddeliad roedd Rosa yn ei ddangos, gan obeithio bod hwnnw'n agos i'w le. Doedd ganddi ddim awydd treulio mwy o'i dydd Sadwrn nag oedd raid yn chwilio am fynwent ddiarth.

Ar ôl talu dwy bunt a hanner can ceiniog yn y tollborth castellog ar gychwyn y lôn, i Gymro bochgoch oedd wrth ei fodd yn sefyll fel sentri y tu allan i'w gaer, aeth y car bach ar hyd y lôn droellog, gul a nadreddai ar hyd godre'r Gogarth.

Tawedog iawn oedd Rosa wrth ei hymyl, ond wrth gymryd cip sydyn arni, gwelodd Gwen ei bod yn brathu ei gwefus isaf yn bwrpasol, ei meddwl ymhell, bell o'r car ar y lôn fach gul. Wrth i'r injan hymian yn dawel a hunanfodlon, dechreuodd Gwen ymlacio rywfaint, a mwynhau'r olygfa i'r dde ohoni: y môr yn ymestyn ac ynys Seiriol yn y pellter ar y chwith yn codi o'r tonnau fel morfil mawr. Dotiodd at y melinau gwynt toreithiog allan ar y dŵr, yn wyn llachar fel teganau plentyn. Ar y chwith roedd ambell gar wedi stopio a dringwyr fel pryfaid cop yn hongian ar we oddi ar y creigiau, eu lliwiau llachar yn gwrthgyferbynnu â'r graig olau. Allai hithau ddod yma i ddysgu dringo, tybed? Roedd rhywbeth apelgar mewn gwneud gweithgaredd corfforol oedd yn eich clymu i'r eiliad, o un symudiad troed neu law i'r hafn nesaf yn y graig. Ond llusgwyd hi yn ôl i'w gorchwyl gan Rosa.

"Yma! Troi! Yma!"

Yn ddirybudd, roedd lôn fach arall wedi ymddangos o'u blaenau a phlethora o arwyddion ar waelod y fforch yn y lôn, yn cynnwys un arwydd yn pwyntio tuag at gaffi â'r enw 'Rest and Be Thankful'. Doedd 'run arwydd ac arno 'Eglwys Sant Tudno'.

"Troi!" meddai Rosa eto, ac felly fe anelodd Gwen drwyn y car tuag at y lôn serth, gul oedd yn ymddangos fel ei bod yn mynd yn syth at y nefoedd, os nad oedd hynny'n gableddus! Diolch byth ei bod hi'n aeaf reit fwyn, meddyliodd. Doedd hi ddim yn licio'r syniad o drio gyrru i fyny'r lôn hon mewn tywydd rhewllyd. Daeth dau gar arall i gwrdd â nhw, gan orfodi Gwen i lywio'r car i'r ochr gymaint ag y gallai. Atgoffai'r ffordd hon Gwen o un o'r lonydd culion mynyddig yng ngwlad Groeg pan fu yno ar wyliau gyda ffrindiau coleg, a phawb yn siarsio'i gilydd i edrych dros ymyl y clogwyn, a gweld ambell gar a'i olwynion i fyny fel hen bry ar waelod y dyffryn.

O'r diwedd, daeth eglwys fach Sant Tudno i'r fei, a'r cerrig beddi'n ymestyn o'i hamgylch ac i'r ochr iddi, ac ar y bryn serth y tu ôl iddi. Roedd maes parcio bach dros y ffordd i giât yr eglwys, a digon o le i ryw bum car ar binsh. Roedd un car arall yno, a chwpwl oedrannus wrthi'n rhannu fflasg a brechdanau ac yn edrych ar y panorama gwlyb o'u blaenau.

"Iawn. Dyma ni, felly, ia?" gofynnodd Gwen.

Atebodd Rosa mohoni, dim ond syllu'n syth o'i blaen.

"Rosa?"

"Si." Dadebrodd Rosa a nodio, fel petai'n cadarnhau rhywbeth iddi hi ei hun. Dechreuodd ymbalfalu efo'r gwregys diogelwch ond daeth Gwen i'r adwy a phwyso'r botwm coch i'w ryddhau. Eisteddodd Rosa yno am ychydig eiliadau, cyn agor y drws a stryffaglio allan. Daeth Gwen allan o'r car a chynnig ei braich iddi. Derbyniodd Rosa'r fraich fel cymorth, heb gydnabod Gwen, a'i meddwl yn amlwg yn bell.

Cerddodd y ddwy at y grisiau carreg oedd yn arwain at giât y fynwent. Clywent grawcian brain anniddig uwch eu pennau, yn amgylchynu'r fynwent yn amddiffynnol. Roedd haenen o niwl yn disgyn o ben y mynydd, ac yn araf gordeddu ei ffordd o amgylch y cerrig beddi oedd ar dir uchaf y fynwent.

"Dwi'n falch bo chi efo fi, Rosa!" meddai Gwen, gan drio ysgafnu ychydig ar yr awyrgylch. "Dwi'm yn un dda mewn llefydd fel hyn!"

Aeth Gwen yn ei blaen i agor y giât fach rydlyd, ond cyn iddi fedru camu i'r fynwent, rhoddodd Rosa ei llaw ar ei braich.

"Na. Dwi isio i chdi aros. Dwi isio mynd solo. Ar fy mhen fy hun. Si?"

Ceisiodd Gwen anwybyddu'r don o ryddhad a deimlodd o glywed hyn.

"Os 'dach chi'n siŵr…"

Wfftiodd Rosa ei hawgrym o anabledd.

"Si, si, dwi'n iawn. Fedra i gerdded at fedd fy ngŵr o hyd, dwi'm yn rhy hen i hynny!"

Nodiodd ar Gwen eto, i gadarnhau ei phenderfyniad. Safodd Gwen wrth y car yn hir yn gwylio'r ffigwr bychan yn symud yn araf ond yn bwrpasol at ochr dde'r fynwent, ond edrychodd i ffwrdd pan ddaeth Rosa i stop a sefyll wrth garreg fedd. Teimlai fel un ymyrraeth yn ormod, rywsut, yn syllu arni hi fel petai'n ddim ond cymeriad mewn ffilm. Pethau personol iawn oedd galar a hiraeth. Er bod yna elfennau cyffredin i bawb, wrth reswm, roedd pawb yn teithio ar hyd y llwybr hwnnw ar eu pennau eu hunain yn y bôn.

Wardrob wag.

Trugareddau wedi eu sgubo i gefn y car. A minnau'n ifanc, yn chwe blwydd oed, yn gwrando ar sŵn car Dad yn rhuo i ffwrdd a'r car yn llawn o bethau Mam.

Sŵn y car yn diflannu'n ddim.

Dim.

Dim byd ar ôl.

Dim Mam ar ôl.

Wardrob wag.

Cwpwrdd dillad a'r droriau'n gegrwth, fel safn hen arth frown mewn llyfr stori. Sgarff yn gorwedd ar y carped o dan y wardrob.

Anwesu.

Blysu.

Ac yna canfod Mam yn ei phlygiadau, ac oglau sent arni.

Trodd Gwen yn ôl i wynebu'r fynwent. Roedd Rosa'n dal yno, yn sefyll, yn gwyro'i phen. Ar amrantiad, cafodd Gwen ei hun yn camu drwy'r giât ac yn dilyn y llwybr tarmac twt oedd yn arwain tuag at yr eglwys a gweddill y fynwent. Er nad oedd Gwen wedi tywyllu lle o addoliad ers angladd ei nain, roedd ganddi barch at ffydd pobol eraill, pa bynnag ffurf a gymerai'r ffydd honno. Wrth sefyll ger yr eglwys fach garreg hardd, allai hi ddim llai na meddwl am y bobol oedd wedi adeiladu'r lle, gan gymryd saib bob hyn a hyn o'u llafur caled i syllu ar yr olygfa odidog oddi tanyn nhw, ac ystyried pa bynnag ddadansoddiad ysbrydol oedd yn cynnig ei hun.

Daeth sŵn siffrwd o bell, a throdd Gwen i weld Rosa'n cerdded yn bwyllog tuag ati. Sylwodd nad oedd ôl dagrau arni, ond roedd ei llygaid yn drwm.

"Lle braf. Bella vista, no?" meddai hi, a gwenu.

"Lle braf i gael eich claddu," meddai Gwen, gan atal ei hun rhag swnio'n rhy ffwr-bwt, ac ategu, "Mae'n braf i'r bobol sy'n dŵad i weld bedd rhywun annwyl, siŵr gin i."

"Annwyl…" murmurodd Rosa. "Roedd Alfonso'n annwyl iawn. Dyn da."

Ymbalfalodd Gwen am y geiriau priodol, ond ddaethon nhw ddim. Dim ond geiriau Tony oedd yn canu yn ei phen: Alfonso, oedd wedi treulio'i fywyd yn trio lleddfu gwacter Rosa.

"'Dach chi'n barod i fynd yn ôl?" gofynnodd Gwen o'r diwedd.

Nodiodd Rosa a chynnig ei braich i Gwen, a dechreuodd y ddwy y daith herciog, araf yn ôl at y car.

Pan oedd Gwen ar fin troi'r goriad i gychwyn injan y car, eisteddodd Rosa i fyny fel sowldiwr yn ei sêt.

"Na, dim eto, plis," meddai.

Arhosodd Gwen. Arhosodd Rosa hefyd, heb symud. Chwyrlïai dwy wylan o'u blaenau, yn wyn llachar yn erbyn yr awyr oedd yn troi'n gynyddol lwydaidd. Roedd yna ddarogan eira yn y dyddiau nesaf. Yn eistedd yma yn edrych ar ehangder yr awyr o'u hamgylch, gallai Gwen deimlo'r byd a'i greaduriaid yn hel at ei gilydd yn ymbaratoi ar gyfer y newid yn y tywydd. Edrychodd yn ôl ar Rosa eto. Roedd honno'n dal i syllu o'i blaen, a'i mynegiant yn awgrymu dim byd. Ond sylwodd Gwen ar ei llaw dda yn plycio, plycio ar y bobls mân ar ei chôt, yn plycio ar y deunydd fel petai ei bywyd yn dibynnu ar eu tynnu i ffwrdd. Ceisiodd Gwen reoli ei rhwystredigaeth. Roedd yr ymweliad â'r fynwent wedi costio bore iddi'n barod, ac roedd hi eisoes wedi dechrau cynllunio gweddill y diwrnod yn ei phen, gan ddechrau efo'r hyn y byddai'n ei gael i ginio.

"Sori, Rosa, o'n i'n meddwl bo chi'n deud bo chi 'di gorffen yma. Dwi'n dallt ella bod petha'n anodd, ond sori, mi fydd yn rhaid i mi…"

Daeth llais Rosa i gracio'r awyrgylch.

"Dwi wedi cael llythyr… llythyr pwysig. O Bardi…"

Suodd y gair 'Bardi' rhyngddyn nhw, yn felodi gynnes, gyfarwydd, gan ddod ag awel yr Eidal i gopa oer y Gogarth.

22

"BARDI?" MEDDAI GWEN.

"Si, fy nghart—. O ble dwi'n dŵad yn wreiddiol," meddai Rosa, a throi i edrych ar Gwen.

Roedd môr o wahaniaeth rhwng cartref a'r man lle roedd rhywun yn dŵad ohono, meddyliodd Gwen. Llecyn daearyddol ar fap oedd un, tra bod y llall yn gusan, yn goflaid, yn gynhesrwydd. Ac eto... Rosa'n taenu'r lluniau o Bardi ar fwrdd, yn codi ambell lun a'i anwesu, yn craffu i gael anadlu'r lle, y bobol. Nid gweithredoedd rhywun dideimlad am ei fan genedigol oedd y rhain.

"Ia, Rosa, dwi'n gwbod. Soniodd Tony."

"Tony!" Chwarddodd Rosa â thinc gwatwarllyd braidd yn ei llais. "Si. Antonio! Ro'dd o'n licio mynd yno, efo Alfonso. Licio mynd i weld y teulu, Alfonso a fo. Dŵad yn ôl yn llawn storis, ia? Ei lygaid yn llawn o Bardi..."

Doedd Gwen ddim yn siŵr iawn beth i'w ddweud. Doedd Rosa ddim yn arfer mynd efo nhw yno, felly beth oedd y llythyr yma oedd wedi achosi cymaint o gynnwrf iddi?

"Llythyr neis oedd o? Llythyr...?" ymbalfalodd o'r diwedd.

Cododd Rosa ei hysgwyddau ac edrych i lawr ar y llaw fach brysur oedd yn dal i chwynnu'r gôt yn ddyfal.

"Gan Maria. Maria, fy sorella, chwaer. Rhaid i mi fynd yna. Dwi isio... Ma rhywun..."

Er gwaetha'i hymdrech i ymddangos yn ddidaro, allai Rosa ddim dod o hyd i'r geiriau'n hawdd, allai hi ddim rheoli'r cryndod yn ei llais.

"Rhywun?"

"Si. Ma rhywun..."

Yna'n ddirybudd, dechreuodd y dagrau rowlio'n araf i lawr

ei gruddiau, gan greu ffrwd fach glir drwy'r powdwr rhy wyn ar ei chroen. Ysgydwodd ei phen, fel petai'n trio eu hatal. Trodd Gwen heb feddwl a rhoi ei breichiau amdani yn drwsgwl.

"Ma bod yn fan'ma'n dŵad â phob dim yn ôl. Mae'n naturiol, Rosa. 'Dach chi siŵr o fod yn colli Alfonso yn arw iawn o hyd."

Ar hynny, dechreuodd Rosa feichio crio yn ddireolaeth, nid rhyw grio parchus, ymwybodol o'r byd o'i hamgylch, ond crio gwyllt, afreolaidd, crio llysnafeddog, cyntefig, gan lafarganu rhywbeth nad oedd Gwen yn ei ddeall.

"Riiino!"

"'Na fo, Rosa. Peidiwch â phoeni rŵan. Crïwch os 'dach chi'n teimlo'n well o neud."

"Riiino!" meddai eto. "Mae o'n sâl. Yn marw. Riiino."

"Yn Bardi ma Rino?" holodd Gwen yn ofalus, a nodiodd Rosa yn egnïol. "Eich brawd ydy o, Rosa? Ffrind agos ella?"

"Rino mio... Riiino mio!" oedd y cwbl y gallai Rosa ei yngan, er nad oedd Gwen yn siŵr ai ateb i'w chwestiwn ydoedd ai peidio. Roedd ei chorff eiddil yn crynu dan deimlad yr angerdd gorchfygol yma oedd yn tywallt drosti.

Bodlonodd Gwen ar ddal ei llaw, a theimlo breuder ei hesgyrn dan y croen tenau, tryloyw.

Ymhen tipyn fe edwinodd yr ebychiadau a'r crio a gwnaeth Rosa ymdrech i ddod o hyd i hances, sychu ei thrwyn a'i bochau ac eistedd yn syth yn y sêt.

"'Dach chi'n teimlo'n well, Rosa?" holodd Gwen ymhen sbel.

"Sbia, sbia, sono brutto! Dwi'n... sut ti'n deud? Hyll!"

Chwarddodd Gwen a Rosa ill dwy, yn falch o'r ysgafnder.

"'Dach chi'n barod i ni fynd yn ôl am y fflat rŵan?" mentrodd Gwen.

"Dim eto. Dwi isio gofyn rhywbeth i ti, Gwen."

"O? Wel, chewch chi byth well cyfle! A finna'n sownd ar ben

mynydd efo chi!" meddai Gwen mewn ymgais arall i ysgafnhau tipyn ar yr awyrgylch, ond yn ofer.

"Dwi isio gofyn – plis, 'nei di edrych ar ôl y fflat i mi? Tra dwi'n mynd i ffwrdd. I Bardi."

"Mynd i ffwrdd?"

"Si. Ma raid i mi, Gwen. Ma raid i mi fynd yna."

"Ond 'di o'm yn fater o neidio ar y bws nesa, nac'di, Rosa? 'Dach chi'm yn ifanc."

"Dwi'n gwbod yn iawn faint ydy f'oed i!" chwyrnodd yr hen wraig yn benderfynol.

"Ac efo'r fraich 'na mewn plastar."

"Nid Rosa fydd yn fflio'r aeroplano!" meddai'n bendant eto, a'i llygaid tywyll bellach yn sgleinio mewn cymysgedd o ddireidi a phendantrwydd.

"Ia, ond ma'n rhaid i chi fod yn o lew o iach i fynd ar yr awyren yn y lle cynta," mynnodd Gwen eto. "Fasa hi ddim yn well tasa Tony...?"

"Na! Dim Antonio! Dim ond fi! Dwi ddim isio i Antonio wybod tan dwi yn yr awyr, fyny fan'na! Iawn? Plis?"

Gwthiodd Gwen y sêt yn ôl efo'i chefn, gan geisio peidio dangos ei bod yn dechrau colli amynedd. Syllodd ar ehangder yr olygfa o'i blaen, oedd yn llwyd a di-liw a diflas erbyn hyn.

"Dwn i'm, Rosa!"

"Be?" gofynnodd Rosa, mewn penbleth wirioneddol. "Cadw llygad? Ar y fflat? Sgen i ddim cath, dim bwji, dim byd! Dim problem, si?"

"Mae'n annheg gofyn i mi ddeud celwydd wrth Tony!" meddai Gwen, gan gofio'n syth ar ôl ynganu'r geiriau ei bod hi wedi gwneud ei siâr o gadw cyfrinachau Tony.

Gwnaeth Rosa swˆn ffromi o'i cheg a'i thrwyn ar yr un pryd.

"Ti'n meddwl bod Antonio'n deud pob dim, pob un dim, wrtha i? Hmmm?"

"Dwn i'm wir, Rosa. Ond dwi'm yn licio 'mod i'n ca'l 'y nhynnu i mewn. 'Di o'm yn deg i chi ofyn i mi!"

Cododd Rosa ei hysgwyddau ac ysgwyd ei phen, gan rythu allan ar y weiren o ffens a wahanai'r maes parcio bach oddi wrth y clogwyn serth islaw. Crynodd, fel petai ias wedi mynd drwyddi. Cychwynnodd Gwen yr injan.

"Fyddan ni 'di fferru yn fan'ma os arhoswn ni lawar hirach!" meddai.

Atebodd Rosa mohoni. Llwybreiddiodd y car ei ffordd yn araf bach i lawr y lôn gul, heb ddod ar draws yr un car arall, wrth lwc.

Ddywedodd 'run ohonyn nhw air yr holl ffordd.

Oherwydd ei bod hi'n ddydd Sadwrn a'r Dolig ddim ymhell, roedd y dref dan ei sang, a methodd Gwen gael lle cyfleus i barcio y tu allan i'r caffi. Roedd yn rhaid i'r ddwy gydgerdded felly, fel dwy hen ffrind ar hyd y palmant, a Rosa'n gyndyn y tro yma i afael ym mraich Gwen fel canllaw. Roedd ffenestri'r caffi yn gymylau i gyd, ac mae'n siŵr fod Tony'n gwneud busnes go lew efo'i ddiodydd cynnes, ewynnog. Chynigiodd Rosa na hithau eu bod yn mynd i mewn yno, mwy na phetai'r caffi'n golygu dim byd iddyn nhw.

Y tu allan i ddrws coch y fflat roedd 'na becyn bach yn swatio yng nghornel y stepen lechen, bag papur gwyn a'i ymylon yn crynu yn y gwynt. Tsips oer rhywun! meddyliodd Gwen, er mai ben bore fel arfer y byddai'n gweld pecyn fel hyn ar stepen y drws ar ôl rhialtwch blysig rhywun y noson cynt. Rhyfedd ei bod hi wedi methu ei weld bore 'ma pan aeth hi a Rosa allan.

"Agora i'r drws," meddai Gwen yn bendant. Roedd hi'n edrych ymlaen yn arw at gael ei dydd Sadwrn yn ôl, hynny oedd ar ôl ohono.

"Be ydy hwnna?" gofynnodd Rosa, gan symud y bag papur efo'i throed, fel petai rhywbeth annifyr yn llechu y tu mewn iddo.

"Dwn i'm. Tsips a cyrri sôs, sosej rôl? Dafla i o mewn munud."

Ond roedd Rosa wedi plygu ac wedi agor ceg y bag papur er mwyn sbecian y tu mewn. Camodd oddi wrtho a gwenu.

"Be sy?" gofynnodd Gwen, gan geisio mygu'r anniddigrwydd a deimlai.

"Agor y bag, Gwen!"

"Dwi'm isio agor y bag! Dwi isio mynd i mewn, Rosa. Mae'n oer allan yn fan'ma a dwi isio mynd yn ôl i'n fflat i ga'l panad boeth! Iawn?"

Plygodd Rosa ymlaen drachefn, cydio yn y bag a'i roi dan drwyn Gwen, er mawr syndod iddi.

"Agor o!"

Cydiodd Gwen yn y bag papur yn ddiamynedd. Roedd o'n drymach nag yr oedd hi'n ei ddisgwyl. Agorodd y bag ac edrych i mewn. Ynddo roedd bocs siocled piws a rhuban mawr pinc o'i amgylch, a rhwng y rhuban a'r bocs roedd rhywun wedi gosod cerdyn bach gwyn ac wedi sgwennu 'I GWEN. SORI' arno. Heb wybod pam yn iawn, edrychodd Gwen i fyny ac i lawr y lôn boblog, fel petai'n disgwyl gweld anfonwr yr anrheg yn gwenu arni. Ond dim ond wynebau anhysbys siopwyr dydd Sadwrn oedd yno.

Gwenodd Rosa arni.

"Be?" Gwgodd Gwen ar y wên.

Ond gwenu eto wnaeth Rosa, a nodio, fel petai'n deall y cwbl.

"Pam ti'n gwenu?" gofynna Rino, gan godi ei ben am eiliad o'r papur newydd Saesneg mae o'n ei ddarllen i mi, er mwyn i mi gael clywed sŵn yr iaith. Ond tydy Saesneg ddim yn iaith i'w darllen i gyfeiliant bwrlwm dŵr yr afon chwaith. Ddim fel Eidaleg. Hen iaith eistedd i fyny'n daclus ydy Saesneg. Dwi ddim yn cynhesu ati hi.

"Dwi'n cofio dŵad i lawr at yr afon 'ma efo Daniella a'r plant eraill yn y dosbarth, ryw bnawn braf oedd hi ym mis Gorffennaf 1943. Pan gawson ni i gyd ein gyrru o'r ysgol."

"Pan syrthiodd Il Duce?"

Nodiais. Doedd o ddim yn teimlo fel chwe blynedd yn ôl...

"Roedd 'na barti mawr ar y stryd. Pawb allan yn chwerthin, Rino! Pawb! Hyd yn oed y prifathro! A miwsig yn llenwi'r strydoedd!"

"Doedd neb 'di ca'l chwara miwsig ers blynyddoedd," medda Rino.

"Nag oedd! Fedri di ddychmygu'r hwyl, Rino? O'dd band y pentra wedi dŵad â'u hofferynna allan o lle roeddan nhw'n eu cuddio, ac yn martsio i lawr y stryd, a ninna ar eu hola nhw fel cywion bach!"

Gwenu'n ddistaw mae Rino.

"A dyma Papa'n cymryd y llun o Mussolini oddi ar y cwpwrdd wrth y lle tân a'i daflu ar y llawr, a phawb yn cymryd tro i sathru arno fo! A Carlo'n cael tamed o wydr yn ei droed ac yn hopian fel dyn gwyllt! Ond chwerthin wnaeth pawb! 'Sa chdi'n meddwl ma'r diwrnod hwnnw o'dd y rhyfel 'di darfod i ni! Er bod y Badoglio yna, a phob pennawd papur newydd, yn gweiddi 'LA GUERRA CONTINUA, LA GUERRA CONTINUA!', ro'dd o'n teimlo fel 'sa'r rhyfel ddim yn para'n hir wedyn. Parti da o'dd hwnnw. Y parti gora 'rioed!"

"Biti 'swn i yma," medda Rino, a throi ei ben i edrych draw ar y brynia i gyfeiriad Parma.

Dwi'n sefyll a mynd yn nes at ymyl yr afon, nes bod fy nhraed i gyd wedi cael eu gorchuddio gan y dŵr clir. Mae hi'n braf teimlo oerni'r afon, a'r haul yn dechra codi'n wynias yn yr awyr.

"'Sa ti'm 'di deud hynny ychydig fisoedd wedyn, Rino. Pan ddudodd Badoglio fod yr Eidal yn mynd i orfod tynnu allan. Hwnnw a'i lywodraeth wedyn, y cwbwl ohonyn nhw'n dianc i Rufain! Y brenin hefyd! A'n gadael ninna ar ôl, ar goll, heb ddim byd i'n hamddiffyn rhag y Natsïaid."

Mae'r ddau ohonan ni'n sefyll yno, a 'run ohonan ni'n gwbod be i'w ddeud nesa. Mae gen i bob math o betha i'w deud – methu gwbod lle i ddechra dwi. Ond fedra i'm deud be ma Rino'n feddwl. Sgynno fo gant a mil o hanesion hefyd, o'r adeg pan o'dd o i ffwrdd? 'Ta teimlo cywilydd mae o? Ac wedyn mae'r geiria'n byrlymu allan cyn i mi eu rhwystro nhw, fel tasa fo'n braf cael deud, rywsut, er eu bod nhw'n brifo hefyd.

"O'dd y mynyddoedd 'ma'n berwi efo'r partisans – pawb yn nabod rhywun, pawb yn cysgu llwynog ac un glust yn effro am y gnoc ar y drws. Swasticas ymhob man. Pobol oeddach chi 'di bod yn siarad efo nhw ddoe jest yn… diflannu! Guiseppe papa Elena, Gino brawd Emilio…"

"'Sa well gin i fod wedi bod yma," medda Rino eto, a dwn i'm ai'r gwres neu'r pysgod bach sy'n pigo 'modia 'ta be sy'n gneud i mi deimlo'n flin efo fo.

"Ti'n meddwl? Ti'n meddwl 'sa hi 'di bod yn braf yma? Euog wyt ti, Rino?"

"Be?"

Mae golwg wedi dychryn ar ei wyneb o, ar ei wyneb hardd o, a mynegiant yn ei lygaid ffeind o dwi'm 'di'i weld o'r blaen.

"Meddwl dy fod ti'n teimlo'n euog, dy fod ti i ffwrdd yn cael bywyd da yn England, a ni adra'n fan'ma'n llwgu, yn byta llygod mawr, yn cuddio fel anifeiliaid rhag y Natsis."

A dyna ni. Mae'r geiria allan cyn i mi fedru eu rheoli na'u dofi. Mae Rino'n edrych arna i fel tasa fo'n mynd i 'nharo i, ac yna mae'n ysgwyd ei ben ac yn dechra cilio'n ôl, gam wrth gam, wedi'i ffieiddio.

"Blydi hel! Taw, 'nei di? Taw, taw, taw!"

Mae o wedi cyrraedd y lôn erbyn i mi ddal i fyny efo fo.

"Rino! Rino, mae'n ddrwg gin i."

Mae o'n cydio yn fy mreichia i a'u dal yn dynn wrth fy ochr. Am eiliad, dwi'n meddwl ei fod o'n mynd i'm hysgwyd i. Golwg ysgwyd sydd yn ei lygaid aflonydd o, golwg ysgwyd er mwyn cael gwared o'r hyn sydd wedi ei aflonyddu o. Yr euogrwydd. Clywed sut roedd hi yma'n Bardi, ac ynta i ffwrdd yn gwerthu *cafe* a *gelato*!

Mae rhythm sŵn pryfaid a sioncyn y gwair yn y tyfiant ar ochr y lôn, a chath wedi ei sathru gan olwynion car yn grechwen sych ar ymyl y borfa. Yna, mae cân y pryfetach yn gorffen yn sydyn. Mae 'na derfysg yn yr aer, a'r cymyla duon yn cronni.

"Ty'd, ddim fama."

Ac mae o'n dechra rhedeg i ffwrdd i fyny'r lôn, nid i gyfeiriad Bardi ond y ffordd arall, at Varsi, a'r papur newydd fel baner yn ei law dde. Dwi'n sefyll yno tan iddo fo droi rownd ac edrych arna i ac arwyddo i mi fynd ato fo.

Dwi'm yn gorfod meddwl ddwywaith.

23

WELODD GWEN MO Rosa eto am weddill y penwythnos, a gwnaeth yn siŵr ei bod yn cadw'n glir oddi wrth Tony hefyd, gan ei bod yn gwybod yn iawn y byddai hwnnw'n siŵr o synhwyro bod rhywbeth yn bod, a'i holi'n dwll.

P'run bynnag, roedd ganddi bethau eraill ar ei meddwl. Roedd hi wedi gosod y bag papur a'i gynnwys ar y seidbord yn y lolfa i ddechrau, y tu ôl i ryw fanion eraill. Erbyn prynhawn Sul roedd y bag wedi cael ei stwffio i waelod y wardrob, fel petai hi wedi ei ddwyn.

Roedd hi'n adnabod y llawysgrifen. Wedi ei gweld ar ei waith dosbarth a'i waith cwrs. Wedi cywiro'r llawysgrifen mewn coch.

Petai'n onest, pan adnabu hi'r llawysgrifen aeth rhyw siffrwd o gynnwrf drwyddi, rhyw arlliw o fwynhad wrth iddi feddwl bod rhywun wedi meddwl ymddiheuro a chynnig anrheg fel arwydd o hynny. Buan iawn y ciliodd y teimlad cynnes hwnnw wrth iddi sylweddoli bod Gavin yn teimlo'n ddigon hy i adael bocs o siocledi fel ymddiheuriad iddi, fel petaen nhw'n ddau gariad oedd wedi ffraeo. Roedd Gwen wedi deffro yng nghanol nos o freuddwyd lle roedd rhywun o'r stryd yn cnocio ar y drws ac yn galw ei henw, yn galw ei henw ag angerdd ac angst anifeilaidd. A deffro wedyn, a sylweddoli bod Gavin rŵan, rywsut, yn gwybod lle roedd hi'n byw.

Wedi troi a throsi, yn ceisio meddwl beth oedd y cam nesaf, daeth i'r casgliad mai dychwelyd y blydi bocs o siocledi i Gavin oedd yr unig beth call i'w wneud. Roedd peidio cymryd arni ei bod wedi ei gael o gwbl wedi bod yn opsiwn atyniadol tua phump o'r gloch y bore, ond chwarter awr yn ddiweddarach roedd hi wedi sylweddoli y byddai hynny'n rhoi teimlad o oruchafiaeth i Gavin, ac yn rhoi rhyw gyfrinach iddyn nhw ei rhannu, mewn crechwen neu edrychiad gan Gavin mewn dosbarth neu goridor.

Roedd hi wedi meddwl wedyn am fynd at Eirlys Thomas, ei phennaeth adran, i ddweud beth oedd wedi digwydd, ond mi fyddai honno siŵr Dduw o fynd yn syth at y Prif. A ph'run bynnag, roedd Gwen yn amau ei bod hi a'i llygaid beirniadol arni ers iddi gychwyn y swydd, yn holi'n ffug-garedig sut roedd hi'n ymdopi efo'r dosbarth hwn a'r dosbarth arall, ac yn nodio'n ddoeth os byddai Gwen yn cyfaddef rhyw drafferth. Petai'n mynd at Eirlys efo'r broblem fach yma, mi fyddai hi'n siŵr o ensynio bod 'diffyg profiad' Gwen yn gyfrifol mewn rhyw ffordd. A gwneud hynny efo gwên ffug-famol, wrth gwrs. Damia hi!

Dim ond un peth y gallai hi ei wneud, sef rhoi'r blydi peth yn ôl i Gavin, a dweud wrtho'n glir bod y math yma o weithred yn hollol annerbyniol, ac y byddai hi'n siŵr o fynd yn syth at y Prif petai'n digwydd eto, ac y byddai'n cael ei ddiarddel yn syth, TGAU neu beidio.

Felly cododd cyn i'r larwm ganu fore Llun, ac ymbalfalu yn y tywyllwch yng nghefn y wardrob. Gafaelodd yn y bag papur a theimlo trymder y cynnwys â'i chalon yn rasio, fel petai wedi hanner gobeithio cael y bag yn wag, neu ddim yno o gwbl, yn rhith.

Edrychai'r ysgol yn wahanol am chwarter i wyth y bore. Dim ond car y gofalwr oedd yno, ac edrychai'r adeilad ei hun yn fwy sinistr a digroeso nag arfer, fel petai rhyw lanast mawr neu bla wedi bod ac wedi sgubo pob bod dynol arall oddi ar wyneb y ddaear!

Gosododd ei bag ar ei desg ac edrych ar y rhesi o ddesgiau militaraidd o syth o'i blaen. Rhyfedd meddwl y byddai'r stafell yn sŵn ac yn gyffro ymhen llai nag awr. Sut roedd hi'n mynd i ddysgu Gavin mewn dosbarth ar ôl hyn i gyd? Er ei fod o yn ei flwyddyn olaf o addysg orfodol, roedd ganddyn nhw tua pum mis efo'i gilydd hyd yn oed ar ôl y Dolig. Fyddai hi'n gorfod dioddef rhyw ensyniadau a sylwadau bach awgrymog ganddo tan yr haf? Ac yn waeth na hynny, a oedd hi'n mynd i fedru ei reoli petai'n penderfynu ymddwyn yn anodd ac yn anystywallt efo hi? Gallai geisio ei symud at athro arall, ond go brin y byddai hynny'n cael ei ganiatáu yn ddigwestiwn, os o gwbl. Wrth iddi sefyll yn wynebu ei stafell ddosbarth wag, roedd y syniad y byddai rhoi'r anrheg yn ôl iddo yn cau pen y mwdwl yn edrych yn ffaeledig iawn.

Un o'r cabanau terapin oedd ei stafell hi, neu *pre-fab* fel roedden nhw'n cael eu galw ar ôl y rhyfel, yn ôl pob tebyg. Edrychai'r ffenestri allan ar y lôn, a allai fod yn niwsans pan oedd y plant yn colli amynedd ac yn cymryd diddordeb mawr ymhob car oedd yn pasio. Ond fe fyddai ei leoliad yn fanteisiol i Gwen heddiw, gan y byddai'n medru gweld y bysys yn cyrraedd, a'r plant yn tywallt allan o bob un, yn un llif o gotiau duon. Cododd a mynd i sefyll wrth y ffenest efo paned o'i fflasg. Ers iddi hi beidio mynd i dreulio pob egwyl ac amser cinio efo Mia yn y stiwdio, roedd hi wedi dechrau dod â fflasg efo hi a gweithio drwy'r cyfnodau rhydd, fel nad oedd hi'n gorfod wynebu'r stafell athrawon bob tro.

Roedd hi bellach yn chwarter wedi wyth, a chyrhaeddodd y bws cyntaf, un deulawr mawr coch. Doedd ganddi ddim syniad pa fws y byddai Gavin arno, ond roedd hi'n lled wybod pwy oedd yn dod o'r un ardal, felly edrychodd am gliwiau yn y wynebau. Doedd o ddim ar y bws cyntaf. Roedd saib reit hir cyn i'r un nesaf gyrraedd, ac roedd Gwen ar fin meddwl tybed fyddai hi'n medru dechrau sgwennu tasg gynta'r dosbarth cyntaf ar y bwrdd gwyn. Yna daeth yr ail fws. Adnabu Gavin yn syth, gan mai fo oedd un o'r rhai cyntaf i godi o'r sedd gefn a dechrau cerdded yn igam-ogam i flaen y bws. Sodrodd Gwen y fflasg yn ôl ar y ddesg a gafael yn y bag papur a'r bocs o siocledi ynddo.

Aeth allan i sefyll ar yr iard ar gornel y bloc Gwyddoniaeth, ac allai hi ddim peidio teimlo fel hogan ysgol ei hun. Cynyddodd ei hamheuon.

"Helô, Miss!" meddai rhyw griw o hogiau bach clên Blwyddyn 8 wrth basio, a chyfarchodd hithau nhw'n ôl, ond ychydig yn llai cynnes nag arfer.

Roedd ei llygaid ar Gavin ac roedd arni ofn iddo ddiflannu i mewn i'r prif adeilad lle roedd Blwyddyn 11 yn cofrestru. Brysiodd tuag ato a gweld ei fod yn cerdded dow-dow ac yn siarad efo dau hogyn arall nad oedd hi'n eu hadnabod, a Kayleigh o'u dosbarth nhw.

"Gavin!" gwaeddodd Gwen, a throdd y pedwar ohonyn nhw ac edrych i'w chyfeiriad. "Yym, dwi isio gair efo chdi cyn cofrestru, plis!" meddai wedyn, mewn llais oedd yn ceisio bod yn broffesiynol ond yn ddidaro.

Dywedodd Gavin rywbeth wrth y lleill, a chwarddodd un yn uchel. Cerddodd Gavin ati wedyn, a'r wên yn barod iawn ar ei wefusau, ei lygaid wedi eu hoelio arni. Y tu ôl iddo, gallai Gwen weld bod y mêts rhwng dau feddwl i ddal i sefyll yno ai peidio, ond dywedodd un ohonyn nhw rywbeth wnaeth beri iddyn nhw symud ymlaen. Diolch byth!

"Gavin, dwi'm yn hapus o gwbwl efo hyn!" meddai Gwen, a chwifio'r pecyn o'i flaen.

"Bora dydd Llun yn shit, dydy, Miss?" meddai Gavin gan wenu'n herfeiddiol, a chymryd arno nad oedd wedi sylwi ar y parsel.

"Paid ti â rhegi efo fi! Ti'n gwbod yn iawn be dwi'n feddwl, Gavin! Hwn!" meddai mor awdurdodol ag y medrai, a dangos y pecyn iddo eto.

Cododd Gavin ei ysgwyddau ac edrych i ffwrdd am ennyd, cyn edrych yn ôl arni a chymryd cam ymlaen.

"'Dach chi'm yn licio sioclets, Miss? Ydyn nhw'r mêc rong neu rwbath? 'Dach chi ar ddeiet? 'Dach chi'm angan bod," meddai'n bowld, gan wneud sioe o edrych i fyny ac i lawr ei chorff yn werthfawrogol.

"Dwi'm isio nhw. Dwi'm yn dallt pam 'nest ti'u rhoi nhw i mi a dwi'm isio nhw!"

"Jest isio deud sori. Am fod yn goc oen y dwrnod o'r blaen, Miss."

"Dwi'n ca'l 'y nhalu i ddelio efo cocia oe—"

Gwenodd Gavin arni, ei lygaid yn crwydro i lawr at ei gwefusau ac yn ôl at ei llygaid. Teimlodd Gwen ei hun yn cochi, fel rhyw blydi hogan ysgol eto!

"Efo... hogia gwirion fatha chdi. Dwi'n cael fy hyfforddi, fy nhalu, i ddelio efo... pobol fatha chdi. Dwi'm isio bocs o siocledi am fy nhraffarth, diolch yn fawr i ti. Felly, cymra fo'n ôl!"

Estynnodd Gwen y pecyn tuag ato. Ysgydwodd Gavin ei ben.

"Dwi'm isio fo, Miss."

"Chdi pia fo, nid y fi. Rho fo i rywun arall, rhywun o d'oed di."

"Rhowch *chi* o i rywun arall!"

"Be?"

"Rhowch o i'r boi 'na."

"Pwy?"

"Y boi Italian sy'n cadw'r caffi. Hwnna oeddach chi'n dal dwylo efo fo yn Happy Valley, Miss."

Diflannodd y wên oddi ar ei wefusau wrth iddo ddweud hyn. Syllodd arni. Roedd ei lygaid yn oer. Heb fedru dweud gair arall, stwffiodd Gwen y pecyn i'w law a cherdded oddi yno, a'i pherfedd yn cronni ac yn crynu.

"Diolch!" galwodd Gavin ar ei hôl.

Ewyllysiodd Gwen ei hun i beidio edrych ar wyneb unrhyw un o'r rhai oedd wedi oedi a syllu arni wrth iddi basio.

24

ETH GWEDDILL Y diwrnod heibio rywsut, yn ganiadau cloch, yn sgraffiadau cadeiriau ar lawr, yn un cwmwl sialc o synau ac ogleuon a golygfeydd cyfarwydd. Doedd ganddi ddim dosbarth Blwyddyn 11, drwy ryw ryfedd wyrth, gan fod y wers arferol wedi cael ei disodli gan sesiwn yn y neuadd gan ddarparwyr hyfforddiant lleol a'r cwmni gyrfaoedd. Gofynnodd Gwen i un o'i chyd-athrawon a oedd angen iddi hi fod yno, gan fod ganddi waith cwrs i'w farcio. Codi ei hysgwyddau a mwmian "Join the club" wnaeth honno, ond fe gytunodd na fyddai angen presenoldeb Gwen yn y neuadd gan y byddai digon o athrawon eraill o gwmpas.

Erbyn iddi droi trwyn y car allan o'r maes parcio, felly, roedd hi wedi llwyddo i beidio dod ar draws Gavin Masters o gwbl yn ystod y dydd. O feddwl yn ôl am y digwyddiad ar yr iard, roedd Gwen yn dawelach ei meddwl ei bod wedi rhoi diwedd ar yr egin crysh oedd gan Gavin arni, ac mai dyna fyddai diwedd pethau. Ond roedd y syniad ei fod o wedi ei gweld, wedi ei dilyn pan oedd hi yn y parc efo Tony, a'i fod o'n gwybod lle roedd hi'n byw... Ac roedd yn rhaid iddi ewyllysio ei hun i beidio meddwl am oerni'r edrychiad a roddodd iddi.

Prin ei bod wedi cyrraedd ei fflat pan glywodd ddrws y caffi yn agor ar frys. Daeth Emrys allan, a'i gap yn ei law. Roedd ei wyneb yn fflamgoch.

"Ddrwg gin i'ch styrbio chi, 'mechan i, sgynnoch chi ddau funud?"

"Ym..."

Suddodd calon Gwen. Roedd hi wedi cynllunio bàth poeth, braf iddi hi ei hun cyn swper, a phaned o goffi cryf, os nad gwydraid go nobl o win coch. Fe fyddai holl stŵr byd ysgol, yn enwedig Gavin, yn diflannu yn nhrochion gwyn y bàth.

"Chymrith hi'm yn hir, 'mechan i. Ond mi fasa'n well gin i ga'l sgwrs, un breifat os yn bosib," meddai Emrys wedyn, a rhyw hanner amneidio i gyfeiriad y caffi.

"Well i chi ddŵad i mewn, 'ta," meddai Gwen, gan drio cuddio'i siom.

Roedd ymddygiad Emrys yn ymylu ar fod yn gomig. Rhoddodd ei fys ar ei wefusau a phwyntio i gyfeiriad fflat Rosa ar y llawr gwaelod, ac yna ysgwyd ei ben. Roedd sŵn canu pruddglwyfus yn dod o gyfeiriad y fflat – llais rhyw denor peraidd yn nofio tuag atyn nhw yn llawn angerdd.

Dringodd Emrys a hithau'r grisiau yn ddistaw, fel lladron, gydag Emrys yn stopio bob hyn a hyn a rhoi ei fys ar ei geg eto, gan wrando'n astud. Petai Gwen wedi blino llai, ac wedi cael diwrnod haws, byddai wedi dechrau giglan, fel y byddai hi'n dueddol o wneud dan amgylchiadau amhriodol. Ond fel yr oedd hi, roedd ymddygiad Emrys yn mynd ar ei nerfau. Gobeithio na fyddai'n hir yn bwrw'i fol.

Ymlaciodd Emrys fymryn ar ôl iddyn nhw gyrraedd y fflat, ac roedd y miwsig oddi tanynt yn arwydd nad oedd Rosa'n gwybod ei fod o yno.

"Chadwa i mohona chi'n hir. 'Dach chi 'di blino, ma siŵr, ar ôl bod yn dysgu'r hen blantos drw'r dydd."

Dechreuodd Emrys gamu i fyny ac i lawr y gegin fach, a mwmian fel petai'n siarad efo fo'i hun. Gwenodd Gwen wrth glywed y gair 'plantos'.

"'Dach chi 'di clywed, felly? Ei bod hi'n benderfynol o fynd draw yno? I Bardi."

"O! Hynny! Wel, mi soniodd ddydd Sadwrn, deud gwir. Rhyw ffrind iddi'n sâl neu rwbath, ia?"

Cofiodd Gwen am y galarnadu, am y wefus a'r llaw grynedig yn y car wrth y fynwent ar ben y Gogarth, am yr enw oedd yn cael ei ynganu o ddyfnderoedd ei bodolaeth, rhywbeth na allai hi sôn amdano wrth unrhyw un arall. Ond doedd hi ddim am frifo Emrys drwy adrodd am hynny.

"Mae hi'n benderfynol o fynd, 'mechan i. Yn benderfynol. Wchi sut ma hi'n medru bod."

"Dwi'n dechra dŵad i ddallt, yndw!" atebodd Gwen.

"Ond dwi 'di bod ar y we, ylwch, yn y llyfrgell bora 'ma, i weld os ydy'r bobol fflio yma'n mynd i ada'l iddi fflio a hitha â'i braich mewn cast."

"'Nes inna feddwl am hynny 'fyd," meddai Gwen. "'Nath ffrind i mi dorri braich yn sgio, ac mi 'nath hi orfod cael tynnu'r plastar cyn y basan nhw'n ei gadael hi ar yr awyren."

"Ia, am mai newydd ei thorri hi oedd hynny, wchi. Ofn clot, ma siŵr, efo'r miri DVT 'ma." Roedd Emrys yn amlwg wedi gwneud ei ymchwil. "Mi fasan yn gada'l i Rosa fynd heb wneud hynny, o be dwi'n ddallt, gan ei bod hi wedi ei thorri ers wythnosau."

Roedd o'n swnio'n siomedig.

"Wel, ma hynny'n rhwbath, am wn i," meddai Gwen. "A hitha mor benderfynol o fynd."

"Ia, ond tydw i'm yn hapus, ylwch, Gwen. Ei bod hi'n mynd ei hun, 'lly. Yn ei hoed hi, a'r plastar 'na amdani."

"Wel, mi wnes i holi Rosa os fasa Tony…"

"Tydy hi'm isio i hwnnw ddŵad i wbod tan fydd hi yn yr awyr, medda hi. Un styfnig ydy hi, wchi! Fatha mulas ar lan môr Rhyl stalwm!"

Stopiodd Emrys ac edrych o'i gwmpas yn bur nerfus, fel petai'n disgwyl i Rosa ymddangos o'i flaen a rhoi pwniad iddo efo'i ffon. Yna ymlaciodd. Eisteddodd ar un o'r cadeiriau bach wrth y bwrdd. Sylwodd Gwen ei fod yn gwasgu'r cap stabal rhwng ei ddwylo, a'r label plastig ar gorun y cap yn crensian.

"Dwi'n gwbod be mae o'n feddwl iddi, Gwen. Y dyn 'ma sy'n sâl."

"Ydy hi 'di sôn...?" cychwynnodd Gwen, ond ysgwyd ei ben wnaeth Emrys.

"Sdim rhaid iddi *sôn*, 'mechan i. Dwi'n gwbod ers tro byd fod 'na rywun yn Bardi sy'n... sydd mor agos at ei chalon fel na fedar hi fynd yn ôl yno ar chwara bach. Yma roedd hi'n aros bob tro y bydda Alfonso yn mynd â Tony draw. Yma roedd hi, â rhyw dristwch rhyfedda'n dŵad drosti pan oeddan nhw i ffwrdd. Finna'n ddigon gwirion i feddwl ma hiraeth amdanyn nhw oedd gynni hi, wirioned i mi."

"Nid hynny oedd o?"

Roedd Gwen wedi eistedd bellach, wedi ei hoelio gan eiriau'r hen ŵr.

"Dim hiraeth, naci. Wel, ddim amdanyn nhw, beth bynnag. Hiraeth am y lle? Naci, tydy hynny'm yn iawn chwaith, rwsut, nid hiraeth am y lle... Ac erbyn hyn, dwi'n gweld. Dwi'n dallt."

"Y dyn sy'n sâl, y..." Ymbalfalodd Gwen am yr enw. "... y Rino 'ma, ia?"

Cododd Emrys ei ben ac edrych arni.

"Rino? Dyna'i enw fo, ia? 'Dach chi'n gwbod mwy na fi, 'mechan i. Ddudodd hi 'rioed mo'i enw fo wrtha fi, ylwch, yn yr holl flynyddoedd 'dan ni 'di nabod ein gilydd. Rino, ia? Rino."

Blasodd Emrys y gair yn ei geg fel da-da newydd, un nad oedd o'n siŵr oedd o'n ei licio ai peidio.

"Dyna ddudodd hi'r diwrnod o'r blaen, Emrys. Rino."

Eisteddodd y ddau mewn distawrwydd am rai eiliadau. Daeth yr haul allan o'r tu ôl i gwmwl mewn un ymgais olaf i euro'r diwrnod cyn y nos.

"Fo ydy'r unig un fasa'n medru ei denu hi'n ôl. Ato fo ma hi'n mynd."

"Does 'na'm lot o bwynt trio'i pherswadio hi i beidio mynd felly, Emrys," meddai Gwen, gan deimlo dros y gŵr cefngrwm o'i blaen, a'r cariad ynddo oedd yn syrthio ar dir diffaith.

"Ewch chi efo hi, Gwen?"

"Be?"

"Mi fasa hi'n fodlon i chi fynd efo hi, dwi'n siŵr. Rhag ei bod hi'n mynd ei hun, yn ei hoed hi. Fasa Tony na finna… Ond 'dach chi'n wahanol. Fasa hi'n cytuno i chi fynd efo hi, dwi'n siŵr!"

"Ew, dwn i'm, 'dan ni'n ffraeo tipyn!" ebychodd Gwen, gan drio peidio cymryd sylw o wirionedd yr hyn roedd o'n ei ddweud.

"'Dach chi'n uchel iawn eich parch gynni hi, Gwen. A fedra i'm deud hynny am bawb, coeliwch chi fi!" meddai dan wenu.

Wnaeth Gwen ddim cydnabod y compliment, ond gwnaeth yn siŵr ei bod yn ei storio at rywbryd eto.

"Ond athrawes dwi, Emrys! Fedra i'm cymryd amser o'r gwaith fel pobol normal."

"Ga i ofyn i chi feddwl am y peth, Gwen? Styried y peth. Mewn egwyddor, 'lly? Mi faswn i'n dawelach o lawer fy meddwl taswn i'n gwbod eich bod chi'n mynd i fod yn gwmpeini iddi, yn gefn iddi. A fasa dim ond rhaid i chi gael penwythnos yno, dim mwy. Mi fasa hynny'n ddigon iddi."

Addawodd Gwen y byddai'n meddwl am y peth ac yn gadael iddo wybod un ffordd neu'r llall. Teimlai mai hynny oedd y peth iawn i'w wneud, ac Emrys druan wedi dŵad yma'n unswydd. Fe fyddai yntau wedyn yn crybwyll y peth yn ofalus wrth Rosa. Aeth Gwen i'w bàth a chanddi fwy o ofidiau byth i drio'u boddi yn y dŵr cynnes a'r ewyn persawrus.

25

ROEDD Y SGWRS efo Emrys wedi aros efo hi am yn hir wedyn: diffuantrwydd ei boen am Rosa, a'r ffaith fod Rino'n gymeriad mor bwysig ym mywyd Rosa ond ei bod wedi ei gelu, wedi ei swatio'n dynn ati dros yr holl flynyddoedd yma yng Nghymru, wedi gwrthod y demtasiwn i fynd yn ôl efo Alfonso am wyliau rhag iddi ei weld, mae'n debyg. Roedd hunanfeddiant, hunanreolaeth a diffyg hunanoldeb Rosa yn dychryn Gwen.

Meddyliodd hefyd am Ieuan, ac am y ffaith fod ei breuddwydion blysig amdano wedi tawelu ers iddo ei gadael y tu allan i'r ysbyty i fynd 'nôl at ei bartner, i fynd 'nôl at ei fywyd. A meddyliodd eto am Rosa, yn cynnal, yn coleddu cariad dros filltiroedd, dros flynyddoedd. A beth roedd o'n ei olygu iddi hi fynd i weld Rino ar ei wely angau.

Am ei bod hi'n llawn o hyn i gyd, doedd yr alwad ffôn neithiwr ddim wedi ei chynhyrfu o gwbl.

Ychydig cyn saith o'r gloch oedd hi, a Gwen yng nghanol marcio twr Pisa o lyfrau. O'r herwydd, nid hi oedd y person cleniaf ei chyfarchiad wrth ateb.

"Ia?"

"Gwen, ia? Geraint Roberts sy 'ma, y prifathro. Ym, mae'n ddrwg gin i darfu arnach chi adra fel hyn. Sgynnoch chi funud i gael gair efo fi?"

"O, helô. Oes… dwi ar ganol marcio… ond ia? Oes siŵr, ma gin i ddau funud. Tri, os leciwch chi!"

Croesawyd ei sylw ffwr-bwt gan ddistawrwydd ingol ar yr ochr arall. Caeodd Gwen ei llygaid a gwingo.

"Wel, chadwa i mohona chi'n hir. Meddwl, deud gwir, tybad os fasach chi'n medru dŵad i'r ysgol 'chydig bach yn gynt nag arfar fory. Mi fasa'n well gin i ga'l sgwrs… wyneb yn wyneb. Ydy hynny'n bosib i chi?"

"Y, yndi, yndi siŵr, ma hynna'n iawn. Hannar awr 'di wyth?"

"Meddwl fasa rhyw wyth yn nes ati o'n i. Ydy wyth yn iawn?"

"Wyth amdani, wela i chi fory, 'ta!" meddai Gwen, a rhyw lais joli cyflwynydd teledu wedi ei meddiannu o rywle.

"Dewch yn syth i'n stafell i," roedd y Prif wedi ei ddweud. "Mi fydda i yno'n aros amdana chi."

—

Am yr eildro yn olynol yr wythnos honno, felly, cafodd Gwen ei hun yn cyrraedd yr ysgol cyn unrhyw un arall o'r staff dysgu.

Doedd hi ddim wedi poeni digon am alwad y Prif, erbyn gweld.

Er ei bod wedi cyrraedd yn brydlon, ac yn eistedd y tu allan i'w stafell am wyth, cafodd wybod y dylai aros yno tan iddi gael ei gwahodd i mewn. Aros wnaeth hi, felly, a gwrando ar yr ysgol yn deffro'n raddol o'i chwmpas. O'r diwedd, agorodd y drws.

"Dowch i mewn. Steddwch, Gwen. Diolch i chi am fod yn barod i ddŵad mor gynnar i gael gair efo ni," meddai'r prifathro, boi digon athletaidd yr olwg yng nghanol ei bumdegau, a'i wallt dim ond yn dechrau britho.

Sylwodd Gwen ar y 'ni' bron iawn yr un pryd ag y sylwodd ar ŵr arall siwtiog oedd yn eistedd ar gadair oedd wedi'i gosod yn erbyn y wal. Roedd ganddi frith gof o'i weld yn rhywle ond allai hi ddim cofio lle'n iawn. Ymdebygai i drefnwr angladdau o ran pryd a gwedd, meddyliodd Gwen, gan fod ganddo'r prudd-der mynegiant pwrpasol. Fe fyddai'n cymryd ei le'n iawn yn un o nofelau Dickens hefyd.

"Dwi wedi gofyn i Mr Rolant Preis, Cadeirydd Bwrdd y Llywodraethwyr, eistedd i mewn ar y cyfarfod hefyd. Ella'ch bod chi'n cofio Mr Preis o'r adeg pan oeddach chi'n cael eich cyfweliad. 'Dan ni'n ddiolchgar iddo am roi o'i amser."

Aeth geiriau'r Prif yn sŵn wrth i Gwen gofio am Rolant Preis yn y cyfweliad, a hithau'n methu peidio meddwl am y cymeriad cartŵn Roland Rat pan gyflwynwyd hi iddo. Sut roedd hi wedi anghofio?! Ac yna trawyd hi gan y gair 'cyfarfod'. Roedd 'sgwrs', yn sydyn, wedi troi'n gyfarfod, yn rhywbeth llawer mwy difrifol.

"Wna i ddim bradu mwy o'ch amser chi'ch dau. Y pwynt ydy ein bod ni wedi cael cwyn, Gwen."

"O?"

"Yn eich erbyn chi. Gan fam un o'r disgyblion."

"O" eto. Llywaeth. Diemosiwn. Ond daeth yn ymwybodol o gyflymu cynyddol ei chalon.

"'Dach chi'n dysgu Gavin Masters, tydach? Blwyddyn 11."

"Gavin… yndw."

"A sut fasach chi'n disgrifio eich perthynas efo fo, Gwen?"

"Fy mherthynas?" Ymbalfalodd Gwen am y geiriau iawn. "Ym, wel, mae o'n medru gweithio'n galad… digon yn ei ben o. Ond mae o'n medru bod yn… anodd hefyd yn… yn ddiweddar."

Roedd ei llais wedi mynd yn grynedig i gyd; roedd hi'n baglu dros ei geiriau, yn swnio'n nerfus. Nerfusrwydd rhywun euog.

"Yn anodd? Be 'dach chi'n feddwl?"

"Wel, yn anodd ei drin… anodd siarad efo fo…" Cydiodd rhyw nerth ynddi ac eisteddodd i fyny'n syth, gan godi ei gên fel ei bod yn wynebu'r ddau yn benderfynol. "Mae Gavin Masters wedi bod yn dipyn bach o niwsans yn ddiweddar, a deud y gwir wrthach chi."

"Ym mha ffordd yn 'niwsans'?"

"Dwi wedi bod yn ama ei fod o'n… wel, fod gynno fo deimladau tuag ata i, rhyw grysh, fel ma pobol ifanc yn ei ga'l ar bobol mewn awdurdod weithia 'te?"

"A be mae o'n neud yn union?"

"Wel, mae o 'di bod yn hongian o gwmpas ar ôl y wers."

"A 'dach chi 'di bod ar eich pen eich hun efo fo?"

"Wel, do. Dim ond am ychydig funuda. Ond mae o fel 'sa fo'n chwilio am esgus i…"

"'Dach chi 'di sôn wrth rywun am hyn?"

Edrychodd Gwen i lawr ar ei glin, oddi wrth edrychiad y Prif, cyn codi ei phen drachefn.

"Eirlys Thomas, eich pennaeth adran, ella? Aelod arall o staff?"

"Naddo. Ddim deud gwir. O'n i'n meddwl ar y dechra y baswn i'n medru handlo'r peth. Fel rhywun proffesiynol…"

Torrodd y Prif ar ei thraws. Doedd ei lais ddim yn angharedig.

"Ac fel rhywun proffesiynol dibrofiad, ar ei blwyddyn brawf, mi ddyliach chi fod wedi crybwyll y sefyllfa wrth gyd-weithiwr, os nad wrth y pennaeth adran."

"'Nes i ddim meddwl ei fod o'n ddigon difrifol i hynny, tan…"

Doedd y prifathro ddim fel petai o wedi ei chlywed.

"'Dach chi'n gweld, Gwen, petaech chi wedi adrodd eich pryderon wrth rywun arall yn yr adran, mi fydda fo'n gwneud ein sefyllfa ni fel ysgol a'r Adran Addysg yn llawer cryfach er mwyn eich amddiffyn chi."

"Sdim isio i neb f'amddiffyn i! Dwi'm 'di gneud dim byd o'i le!"

"Wel, yn anffodus, nid fel'na mae Mrs Masters yn ei gweld hi."

"Be 'dach chi'n feddwl?"

Estynnodd y Prif ar draws y ddesg a chydio mewn tamaid o bapur.

"Dyma'r e-bost ges i ddiwedd pnawn ddoe. Yn deud bod Gavin wedi dŵad adra o'r ysgol yn ofnadwy o ypsét a deud bod petha wedi mynd i'r pen, a'ch bod chi'n cau gadael llonydd iddo fo."

"Be?!"

"Eich bod chi wedi ei gyfarfod o ar y promenâd yn Llandudno fwy nag unwaith, ac yn ffeindio esgus i swatio efo fo yn yr warchodfa wrth y prom. Eich bod chi wedi bod efo fo yn Happy Valley sawl gwaith."

"Celwydd! Fo oedd yn sbeio arna i yn fan'no!"

Aeth y Prif yn ei flaen fel peiriant.

"Eich bod chi'n gofyn iddo aros ar ôl yn y dosbarth o hyd a'ch bod chi, ddoe ddiwetha, wedi rhoi anrheg iddo fo, a gwneud hynny ar iard yr ysgol, yng ngŵydd plant eraill. Mae Gavin, yn ôl Mrs Masters, wedi ypsetio'n ofnadwy!"

Eisteddodd Gwen yn fud, gan adael i'r holl gyhuddiadau olchi drosti. Teimlai'n wag. "Ma Gavin wedi cael ei faethu. Nid Mrs Masters ydy hi, felly, naci?" meddai'n bwdlyd.

Edrychodd y prifathro arni am eiliad cyn ateb. "Tydy Gavin Masters ddim wedi cael ei faethu, Gwen. Pwy roddodd y syniad yna yn eich pen chi?"

"Dyna ddudodd o. Ei fod o'n anhapus, 'di cael plentyndod…"

Rywsut, roedd pob dim a ddeuai allan o'i cheg yn gwneud iddi suddo'n ddyfnach i'r merddwr.

"Gwrandwch, Gwen…"

Roedd tôn llais y prifathro wedi newid – dim ond rŵan y sylwodd Gwen ar hynny. Roedd Roland Rat yn plygu ymlaen i glywed, bron yn ei ddyblau, ac roedd hi'n siŵr iddi ei weld yn llyfu'i weflau. Siawns nad oedd hwnnw wedi cael cyfarfod mor ddifyr â hyn ers tro – hogyn ifanc llawn testosteron yn cael affêr efo athrawes ifanc. Mae'n siŵr ei fod o'n cael codiad jest wrth feddwl am y peth, y mochyn, meddyliodd Gwen, a'i fod yn mynd i odro pob manylyn ar gyfer ei bleser preifat o'i hun yn nes ymlaen.

"Be sy'n digwydd rŵan, 'ta?" gofynnodd Gwen, gan sylwi, wrth edrych ar y cloc oedd y tu ôl i ddesg y prifathro, fod amser yn cyflymu a bod ganddi ddosbarth cofrestru ymhen rhyw bum munud. Daeth yn ymwybodol, am y tro cyntaf, o sŵn plant fel ton yn rhuo y tu allan i'r ffenest, ac ambell sgrech neu waedd yn codi'n finiog drwy'r aer.

"Mae arna i ofn nad oes gynnon ni ddewis ond eich gwahardd dros dro tan i ni ddod at wraidd y mater yma."

"Be?"

"Pan mae cwyn swyddogol yn dod ger ein bron ni fel hyn, sgynnon ni ddim dewis arall ond archwilio'r gŵyn yn drwyadl. Mi fyddwn ni fel Corff Llywodraethol yn penodi ymchwilydd annibynnol cyn i unrhyw achos gael ei gynnal i'r honiadau. Mae'r broses honno eisoes wedi dechrau. 'Dach chi'n aelod o undeb, Gwen?"

Aeth ei lais yn un slwtsh unwaith eto. Meddyliodd Gwen am yr holl oriau roedd hi wedi eu gwastraffu dros y penwythnos a neithiwr yn paratoi gwersi heddiw ac yn marcio. Ac yna, teimlodd ryddhad, am eiliad, ei bod yn cael gadael y lle, neidio yn ei char a gyrru i ffwrdd, a mynd i'w fflat a chau'r drws.

"Am faint fydda i i ffwrdd?"

"Anodd deud ar hyn o bryd, Gwen. Ond mae'n well i chi feddwl yn nhermau wythnosau yn hytrach na diwrnodau. Os bydd petha'n mynd o'ch plaid chi, hynny yw…"

Safodd Gwen, a safodd y Prif a Roland Rat ar yr un pryd.

"Diolch yn fawr, Mr Roberts. Dwi'n gwadu pob un cyhuddiad mae Gavin wedi ei ddwyn yn f'erbyn i. Celwydd ydy o i gyd."

Wenodd neb arni wrth iddi adael y stafell i gyfeiliant cloch yr ysgol yn bloeddio ar draws yr iard.

26

A R ÔL GADAEL maes parcio'r ysgol, roedd hi wedi troi trwyn y car i gyfeiriad Llanrwst ac wedi mwynhau'r teimlad o gael ei hamgylchynu gan fryniau Dyffryn Conwy, gan adael i'r car ddilyn ei drywydd ei hun. Byddai cael ei llyncu gan y dyffryn yn braf, meddyliodd, a mân broblemau bywyd yn cael eu sugno o'r golwg i grombil byd natur.

Wedi oriau o yrru'n ddigyfeiriad, teimlai Gwen ei bod hi eisiau mynd yn ôl i'r fflat. Ond ar ôl parcio'r car, cafodd ei hun yn troi ac yn dechrau cerdded yn ôl i gyfeiriad y dref. Fe fyddai'r goleuadau Dolig i gyd yn cael eu cynnau ymhen rhyw awr neu ddwy, meddyliodd, yn sbloets aflafar o felyn ac oren a choch.

Symudodd fel ysbryd heibio'r siopau a'r siopwyr, yn dryloyw ac yn gyfrin, yn annelwig fel sibrydiad ganol nos. I bobol eraill roedd yr addurniadau a'r jingls, y parti nad oedd hi'n medru bod yn rhan ohono.

Trodd i gyfeiriad y môr. Gefn gaeaf fel hyn, doedd dim prinder meinciau gweigion i eistedd arnyn nhw. Glaniodd ar un ar ôl darllen y sgwaryn bach euraid oedd wedi ei osod ar gefn y fainc:

TO DORIS ECCLES, WHO LOVED THIS PLACE.

Eisteddodd yn glòs efo Doris, a swatio. Edrychodd ar ehangder y promenâd gwag yn sgubo o waelod y Gogarth i gyfeiriad Craig y Don, a gwrando ar sŵn y môr yn torri ar y traeth caregog.

I Doris Eccles yr oedd y diolch, efallai, am iddi gael yr hyder i ffonio. Tynnodd ei ffôn o'i phoced a deialu.

"Dad?"

"Gwenhwyfar?"

Saib. Dychmygodd o'n tynnu ei law drwy'i wallt tenau, yn rhythu ar ei wats.

"Oes rhwbath yn bod?"

Gwagle oes rhwng dau ffôn, y signal rhwng tad a merch yn fflicro, yn methu cydio.

"Nag oes. Pob dim yn grêt. Tsiampion."

"Digon o waith, dwi'n siŵr. Yn y 'dysgu' 'ma!"

"Oes. Digon o waith," atebodd hithau, yn ildio i gyfforddusrwydd yr ailadrodd. "Dad, dwi'm yn dŵad adra Dolig, sori." A dyna ni, roedd y geiriau wedi eu dweud, wedi eu llefaru yn hytrach na'u bod yn cylchdroi yn ei phen fel y buon nhw ers wythnosau.

"Dolig?" meddai ei thad, bron fel tasa'r gair yn un newydd iddo. Neu felly y swniai.

"Dwi am aros yma, Dad. Dros Dolig. 'Dach chi'm yn meindio?"

"Nac'dw. Gwna di be leci di, Gwenhwyfar. Sgin i fawr o fynadd efo Dolig leni p'run bynnag."

Doedd gan ei thad byth amynedd efo'r ŵyl. Rhywbeth i'w osgoi a thrio'i anwybyddu oedd y Nadolig ers i'w mam fynd, a Gwen yn ildio bob blwyddyn a nôl y goeden Dolig olaf oedd ar ôl yn y siop, a'i haddurno efo tinsel rhaffog, tenau. Cyw iâr oedd y cig, digon i ddau, am ddeuddydd.

Meddyliai Gwen weithiau tybed oedd y Nadoligau efo'i mam wedi digwydd o gwbl, pan oedd arogleuon cynnes, Nadoligaidd yn taenu fel braich gysurlon dros deulu bach yng ngolau'r goeden. Ai Dolig rhywun arall oedd hwnnw wedi bod erioed, dim ond bod Gwen wedi ei feddiannu?

Fo ddiffoddodd y sgwrs.

Deialodd rif Mia wedyn, a gadael neges iddi. Erbyn hyn, roedd hi'n dri o'r gloch a stumog Gwen yn dechrau cwyno nad oedd wedi cael bwyd ers amser brecwast. Roedd hi'n od sut roedd rhywun yn byw dan ormes y gloch mewn ysgol. Allan yma ar y prom, roedd sŵn y tonnau'n torri ar y traeth yn gweithio i amserlen wahanol, i rythm naturiol. Roedd symudiad graddol y diwrnod yn ddistaw ac yn brydferth o anochel. Penderfynodd godi a cherdded o un pen y prom i'r llall, gan fesur amser â phob cam, a sylwi ar y newid bychan bach yn lliw y ffurfafen, yn nyfnder llwydni'r môr wrth iddi gerdded, a goleuadau'r dref yn tyfu'n fwyfwy llachar yn erbyn y tywyllwch oedd yn tyfu.

Ar ei ffordd yn ôl, gwelodd Mia o bell, yn tacio dod tuag ati hi, yn ffigwr llwm a diarth ond eto'n symud efo rhyw frys a phwrpas anghyffredin. Meddyliodd Gwen tybed a fyddai Mia'n dal i symud yn ei blaen fel hyn pe byddai hi'n camu o'r neilltu ac yn toddi i'r cefndir.

Ond pan nesaodd y ddwy at ei gilydd, arafodd ei chamau. Safodd y ddwy yn syllu ar ei gilydd am eiliad. Pwy fyddai'n agor ei breichiau gyntaf am goflaid? Ond symudodd 'run ohonyn nhw.

"Ti 'di clywad, 'lly?" gofynnodd Gwen.

"Ma'r stori'n dew yn y stafall athrawon."

Ers pryd roedd Mia'n selog yn fan'no? meddyliodd Gwen, ond ddywedodd hi ddim gair am hynny.

"Dwn i'm be ddiawl..." dechreuodd Gwen.

"'Di o'n wir, 'ta?"

Tarodd geiriau Mia hi fel cerrig. Arhosodd ei breichiau yn oeraidd ddigroeso wrth ei hystlys.

"Be ddudist ti?"

"Gofyn dwi os ydy o'n wir, Gwen. Mae'n gwestiwn reit syml. Oes 'na rwbath rhyngddo chi 'ta be? Rhwng chdi a Gavin Masters?"

"Rhwng fi a...?"

"Ia! Rhyngtha chdi a'r hogyn! Blydi hel, Gwen, oes 'na?"

Tir llwyd, rhyw fwg yn cymylu. Edrychiad fymryn yn rhy hir, oedi dwtsh yn hirach nag oedd yn iawn. Ble aeth y geiriau? Yr esboniad? Mi redodd fel ci ar hyd y prom yn y gwynt, a diflannu dros y graean ac i'r môr, gan adael Gwen ar ei phen ei hun bach yn wynebu amheuaeth oer ei ffrind.

Allai Gwen wneud dim byd ond sefyll yn fud pan drodd Mia ei chefn a dechrau cerdded oddi wrthi.

Mae pob sŵn o'r sgwâr y tu allan yn cael ei lyncu pan dwi'n camu i mewn i eglwys San Giovanni, pob gola yn cael ei sugno i mewn i'r siffrwd sanctaidd y tu mewn a'r murmur isel sy'n treiddio drwy'r lle. Cymer ychydig o funuda i'm llygaid gynefino, ac eto cynefino maen nhw heddiw, fel pob tro arall.

Dwi'n eistedd ac yn ymbalfalu am fy ngleinia rosari yn fy mhoced, gan ddechra mwmian fy mhader wrth i mi ddisgwyl fy nhro. Mae dau arall o 'mlaen i, ac un yn penlinio o flaen yr allor. Mae'r blwch cyffesu'n dawel ar hyn o bryd, y gyffes wedi ei llyncu a'i derbyn a'i madda o fewn y byd bach pren.

"Maddau i mi, Dduw, 'mod i wedi dy bechu drwy wneud y dewis anghywir yn lle dewis daioni."

Dylwn i gyffesu. Does dim dwywaith y dylwn i gyffesu. Ar hyn dwi wedi fy magu – adra, yn yr ysgol ac yn yr eglwys fach yma ar waelod y bryn, yr eglwys dwi wedi bod yn hoff o'i chadernid erioed, yn hoff o'i soletrwydd pan oedd y byd yn rhuo newid y tu allan i'w drws.

Pechod. Dyna ydy mynd ar ôl pleser hunanol yn hytrach na gneud yr hyn sy'n iawn o flaen Duw a'r Forwyn Fair. Mae moment o bechod yn golygu munuda lawer o gyffesu. Sut felly mae o'n teimlo mor anghywir, mor ddiarth i fod yn eistedd yma'n barod i ddifaru be 'dan ni 'di neud, Rino a fi? Os mai cyffesu pechod sy'n iawn, pam mae o'n teimlo mor anghywir? Pam mai'r pechod sy'n teimlo'n iawn? Hyd yn oed a minna yn oerni'r eglwys, llaw Rino ar fy nghanol dwi'n ei theimlo, ei fysedd ar fy moch, ei wefusa cynnes ar fy ngwddw, ac i lawr, i lawr at flagur y tethi pinc sy'n barod amdano, wedi bod yn disgwyl i Rino eu deffro.

—

Ar ôl i ni gerdded i gyfeiriad Varsi am rhyw chwarter awr, a 'run ohonan ni'n deud gair, dim ond cymryd cysur yn nhempo sŵn ein traed ar y lôn lychlyd, dyma'r glaw yn dechra. Dafna mawr tewion, caredig yn torri syched y tir, yn golchi pob dim yn lân. O gyfeiriad Bologna, roedd canu grwndi tarana, yn ddigon pell i fod yn saff. Ond wedyn dechreuodd y glaw dywallt yn ddidrugaredd.

"Ty'd, ty'd i mewn i fan'ma!" medda Rino, gan afael yn fy llaw a 'nhynnu tuag at ryw hen adeilad a fu'n dal anifeiliaid rywdro. Ildiodd y drws yn hawdd wrth i Rino ei agor. Doedd yr adeilad ddim wedi cael ei ddefnyddio i'w briod bwrpas ers blynyddoedd, o'r olwg oedd arno, ac ym mhen pella'r to roedd gola dydd i'w weld yn glir, ac ychydig o'r glaw yn treiddio drwyddo.

Chwarddodd Rino wrth i mi ddechra tynnu fy ngwallt i un ochr a gwasgu'r gwlybaniaeth allan ohono.

"Pam ti'n chwerthin?"

"Ma pawb dros y dŵr yn meddwl ein bod ni'n cael haul, haul, haul, ddydd a nos!" medda fo. "Maen nhw'n licio siarad am y tywydd gwael maen nhw'n ei gael, ac roeddan nhw'n tynnu 'nghoes i am adael lle fel Bardi lle ma'r haul yn gwenu o hyd. A sbia arna ni!"

Ac yna dwi'n chwerthin hefyd, ond mae chwerthin y ddau ohonan ni'n edwino'n sydyn, a 'dan ni'n sefyll, yn syllu ar ein gilydd.

"Ti isio help i sychu dy wallt?" mae Rino'n gofyn, a heb ddisgwyl am ateb, mae o'n camu'n nes ac yn dechra gwasgu'r rhaff o wallt fel dwi wedi bod yn ei neud.

Mae ei lygaid wedi eu cloi ar fy llygaid i wrth iddo wasgu'r blethen yn ofalus ond yn gadarn. Mi fedra i deimlo cynhesrwydd ei gorff o, y crys yn cyffwrdd, prin gyffwrdd fy mronna a 'ngwasg, yn tanio rhywbeth yng ngwaelod fy mol sy'n lledu fel tân drwydda i i gyd.

Mae'r glaw o'r twll yn y to yn dripian, yn goferu'n rhythmig sicr wrth i ni gusanu am y tro cynta, wrth i'w ddwylo grwydro ar hyd fy nghroen, wrth i minna symud fy nwylo drosto, amdano, yn betrusgar i ddechra, ac yna'n ffeindio fy ffordd, yn gwbod mai i hyn ma 'nwylo i wedi cael eu creu. Mae'r awchu amdano'n chwyddo'n don y tu mewn i mi.

Yn ara bach, mae Rino'n datod botyma fy mlows fesul un, yn pilio'r cotwm oddi arna i ac yn cymryd ei wynt pan mae pennau ei fysedd yn glanio ar feddalwch y croen, yn fy narganfod. Mae'n cipio'n anadl i, yn syndod, ac eto'n gwbl gyfarwydd ar yr un pryd. Mae ei wefusa'n wlyb ac yn boeth ac yn barod. Dwi'n talu'r gymwynas yn ôl wrth lyfu'r halen oddi ar ei groen meddal ynta, fesul modfedd, yn ara a gofalus. Dwi'n agor fy hun iddo fo, yno yn y cwt anifeiliaid bach ar ochr y lôn mewn storm...

—

"Sss!"

Ac yn sydyn, mae bys yn cael ei wthio yn fy nghefn, yn fy nghymell ymlaen, a dwi'n cofio mai yn yr eglwys ydw i. Mae llen drwchus y bocs cyffesu wedi ei thynnu 'nôl, ac mae Gino'r cigydd yn dod allan, ei wyneb mor goch ag arfer, fel petai wedi bod yn hollti carcas yn hytrach nag agor ei enaid. Mae'r rhyddhad arferol ar ei wyneb, fel sydd ar wyneb pawb ar ôl iddyn nhw fwrw pob dim allan a chyffesu o flaen Duw.

Dwi'n codi ac yn troi'n ôl am y drws, oddi wrth y bocs cyffesu. Mae ambell un yn troi ei ben ac yn edrych arna i wrth i mi basio. Pan af allan i'r awyr iach, dwi'n pwyso yn erbyn cerrig yr eglwys wrth weld y byd amryliw, llawn pechod yn mynd yn ei flaen fel arfer.

27

"Y DY POB DIM gynnoch chi rŵan, Rosa? Pasbort? Ewros?"
Edrychodd Rosa ar Gwen cystal â dweud, "Pa fath o ffŵl ti'n feddwl ydw i?"

Gwenodd y ddwy ar ei gilydd am eiliad, cyn i Rosa droi a stryffaglio efo'r gwregys diogelwch. Bu raid iddi ildio a derbyn help llaw gan Gwen, gan fod gorfod gwneud efo un fraich yn gymaint o strach. Ysgydwodd ei phen yn ddiamynedd, gan fwmian y byddai wedi medru gwneud ei hun petai wedi cael llonydd.

Ymhen dim, roedden nhw'n symud drwy strydoedd gwag Llandudno, a neb yn gwmni iddyn nhw ond ambell fan lefrith a pheiriant glanhau stryd. Doedd hyd yn oed y gwylanod ddim wedi ei mentro hi allan eto i'r bore llwm. Teimlai Gwen fod rhywbeth ingol o drist ac unig am y cyfnod hwnnw ar ôl y Dolig a'r flwyddyn newydd, ac addewid sgleiniog yr ŵyl wedi ildio'i le i ryw hen surni oedd yn gyndyn o adael i'r Dolig fynd ac eto'n bwdlyd gyndyn o groesawu unrhyw ddechrau newydd. Erbyn iddi hi a Rosa ddychwelyd o'r Eidal ymhen ychydig ddyddiau, fe fyddai rwtîn llwm Ionawr wedi hen ennill ei blwyf.

Roedd hi wedi treulio diwrnod Dolig yn bwyta bwydydd parod ar ei glin o flaen y teledu ac yn yfed gormod. A phan ddeffrodd hi ganol nos ar y soffa, roedd 'na flanced las am y byd, ei phen yn curo a'i gwddw'n grimp. Wedi llusgo ei hun i'w gwely, arhosodd yn effro am oriau wedyn, ac ambell floedd o rialtwch weithiau'n torri ar wacter y stryd y tu allan. Ffoniodd Gwen ei thad unwaith ond ar ôl iddo beidio ateb y tro cyntaf, cheisiodd hi ddim eilwaith.

Er mai am naw o'r gloch roedd yr awyren yn gadael

Manceinion, roedd yn rhaid iddyn nhw fod yno ddwyawr cyn hynny, ac felly roedd Gwen wedi gosod larwm ei chloc am bedwar – awr greulon eithriadol yng nghefn gaeaf, yn enwedig a hithau ddim wedi gorfod codi cyn deg dros yr wythnosau diwethaf.

Eisteddai Rosa gan edrych drwy ffenest ochr y car gydol y siwrne. Roedd hynny'n siwtio Gwen i'r dim, gan y gallai hithau ganolbwyntio ar y gyrru ac ymgolli rhywfaint yn ei meddyliau ei hun. Roedd Rosa wedi gwisgo'n smart, gydag ochr uchaf ei chôt dywyll wedi ei lapio mewn sgarff sgarlad drawiadol, yr un lliw â'r minlliw ar ei gwefusau. Dyna'r ddelwedd yn ei lle, y ddynes brydferth yn ei hwythdegau yn troedio allan i'r byd â'i phen yn uchel. Roedd y llygaid tywyll, pŵl yn adrodd stori wahanol, meddyliodd Gwen.

"Penwythnos. Si? Dim ond penwythnos," meddai o'r diwedd pan oedden nhw'n pasio arwydd Llaneurgain ar y lôn tua Caer.

"Ia, Rosa."

"Tony. Fydd o'n…" meddai'n betrus.

"Fydd o'n dallt, Rosa. Fydd o'n iawn."

"Si," meddai eto, gan nodio'i phen. "Si."

—

Tony a hithau. Un pâr o ddwylo'n hofran yn agos at bâr arall, heb gyffwrdd, dros y bwrdd fformeica yn y caffi. Y drws ar glo. Oglau'r coffi yng nghwpanau'r ddau yn lapio'n gysur o'u cwmpas.

"Mynd i weld hen gariad mae hi?"

Nodio, ac edrych i lawr.

Dallt.

Methu dallt.

Y dallt a'r methu dallt yn arnofio yn y gwpan o'i flaen, yn troi o gwmpas ei gilydd, yn mynd yn un.

Blas cysur a siom sydd i'r coffi.

Blas gorfod ailfeddwl am bob dim.

—

"Scuola, ysgol? Lunedi? Dydd...?"

Atebodd Gwen mohoni, dim ond troi am eiliad i edrych ar Rosa yn y car. Roedd honno wedi troi ei golygon oddi wrth y ffenest ochr ac yn sbio'n uniongyrchol arni. A hithau heb ddisgwyl y cwestiwn, roedd Gwen wedi ei llorio. Doedd hi ddim wedi sôn wrth neb y tu allan i'r ysgol, wrth reswm, ond doedd Rosa ddim yn dwp. Mae'n siŵr ei bod wedi sylwi ar ei sŵn hi'n symud i fyny'r grisiau yn ystod oriau'r dydd, y trydan ymlaen, y teledu fel rhyw is-felodi ar adegau anarferol.

"Ma petha dipyn bach yn... anodd," meddai Gwen, a'r tarmac llwyd yn rhuthro tuag atyn nhw, drwyddyn nhw. "Mae 'na fachgen, disgybl ysgol, wedi... wedi cam-ddallt. Wedi deud celwydd."

Dyna oedd o. Celwydd. Roedd o wedi dweud celwydd amdani, y bastad bach, a rŵan roedd 'na bosibilrwydd y byddai'n colli ei job, ac o bosibl byth yn medru gweithio efo plant a phobol ifanc eto! A gorfod wynebu ei thad...

"Deud celwydd amdana fi a fo," meddai Gwen, er mwyn chwalu'r llun o'i thad siomedig, er mwyn chwalu'r llun o'i ben wedi'i ostwng. Roedd ei llais yn grynedig, y geiriau'n hongian yn glir a digyfaddawd yn aer stêl y car.

"Aaa, si," meddai Rosa, a throi ei golygon yn ôl at y ffenest ochr. "Ma petha fel hyn yn digwydd."

Doedd Gwen ddim yn siŵr p'un ai cael ei chysuro ddylai hi gan y persbectif aeddfed yma ar ei phroblem, ynteu gael ei chythruddo bod Rosa'n medru bod mor ddidaro.

"Ond mae o 'di deud ein bod ni'n cael, yn cael..." meddai,

ei rhwystredigaeth yn clymu'i geiriau. "A dwi'n athrawes ar y diawl bach! Mae o yn fy nosbarth i!"

"Si, si," meddai Rosa eto, yn ddoeth. "Weithia ma plant ysgol yn cael... how you say, crysh, infatuato. Ac oed?" Gwnaeth ryw symudiad efo'i llaw, fel petai'n hel pryfyn i ffwrdd. "Tydy oed ddim yn... ddim yn bwysig pan 'dach chi'n ifanc. Un deg pump, un deg chwech..." Gwnaeth yr un ystum eto efo'i llaw.

"Ond mae o'n bwysig! Mae 'na gyfraith, Rosa!"

"Si, mae o'n bwysig i'r byd. Si, i bobol er'ill. Ond ddim i chi, pan 'dach chi'n bymtheg oed. Amore. Cariad. Dyna'r unig beth sy'n cyfri."

Mae hon wedi cam-ddallt hefyd, meddyliodd Gwen, yn meddwl bod teimladau Gavin yn fwy dyrchafedig nag oedden nhw, yn gariad yn hytrach nag yn ffantasi llawn testosteron am athrawes ifanc.

Roedd Gwen ar fin troi ati a'i herio pan sylwodd ar ruddiau'r hen wraig, a'r ddwy nant fach hallt oedd yn igam-ogamu eu ffordd i lawr drwy'r powdwr trwchus.

—

Wedi cyrraedd y maes awyr, parcio a'i gwneud hi at y ddesg yn Nherminal 2, roedd golwg wedi ymlâdd ar Rosa, a straen gorfod cerdded mor bell ac emosiwn yr holl daith yn amlwg yn dweud arni. Roedd y lle fel ffair, a'r amser o'r dydd yn golygu dim byd, rywsut, o fewn swigen artiffisial gwlad y maes awyr – rhywbeth oedd wastad yn synnu Gwen.

Roedd ganddyn nhw awr i lyffanta cyn mynd ar yr awyren, ac roedd Gwen wedi meddwl y gallai'r ddwy gael rhywbeth i'w fwyta er mwyn lladd amser. Ond roedd gan Rosa gynlluniau eraill.

"Pum munud. Dwi isio pum munud," meddai.

Roedd hyn yn rhywbeth i'w groesawu. Doedd Gwen a Rosa

ddim wedi treulio cymaint o amser yng nghwmni ei gilydd o'r blaen ac mi fyddai rhywfaint o lonydd yn braf, meddyliodd Gwen.

"Grêt! Os awn ni draw i fan'na, mi fedran ni fynd am banad, neu fynd rownd y siopa neu…"

Edrychodd Rosa yn syn o'i hamgylch ar y bobol a'r goleuadau llachar yn y siopau, a'r sŵn byddarol oedd yn dod bob hyn a hyn dros y system *tannoy*. Roedd hi fel hogan fach, meddyliodd Gwen, ac yn edrych yn boenus o fregus.

"'Dach chi isio trefnu lle 'dach chi isio mynd, ac mi a' i â chi yna, wedyn mi drefnan ni gyfarfod i ga'l coffi."

Cododd Rosa ei phen a sythu ei chefn, a'r hen osgo penderfynol yn ei ôl.

"Si," meddai a phwyntio at gaffi Frankie and Benny's oedd yn eu hwynebu.

"Iawn. Ond lle 'dach chi isio mynd, Rosa? Wedyn mi wnawn ni ddewis rhwla yn agos at fan'na, rhag ofn i ni…"

Edrychodd Rosa am eiliad fel petai'n mynd i wrthwynebu a dal ei thir, ond ildiodd ymhen eiliadau, a nodio.

"Si." A phwyntiodd at arwydd stafell weddïo ym mhen draw'r adeilad. "Dwi isio mynd i fan'na."

Nodiodd Gwen arni, a gwenodd Rosa'n ôl yn ddiolchgar.

"'Dach chi isio i mi ddŵad efo chi?"

"At y lle, si."

Stafell weddïo amlgrefydd oedd hi, a'r cadeiriau pren o liw ysgafn a deunydd pinc arnyn nhw, fel mewn ysbyty, wedi eu trefnu'n daclus i wynebu'r ffrynt. Roedd rhyw fath o bulpud wedi ei wneud o'r un pren â'r cadeiriau yn y tu blaen, a phulpud arall wrth ei ymyl, a chroes aur arno. Y tu ôl i hyn, roedd ffenest o wydr lliw gwirioneddol hardd mewn patrwm haniaethol. Roedd clustogau a matiau bach wedi eu gosod yn daclus ar y llawr yn un pen y stafell. Fe fyddai Gwen wedi medru sefyll am oriau a syllu ar y siapiau'n plethu fel plu i'w gilydd, yn dal pelydryn o olau ac yn ei dasgu a'i wasgaru o gwmpas y stafell.

Trodd Rosa tuag ati, a sylwodd Gwen yn syth ar y gleiniau rosari roedd hi'n eu dal yn ei llaw.

"Diolch, Gwen. Pum munud dwi isio, si? Pum munud."

Dalltodd Gwen yn syth a gadael llonydd i Rosa yn y stafell. Ciliodd yn ôl i fwrlwm y siopau a'r caffis, gan synnu bod yr holl synau yn cael eu llyncu yn y stafell weddïo. Aeth i guddfan nid nepell ac eistedd mewn rhesaid wag o gadeiriau oedd yn wynebu'r llain lanio eang.

Pan mae drws y tŷ yn cau'n glep ar ôl i bawb adael, dwi'n eistedd ar ymyl gwely Angelo ac yn gwrando ar y glep yn diasbedain drwy'r tŷ. Nid bod y sŵn yn tarfu dim ar Angelo bach, sy'n cysgu'n drwm drwy'r cwbwl, a'i ben-glinia wedi eu tynnu i fyny at ei ên, fel roedd o pan oedd o'n fabi bach. Mae'r chwys fel gwlith ar ei dalcen, a'r gwallt yn glynu yng nghroen meddal ei wyneb. Dwi'n syllu i lawr ar ei ddwrn bach o, fel rhosyn sy'n barod i ddatod yn araf ac agor allan. Angelo bach. Mae o'n tagu weithia yn ei gwsg, a'i gorff o'n dirgrynu nes iddo ddŵad at ei hun unwaith eto. Mae ei lygaid yn rhyw hanner agor pan mae hyn yn digwydd, ond dydy o ddim yn deffro.

Mae hi'n anodd teimlo'n flin efo 'mrawd bach. Mae o mor hardd, mor annwyl. Ond dydy petha ddim yn deg! Tydy hi ddim yn deg 'mod i'n cael fy ngadael ar ôl i edrych ar ôl Angelo tra mae Mamma'n mynd i'r farchnad efo Papa a Maria. Fory, mae Mamma yn mynd i drio gweld y *padre*, i weld os ydy o'n fodlon mynd i chwilio am ddoctor i Angelo. Tydy hi'm yn licio gorfod mynd ar ei ofyn o, dwi'n gwbod hynny. Ac mi fedra i ddallt pam nad ydy hi isio gweld yr olwg yna yn ei lygaid o, yr olwg sy'n deud ei fod o'n well na ni, yn nes at Dduw, ac efo'r pŵer i neud i hogyn bach fel Angelo wella neu beidio. Ddudodd hi erioed hynny, ond dwi'n dallt.

Ond mae Angelo ychydig bach gwell heddiw, medda hi, ac wedi bwyta ychydig o bolenta i frecwast, ac ychydig o fêl o gwch gwenyn y Contis arno er mwyn ei neud yn felys, felys. Ac mae o wedi cysgu'n drwm ers hynny, a'i anadlu o ychydig yn llai llafurus.

Dwi fod i gael gwers arall gan Rino heddiw! 'Dan ni'n cyfarfod yn y cwt anifeiliaid eto i fod, fel bob tro. Mae arnan ni ofn mynd i rywle arall, rhag ofn i unrhyw newid ddifetha'r hyn sydd gynnon ni.

Mae'n rhaid i mi adael iddo wbod. Fedra i ddim diodda meddwl amdano fo'n aros yno amdana i, yn dechra hel meddylia ynglŷn â pham dwi ddim 'di cyrraedd. Does neb allan yn yr iard wrth i mi gau drws y tŷ yn ddistaw, ddistaw, rhag deffro Angelo bach. Dwi'n teimlo fel lleidr yn mynd yn ysgafn droed allan i'r stryd ac yna i lawr y stryd fach gul tuag at dŷ Rino. Rhaid fod pawb yn y sgwâr – mae diwrnod marchnad yn ddiwrnod pwysig. Ac mae pawb ar dân isio gwerthu'r hyn maen nhw'n ei dyfu, iddyn nhw fedru byw tan y diwrnod marchnad nesa.

Dwi'n dewis y cerrig bach gwyn dela er mwyn eu taflu i fyny at ei ffenest. Mae'n cymryd tair carreg fân cyn i Rino ymddangos, fel ysbryd! Mae'n cilagor y ffenest a dwi'n sibrwd fy neges mor uchel ond mor ddistaw ag y medra i. Dwi isio chwerthin! Mae'r holl sefyllfa mor hurt, ond rhaid i mi ddeud fy neges a diflannu 'nôl i'r tŷ i ddisgwyl amdano fo, cyn i neb fy ngweld.

Ac ymhen hanner awr, mae o yno, yn y tŷ efo fi. Yr holl ffordd adra, dwi 'di bod yn meddwl am ei ddwylo arna i, Duw a'm gwaredo, am ei dafod o'n chwilio pob modfedd ohona i, fel mai ei flas o sydd arna fi, a 'mlas inna sydd arno fo, a dim byd arall. Ac eto, pan mae o'n sefyll yno yn y gegin efo fi, mae'r ddau ohonan ni'n ddiarth 'n gilydd, yn symud yn chwithig o un droed i'r llall, yn sbio ar y llawr ar ôl sbecian yn swil ar ein gilydd. Mae gynno fo staen brown ar ei grys, fel blodyn, a fedra i'm stopio syllu arno fo, fel taswn i'n disgwyl iddo fo chwyddo'n fwy a neidio oddi ar ei frest.

"Ti isio...?"

"Oes!" medda fo'n syth, fel hogyn ysgol, a dwi'n chwerthin.

"Ti isio gweld fyny grisia?" medda fi, yn gorffen fy mrawddeg yn ffug ddiniwed. "Ma gin i ddodrefn o'r pren gora dwi isio'u dangos i ti!"

"Oes? Dwi 'di bod yn meddwl sut bren sgin ti yn dy stafall wely ers tro byd!" medda Rino wedyn, a dwi'n mynd yn rhyfedd ar y tu mewn wrth weld ei wên o'n lledu'n araf ar draws ei wyneb.

Ond tydy petha ddim haws yn y stafell wely, chwaith, â dillad Maria flêr yn un twmpath wrth ymyl ei hochr hi o'r gwely, a'i brwsh gwallt hi'n gorwedd yn gyhuddgar ar y dresar.

'Dan ni'n caru, yn frysiog, yn nerfus, heb hyd yn oed dynnu'n dillad yn iawn, ac un glust yn gwrando am y synau y tu allan i'n byd bach ni. 'Dan ni ddim yn ymgolli, fel yn y cwt bach ger Grezzo, pob pen bys yn ias, llithro a llyfu i mewn ac allan o'n gilydd fel petaen ni ymhell, bell o'r lle.

Ar ôl gorffen, 'dan ni'n gorwedd ym mreichia'n gilydd wedyn, heb siarad, yn dal yn ddiarth rywsut, er bod ein cymalau wedi ffeindio'i gilydd ac wedi setlo. Dwi'n edrych ar y patsyn tamp yng nghornel dde'r to, yr un patsyn tamp dwi 'di'i weld ers i mi gofio, a finna'n meddwl ei fod o'r un siâp â'r Eidal ar fap. Ella mai dyna pam dwi'n deud be dwi'n ddeud. Mae 'na rywbeth yn cydio ynddda i. Ella mai trio'i frifo fo dwi. Ella mai trio dial am ei fod o 'di medru dianc oddi wrth y patsyn tamp yma o wlad 'dan ni'n ei galw'n adra.

"Ma'n iawn arna chdi, Rino! Yn dŵad yn ôl adra pan mae pob dim drosodd!"

Ochneidia.

"Ti'n dal i ddeud hynny, Rosetta?"

Mae'n edrych yn siomedig arna i. Mae 'na rywbeth y tu mewn i mi yn cnoi, yn gwthio'r geiria allan.

"Oeddach chdi'n clywad am bobol yn diflannu o'u tai liw nos? Emilio, hogyn bach y Sidolis yn cael ei saethu gin y Natsïaid am ei fod o ar y mynydd yn tendiad ei eifr ar yr adeg anghywir! Ei saethu! Y dre i gyd yn ei gario fo i lawr o'r mynydd. Un bach eiddil fu Emilio bach erioed, ond mi aeth y dre i gyd i gyrchu'r arch fach i lawr!"

Dwi'n gwthio'r llun o'i flaen o, yn rhwbio'i feddwl o yn yr erchylltra.

"Do'dd hi ddim yn hawdd arna ninna!" dechreua Rino. "Sgin ti'm syniad!"

"Gin i syniad reit dda, Rino! Paid â 'nhrin i fel plentyn!"

Hen dawelwch pwdlyd, annifyr, yn llawn pigau.

"Gawson ni ein hel fel defaid..." medda Rino o'r diwedd.

"Pwy?"

"Pob un ohona ni! Yr Eidalwyr i gyd! Churchill. Winston Churchill, mi alwodd o ni yn... yn 'enemy aliens'. Pob un ohona ni! Dyna ddudodd o!"

"Yn be?" Do'n i'm yn dallt.

"Yn fradwyr, Rosetta. Ni! Yn fradwyr! Jest am fod Mussolini yn ochri efo Hitler ar y pryd, ar ddechra'r guerra! A ninna 'di bod yn byw yng Nghymru ers blynyddoedd! Ein brodyr a'n ffrindia ni yn cwffio yn y British Army!"

Mae o'n eistedd i fyny rŵan, wedi cynhyrfu fel na welish i o erioed o'r blaen, ac yn edrych yn wahanol, yn hŷn rywsut. Ma arna i ei ofn o, a'r geiria sy'n tywallt allan ohono fo.

"Ein... ein hel ni fel defaid i garchar fatha 'san ni'n bobol ddrwg. Gan blismyn o'dd yn gwsmeriaid i ni, yn ffrindia hefyd, rhei ohonyn nhw. Dwi'n cofio Dai, Dai Hopkins, ffrind i mi oedd yn blismon, yn dod i mewn i'r caffi, a'i galon bron â thorri, mewn cymaint o embaras. 'Sori,' medda fo. Jest hynna. Ro'dd rhaid iddo fo neud ei waith, ond ro'ddan ni'n torri'n calonna! Fo a fi yn sefyll yn y caffi a'n calonna ni'n..."

Mae'r geiria yn tasgu allan ohono fel chwd.

"Gneud ei waith? Be ti'n feddwl, gneud ei...?" mentraf.

"Ein hel ni i'r carchar! Fel pobol ddrwg! Gwahanu brodyr, ffrindia! Ein trin ni fel..."

"Rino! O, Rino, do'n i'm yn..."

Ond dydy Rino ddim fel petai'n fy nghlywed wrth iddo yrru yn ei flaen.

"Ac o'dd ffrind i mi, Giuseppe Fulgonni, ro'dd o ar yr *Arandora Star*, llong yn llawn o Eidalwyr, wedi eu pacio fel moch, ar eu ffordd o Brydain i Ganada."

Mae 'nghalon inna'n suddo wrth glywed yr enw. Fe gafodd

yr *Arandora Star* ei tharo gan dorpedo'r Almaenwyr. Roedd yr hanes yn dew rownd y dre, ac enw'r llong fel melltith.

"A ga'th o'i... ladd?"

Ro'n i'n gwbod cyn gofyn. Yn gwbod o'i wyneb o, ei lygaid sgleiniog o...

Mae'n troi ei gefn ata i.

"Felly paid â deud, paid ti mentro deud, Rosetta, 'mod i'n gwbod dim am y rhyfel, ti'n dallt? Paid ti â mentro!"

"Sori, Rino. Dwi mor... mor sori."

Ac yna mae o'n ôl, fy Rino i, ond yn beichio crio yn fy mreichia, a finna'n mwytho ei wallt ac yn cusanu'i ben nes bod yr igian crio wedi tawelu, a Chymru a'r dyn Churchill cas yna yn bell, bell i ffwrdd o Bardi unwaith eto.

—

Mae'n rhaid ein bod ni wedi syrthio i gysgu, achos mae'r gola'n wahanol erbyn i ni ddeffro ym mreichia'n gilydd.

'Dan ni'n gorwedd fel'na heb ddeud gair am funud neu ddau, cyn i Rino stwyrian.

"Rosetta fach, bydd rhaid i mi fynd," medda Rino, a 'nghusanu'n feddal, dyner ar fy ngwefusa, nes dechra corddi'r cynhesrwydd y tu mewn i mi eto.

Dwn i'm pam dwi'n deud yr hyn dwi'n ei ddeud nesa, chwaith. Ond deud ydw i.

"Dries i fynd i'r eglwys i gyffesu," medda fi, y geiria wedi llithro allan cyn i mi fedru eu pwyso a'u mesur.

"Driest ti..." medda ynta, wrth ddechra cau botyma top ei grys a chuddio'r blew tywyll tan y tro nesa.

"Do. Ond fedrwn i ddim. Ro'dd o'n teimlo fel 'mod i'n gofyn maddeuant am anadlu."

Dwi'n medru gweld o gornel fy llygad ei fod o wedi stopio'r hyn roedd o'n neud, ac yn meddwl dros yr hyn dwi newydd ei ddeud.

"Dwi'n ddwy ar hugain," medda fo o'r diwedd. "A thitha'n un ar bymtheg. Dydy hynny ddim yn ddigon i fod â chywilydd ohono fo?"

"Cywilydd!" medda fi, yn araf, prin yn medru credu 'nghlustia. "Dwi i fod i deimlo cywilydd am sut dwi'n teimlo, i gyd oherwydd rhyw... chwe blynedd, rhyw chwe haf o wahaniaeth oed rhyngdda ni?!"

"Ond 'di o'm mor hawdd..."

"Ydy! Mae o mor hawdd â hynny! 'Dan ni'n caru'n gilydd, Rino! Dwi chwe blynedd yn iau na chdi, ond be 'di bwys am hynny? Fedran ni ofyn i ga'l priodi os wyt ti'n poeni..."

"Fedra i ddim!" medda fo wedyn, ac mae o'n edrych i fyw fy llygaid i, a dwi'n gweld rhywbeth yn pefrio ynddyn nhw, rhywbeth dwi'm 'di'i weld o'r blaen.

Fedra i ddim, fedra i ddim, fedra i ddim. Mae'r geiriau'n sŵn fedra i mo'i ddallt, yn iaith ddiarth.

"Be?" medda fi. Be mae o'n ei feddwl? "Be?" medda fi eto. "Be?"

"Dwi'n... dwi'n briod yn barod!"

Mae o'n gweiddi'r geiria, fel tasa fo'n trio cael gwared ar fflem neu rywbeth cas o'i geg, rhywbeth sydd wedi bod yn cawsio ac yn pydru y tu mewn iddo fo am yn rhy hir. A rhag ofn 'mod i heb ddallt, mae'r diawl yn deud y geiria eto, fel bod 'na'm mymryn lleia o obaith i mi gamglywed.

"Dwi'n briod, Rosetta! Yng Nghymru. Eidales, o ochra Bologna, oedd wedi mynd draw yno efo'i theulu. Yno mae hi o hyd. Camgymeriad! Camgymeriad mwya 'mywyd i!"

Fedra i neud dim byd, dim ond eistedd. Fedra i ddeud 'run gair, dim ond teimlo'n noeth, yn fwy noeth na dwi 'di'i deimlo erioed.

Ac wedyn mae pob dim yn digwydd ar unwaith. 'Dan ni'n clywed sŵn traed yn taranu i fyny'r grisia, y sŵn yn bwm, bwm, bwmio i fyny'r grisia ac yn mynd ymlaen am byth nes ei fod o'n ein llenwi ni i gyd. Ac yna mae'r sŵn yn gorffen yr un mor sydyn. Mae drws y stafell wely yn cael ei agor led y pen ac mae Papa'n sefyll yno, a Maria wrth ei gwt, fel cyw bach. Mae'r ddau'n rhythu arnan ni, fel tasan ni'n ddau ffigwr mewn llun. Fel tasa hyn ddim yn digwydd go iawn.

Ac yng nghanol y rhythu dieiria, mae llais Mamma yn dod o'r stafell nesa. Yn sgrech. Yn rhwygo pob dim. Yn darnu pob un ohonan ni.

"Angeloooo! Angelooooooooo!"

28

WRTH YRRU'R CAR llog ar hyd y draffordd brysur o Parma i Ddyffryn Ceno, trawyd Gwen gan ba mor wyrdd yr edrychai pob man. Roedd glesni'r ardal yn drawiadol, ac wrth ymbalfalu am y weipar, gallai Gwen ddeall pam. Doedd Dyffryn Ceno ddim yn ddiarth i ddiferyn o ddŵr sanctaidd o'r nef, fel Cymru!

O'r funud y glaniodd yr awyren, roedd Rosa wedi dechrau aflonyddu, yn symud o un droed i'r llall fel hogan fach. Roedd hi wedi bod yn hynod o ddiamynedd yn disgwyl i'r bagiau ddod o gwmpas ar y carwsél felltith, a damiai Gwen yn ddistaw bach ei bod hi wedi gadael i Rosa ddod â chês mawr efo hi, a hwythau yno am benwythnos yn unig. Roedd y cês coch, ac arno'r label enw 'ROSA SPINELLI', wedi gweld dyddiau gwell, a'r lledr yn ymdebygu i groen hen eliffant. Ond roedd Rosa'n benderfynol mai hwn fyddai'n cael dal ei phethau, a dim arall.

Ond roedd Rosa erbyn hyn wedi cau ei llygaid a gallai Gwen glywed sŵn ei rhochian ysgafn yn gysur wrth ei hymyl. Roedd hi wedi dechrau arfer efo gyrru ar yr ochr dde, ac roedd y car fel petai wedi ei greu ar gyfer system draffyrdd yr Eidal. Welodd hi fawr ddim o Parma, gan ei bod yn canolbwyntio cymaint ar ddilyn yr arwyddion a cheisio peidio ennyn sŵn cyrn gwyllt y ceir eraill.

"Fel dysgu byw heb gymar." Dyna roedd Rosa wedi'i ddweud. Mynd yr un ffordd ag o'r blaen, ond bod popeth o chwith. Teimlo bod y byd i gyd yn mynd i gyfeiriad gwahanol.

Roedd hi'n meddwl ei bod wedi camddeall yr hyn roedd Rosa wedi'i ddweud i ddechrau, ond wnaeth honno ddim cynnig ymhelaethu, dim ond cilio'n ôl i'w chragen cyn cysgu.

Gadawyd Gwen i stilio a phendilio uwchben y geiriau, eu pwyso a'u mesur, eu sawru a gadael iddyn nhw hedfan.

Yn sydyn, cofiodd am Ieuan. Ieu. Doedd hi prin wedi meddwl amdano fo'n ddiweddar. Doedd ei lais a'i groen ffreclyd a'i hiwmor dwl ddim wedi bod yn rhan o'i breuddwydion ers tro. Sylweddolodd Gwen nad oedd hi erioed wedi gwybod y ffordd yn iawn, ac felly doedd hi erioed wir wedi teimlo'r dieithrwch o fod ar ei phen ei hun mewn byd llawn cyplau.

Dadebrodd Rosa wrth i'r car bach gwyn groesi pont ar draws afon oedd yn llydan ac yn fas. Gwelodd Gwen arwydd am Bardi yn ei chyfeirio i'r chwith ar hyd y lôn. Eisteddodd Rosa i fyny ac ysgwyd ei phen, fel petai'n trio ysgwyd niwl y freuddwyd i ebargofiant. Dechreuodd y dwylo esgyrnog blycio, plycio ar ei chôt unwaith yn rhagor.

"'Dan ni'm yn bell rŵan, Rosa!" meddai Gwen, mewn llais a swniai fymryn yn nawddoglyd, a gallai deimlo'r hen wraig yn troi ei phen ati ac yn gwgu.

"Dwi'n gwbod yn iawn pa mor bell ydan ni!" meddai Rosa, a'i llais yn graciau a hithau ddim wedi ei ddefnyddio ers awr neu ddwy.

Ym mhen draw'r bont roedd sgwaryn o westy mawr gwyn efo llun madfall arno, a'r geiriau 'La Variante' wedi eu peintio ar ochr yr adeilad, ei ffenestri'n edrych i lawr ar lan garegog yr afon. Roedd rhyw gwt digon tila'r olwg ychydig lathenni o'r gwesty yn gweithredu fel bar, ac ychydig o gadeiriau plastig wedi eu gosod blith draphlith y tu allan. Tasa hi'n gynhesach, mi fasai'n braf medru stopio a chael diod oer yn fan'na, a socian traed yn yr afon, meddyliodd Gwen.

"'Dach chi ffansi stopio am funud yn fan'ma, Rosa? 'Swn i'n medru gneud efo rhywbeth i'w yfed, deud gwir."

Doedd Gwen ddim wedi cael llymaid o ddiod ers gadael maes awyr Manceinion, a rhyw goffi bach, bach oedd hwnnw, o giosg drud. Trodd drwyn y car oddi ar y ffordd a mynd i'r maes parcio eang oedd y drws nesaf i'r gwesty, yn edrych i lawr ar yr afon. Diffoddodd yr injan. Rhythodd Rosa arni, ac yna edrych yn syth o'i blaen i gyfeiriad yr afon.

"Iawn?"

Nodiodd Rosa, heb ddweud gair, a phwysodd Gwen y botwm coch er mwyn rhyddhau'r hen wraig o hualau'r gwregys. Yna aeth allan o'r car er mwyn agor y drws arall i Rosa. Roedd hi'n fymryn cynhesach y tu allan i'r car na'r tu mewn, er ei bod yn dal yn oer. Roedd y glaw a'r cymylau llwydion wedi diflannu erbyn hyn, gan adael awyr las braf yn eu lle, fel mewn stori.

Ond roedd wyneb Rosa ymhell o fod yn ddigwmwl. Daeth allan o'r car gyda pheth ymdrech, gan fod ei chymalau wedi cloi o fod yn segur yn y car cyhyd. Aeth draw linc-di-lonc, ond â phwrpas, at y ffens fach bren oedd rhwng y maes parcio a'r dibyn serth i lawr at yr afon. Safodd yno'n syllu i lawr ar yr afon am rai munudau.

Aeth Gwen ati i agor y bonet i weld a oedd digon o ddŵr yn y tanc dŵr golchi ffenestri – unrhyw beth er mwyn rhoi ychydig o lonydd i Rosa.

Roedd yr ardal o'i chwmpas yn fryniog ac yn goediog. Yn debyg iawn i Gymru, meddyliodd Gwen. Dim ond y toeau teils cochion a phensaernïaeth y tai oedd yn awgrymu eu bod dramor. Hynny a'r tyddynnod tila a'u sgwariau bach o dir.

Aeth Gwen at Rosa ymhen ychydig funudau. Roedd hi'n dal i syllu ar yr afon, a'i llygaid pŵl yn bell. Ond doedd yna 'run deigryn ar ei hwyneb chwaith.

"Lle braf. Lle bach braf i drochi yn y gwres, ma siŵr."

"Varsi!" meddai Rosa, a synnodd Gwen at y gwenwyn a'r chwerwder oedd yn socian drwy enw'r lle. "Brawd bach hyll i Bardi! Doedd o ddim yn medru cystadlu, si? Ddim efo Bardi! Os ti isio gweld lle braf, Gwen, aros di tan Bardi!"

Er bod y geiriau yn ganmoliaethus ynghylch ei thref enedigol, doedd dim cynhesrwydd na hiraeth o gwbl yn ei llais wrth iddi siarad am y lle. Fel cân serch sydd wedi ei gosod ar alaw herciog, hyll, meddyliodd Gwen. Fel geiriau o gariad oedd yn cael eu poeri o'r geg.

"Reit, ma 'ngheg i'n sych braidd. 'Dach chi isio dŵad draw i un o'r byrddau bach sy'n sbio dros yr afon i ga'l coffi neu ddiod oer? 'Sa chi'n licio hynna? 'Ta 'sa well gynno chi gario mlaen?"

Ysgydwodd Rosa ei phen, heb dynnu ei llygaid oddi wrth fwrlwm yr afon yn y pellter. Ond yna trodd ei golygon oddi wrth y dŵr, troi ei chefn ar y lle a chychwyn yn ôl am y car.

"Ia 'di hynna? Naci?"

Gallai Gwen deimlo'r anniddigrwydd yn dechrau berwi y tu mewn iddi. Sut dwi'n mynd i oroesi dau ddiwrnod arall efo'r hen ddynes styfnig yma, does wbod, meddyliodd. Ac yna difarodd yn syth a theimlo'n euog am feddwl hynny.

"Dwi isio mynd i Bardi. Dwi isio cyrradd Bardi. Prego. Plis, Gwen!"

Allai Gwen ddim llai nag ufuddhau i'r ymbil yn llais yr hen wreigan, y Rosa Spinelli oedd wedi swyno pawb erioed ond a oedd yn crebachu ac yn gwelwi o'i blaen, fel petai dychwelyd yno yn sugno'i nerth i gyd.

"1950! Fedri di gredu?"

Mae Maria'n eistedd ar fy ngwely i, fel y byddai hi erstalwm, er bod gan y ddwy ohonan ni stafelloedd ar wahân erbyn hyn. Dwi'n ei cholli hi weithia, colli ei chynhesrwydd, colli clywed rhywun arall yn anadlu wrth f'ymyl i. Ond ddudwn i ddim hynny wrthi hi am ffortiwn y byd.

"'Dan ni'n dal yn 1949, felly gin ti rhyw chwe awr i ddechra credu'r peth!" medda fi, ac wedyn gwenu arni yn y drych er mwyn lliniaru ychydig ar y geiria sydd wedi tywallt allan yn fwy garw nag ro'n i wedi bwriadu.

Ond dydy Maria ddim wedi sylwi, wrth gwrs. Fel arfer. Mae hi wedi'i gwisgo'n barod, mewn ffrog mae Mamma wedi'i gneud iddi allan o hen ddefnydd roedd hi wedi'i ffeindio mewn siop fach yn Varsi, ffrog lliw gwinau sy'n gweddu'n ddel i'r gwallt du sy'n syrthio'n donnau i lawr ei chefn. Mae Mamma wedi torri'r ffrog yn dynn yn y wast, yn ôl dymuniad Maria, ond mae hi'n rhy dew i'r steil. Ond does neb yn deud hynny wrthi.

"Ti'n gwisgo'r… wsti… y nicer coch?" Mae Maria'n chwerthin fel hogan fach seithmlwydd oed wrth ofyn.

Mi faswn i'n medru rhoi clustan iddi! Sgin i ddim amser i ryw hen draddodiada gwirion Nos Galan fel hyn. Sut mae gwisgo dillad isa coch yn mynd i ddŵad â lwc dda mewn cariad, Duw a ŵyr!

"Yndw!" medda fi, dan wenu, a meddwl am y nicer glas sydd amdana i. "Yndw, Maria."

Mae'r ateb yn ei bodloni, ac mae hi'n gorwedd yn ôl ar fy ngwely ac yn rhoi mymryn o lonydd i mi.

Rhythu ydw i ar fy llun yn y drych. Dwi'n dal i drio arfer efo 'ngwallt, wedi ei dorri fel ei fod yn cyrlio o dan y glust, fel gwallt

Sophia Loren, fel bod modd i mi ei roi y tu ôl i 'nghlust neu ei adael yn rhydd. Mae Mamma'n ei gasáu o, ac yn deud mai gwallt hir mae dynion yn ei weld yn hardd mewn merch. Hogan draddodiadol o'r hen wlad maen nhw isio, dim rhyw steil ffasiwn newydd fel taswn i'n rhyw seren ffilm o America bell. Hogan sy'n mynd i fod yn llond llaw ac yn fflyrtio, dyna mae hi'n feddwl. Ac mae hi'n gwbod 'mod i'n ei dallt hi'n iawn. Ond dwi'n grediniol fod y steil gwallt newydd yn gneud i mi edrych yn hŷn, yn fwy difrifol, yn ddynas y medrwch chi ddibynnu arni hi, ac sy'n gwbod ei meddwl ei hun. A ph'run bynnag, mae o'n gweddu'n ddel efo'r siwt newydd mae Papa a Mamma wedi ei phrynu'n arbennig i mi, siwt lliw hufen sy'n dangos fy wast bychan yn ddel, a gwasgod fer efo coler fawr gron a botyma mawr arni. Dwi'n edrych y part, yn barod i ddangos fy hun i'r fantais fwya, fel buwch mewn marchnad. Ond ar fy nhelera i, tasa nhw ond yn gwbod.

Maen nhw 'di cyrraedd Bardi'n barod, medda Maria, sydd wedi bod yn ffeindio unrhyw esgus i fynd o gwmpas y dre yn trio'u nabod. Y dynion diarth sy'n ddynion cyfarwydd hefyd, â gwaed Bardi yn rhedeg drwy eu gwythiennau, yn rhan o'r dre 'ma ar ryw adeg cyn iddyn nhw fudo i Gymru, wrth ymyl 'England'. Mae'n draddodiad, wrth gwrs, wel, yn draddodiad ifanc, byth ers i'r criw cynta ddechra mudo o Bardi i chwilio am y bywyd gwell, am y man gwyn man draw. Mae'n draddodiad eu bod nhw'n dŵad yn ôl adra i chwilio am wraig, i chwilio am rywun i fynd yn ôl efo nhw, yn godro tref Bardi o'r merched gora, mwya addas. Dydy o ddim yn draddodiad sydd wedi 'nghyffwrdd i. Tan heno.

Mae Maria wedi bod yn dŵad yn ôl adra yn berwi o ddisgrifiadau. Maen nhw'n edrych yn dda, yn llond eu crwyn ac yn amlwg yn cael bywyd bras, yn smart mewn siwtiau sy'n ddiarth i ni, a golwg dramorol arnyn nhw. Dwi'n nodio ac yn gwenu yn y llefydd iawn.

Dwi'n taenu'r minlliw ar draws fy ngwefusa unwaith eto,

yn sgarlad digamsyniol, yn atyniadol heb fod yn wylaidd, yn herfeiddiol goch.

"Wna i'r tro, 'ta?"

"Bellissima!" medda Maria, a chlapio'i dwylo yn llawn cynnwrf, fel 'tai hi oedd yr un oedd yn chwilio am ŵr.

Yn Neuadd y Dre mae'r ddawns, dawns Nos Galan, felly mae'r dre i gyd wedi dŵad allan i ddathlu. Ac i fusnesu. Wrth gerdded tuag yno, mae goleuada ar y coed, a'r rheiny'n dawnsio hefyd, fel petaen nhw'n gwbod pa noson ydy hi. Rhaid i mi gyfadda fod 'na ryw hud a lledrith o gwmpas, rhyw awyrgylch gwahanol i'r arfer, fel tasa breuddwydion pawb wedi'u casglu at ei gilydd yn oleuada ar goed. Dwi'n siarad yn wirion. Mae mwydro Maria wedi dechra mynd i 'mhen i.

Mae Mamma a Papa wedi mynnu 'mod i a Maria'n mynd efo nhw, am fod hynny'n fwy gweddus na mynd yno ar ein penna'n hunain, fel dwy beth fach lac eu moesa. Ydw i'n edrych fel gwyryf i bawb arall? Ydw i? Ydw i'n byw celwydd? Yndw, ma siŵr. Er bod Mamma a Papa wedi trio cadw pob dim yn ddistaw, tre fach ydy Bardi. Sgin i ddim cywilydd, er y dylai fod gen i, debyg iawn, ac er 'mod i wedi mynd i'r eglwys a deud mewn geiria amwys 'mod i wedi cael meddylia chwantus (sy'n wir) a 'mod i'n gofyn am faddeuant am hynny (sydd ddim yn wir o gwbl!). Sgin i'm cywilydd. O Rino a fi. Sgin i ddim cywilydd o gwbl. Ac mae'n siŵr mai hynny ydy ''mhechod' mwya i. Ond dwi isio cadw be oedd gynnon ni oddi wrth bawb arall. Mae'n ddigon drwg fod Nonna a Mamma a Papa a Maria a Marco a Carlo yn gwbod. Dwi'm isio meddwl bod pawb arall yn gwbod 'mod i wedi cael fy agor yn ofalus fel anrheg werthfawr, fy lledu'n dyner ac yn garuaidd i gyfeiliant sibrwd fy enw...

A dyma'r peth lleia fedra i ei neud i Mamma a Papa, ar ôl pob dim sydd wedi digwydd.

Felly, efo Mamma a Papa dwi a Maria'n sefyll. Mae'r neuadd dan ei sang, ac mae 'na fyrdda yn y pen draw yn gwegian efo pob math o ddanteithion. Mae merched y dre wedi bod wrthi'n brysur yn paratoi. Mae 'na oleuada bach lliwgar yn crogi o'r nenfwd, a tsiaen o bapur lliwgar yn ymestyn o un gornel i'r llall. Mae 'na fand bach yn y gornel wedi bod wrthi'n chwarae ers tro; mae'r miwsig wedi bod yn cario pawb ar hyd y stryd tuag at y lle, ac mae digonedd o bobol yn dawnsio'n barod, gan gynnwys ambell blentyn. Mae pawb yn eu dillad gora, pawb wedi gwisgo i neud argraff. Mae hi'n hawdd nabod y rhai sydd wedi dŵad o ffwrdd. Mae eu hosgo'n wahanol, manylion eu siwtia yn fwy graenus na rhai trigolion presennol Bardi.

Mae'n cymryd chwarter awr i mi sylwi arno. Dwi wedi dawnsio efo dau ddyn cyn hynny. Un tal, heglog oedd prin yn medru rhoi un droed o flaen y llall i gerdded yn gall, heb sôn am ddawnsio! A'r llall yn un bychan, efo mwstásh fatha seren Hollywood, a'i lygaid o'n sboncio o'm llygaid i lawr at fy mronna bob cyfla, a rhyw hen dafod fach binc fel pidlan lipa'n llithro dros ei wefusa wrth iddo siarad. Mae'r ddau'n troi arna i.

Ond mae hwn yn sefyll ychydig ar wahân, ac yn edrych fel tasa fo ddim mymryn o isio bod yno fwy na finna. Mae'n amlwg yn hŷn na'r lleill, yn fwy gwyliadwrus. Dwi'n llwyddo i lithro o gwmni Mamma a Papa yn ddigon hir i fedru pasio heibio iddo fo, ac esgus hanner baglu a chogio bod rhywbeth yn bod efo sawdl un o'n sgidia i. Tydy hi ddim yn rhy anodd ffugio hynny gan 'mod i'n hollol anghyfforddus yn y sodla uchel beth bynnag!

Dwi'n cydio yn ei fraich rywsut wrth gogio syrthio ac mae o'n gafael yndda i efo braich gref, gadarn. Mae pryder gwirioneddol yn ei lygaid brown ffeind ac mae'r crychau o'u hamgylch yn awgrymu ei fod o'n licio gwenu. Gwenu, os nad chwerthin ar y byd.

Alfonso ydy ei enw fo. Alfonso Spinelli. Mae'n rhedeg caffi a pharlwr hufen iâ wrth ymyl rhyw byllau glo lawr yn ne'r wlad 'ma o'r enw Cymru. Busnas bach da. Mae o'n brolio, ond mae'n gneud hynny mewn ffordd annwyl, awyddus i blesio. Mae'n hapus iawn ei fyd yng Nghymru, a dydy o ddim yn gweld ei hun yn dŵad yn ôl byth i fyw i Bardi yn barhaol. Dwi'n gwenu'n lletach arno.

A dwi'n gwbod yn syth: mae o'n ddyn y medra i fyw yn hapus efo fo, dyn fydd yn ffeind efo fi a finna efo fynta, dyn y medra i ofalu amdano a dysgu ei garu mewn amser, fel mae rhywun yn dysgu caru golygfa gyfarwydd, er nad ydy hi'n gneud i'ch calon chi rasio. Mae o'n ddyn ddaw byth yn agos at herio lle Rino. Mae o'n berffaith.

29

ERBYN IDDYN NHW basio o dan yr arwydd 'BARDI' oedd yn crogi o bolyn uchel ar y ffordd fawr, roedd dwylo Rosa wedi dechrau aflonyddu fwy fyth. Roedden nhw newydd yrru drwy dref ddigon di-ddim yr olwg, ac ambell gaffi yno a siop yn gwerthu pethau i'r ardd a'r gegin ar y cyrion, a dim ond dyrnaid o bobol ar y palmentydd neu'n eistedd y tu allan yn yfed coffi neu gwrw, y basgedi blodau'n diferu uwch eu pennau.

Pan oedd Gwen wedi mynd ati i wneud y trefniadau i'r ddwy ohonyn nhw ar y we, roedd hi wedi cymryd na fyddai'n rhaid i Rosa boeni am le i aros gan y byddai'n aros efo'r teulu. Roedd Gwen wedi ffansïo cael rhyw stafell mewn gwesty bach yn y dref er mwyn i Rosa gael llonydd ac iddi hithau gael mynd o'i ffordd. Roedd hi wedi arfer byw ar ei phen ei hun ac roedd agosrwydd teithio efo Rosa yn dechrau gadael ei ôl, fel roedd Gwen wedi rhag-weld.

Ond wireddwyd mo'r ffantasi o wely bach cul a chloriau ffenestri pren preifat oedd yn agor allan ar stryd fach goblog a haul y dydd. Roedd gan Rosa gynlluniau eraill. Doedd hi ddim eisiau aros efo'r teulu ar unrhyw gyfrif.

"Na! Na!"

"Ond ella 'sa fo'n brafiach i chi, Rosa. Dan yr amgylchiadau. Mi fasa aros efo teulu cymaint brafiach na…"

"Fi! Fi sy'n gwbod be dwi isio neud!" Roedd llygaid Rosa yn tanio, ei phenderfyniad wedi ei osod yn ddiymwâd ar ei gên benderfynol. A doedd Gwen ddim wedi meiddio awgrymu fel arall wrthi ar ôl hynny.

Wrth iddyn nhw yrru i mewn i'r dref fechan, tynnodd Rosa anadl ddofn ac eistedd i fyny ar binnau yn ei sêt. Roedd rhywbeth plentynnaidd yn ei hosgo, fel petai hi ar dân i gofleidio'r profiad.

"Sbia!" medda hi wrth iddyn nhw yrru heibio cofeb fawr dal yng nghanol gardd goffa fach dwt, a cholofnau o goed poplys tal yn rhedeg o boptu'r stryd. Ar ganol y sgwâr bach roedd ffynnon a chylch o flodau oedd dipyn yn ddi-liw a marwaidd ond a fyddai'n ysblennydd yn yr haf, meddyliodd Gwen. Rhyw le rhwng dau dymor oedd o heddiw.

"Fermata! Stop! Aros!" meddai Rosa, a llwyddodd Gwen i dynnu'r car i'r ochr yn ddisymwth heb ddenu sylw unrhyw drigolion lleol na phlismyn yn ormodol.

"'Sa rhybudd yn neis, Rosa!" meddai Gwen, ond doedd Rosa ddim fel petai'n ei chlywed. Dechreuodd stryffaglio efo'r belt, felly diffoddodd Gwen yr injan a mynd allan i'w helpu.

Safodd y ddwy ohonyn nhw yn syllu ar y gofeb dal ac arni enwau hogiau Bardi oedd wedi colli eu bywydau yn y ddau Ryfel Byd, yn litani o alar: Giovanni, Rabaiotti, Sidoli, Conti, Berni… A'r enwau personol oedd yn cyffwrdd, yr enwau roedd mamau wedi eu galw ar draws y buarth, yr enwau roedd ffrindiau a chariadon wedi eu hanwesu yn dynn i'w côl: Carlo, Luigi, Emilio, Angelo, Giuseppe… Llygaid tywyll, 'y llygaid na all agor' mwyach. Plygodd Rosa ei phen a gwnaeth Gwen yr un fath, heb yngan gair.

Yna, edrychodd Gwen o'i chwmpas. Roedd adeilad melyn nid nepell o'r ardd goffa fechan, a garej wedyn, un ddigon blêr. Roedd y gair 'Municipio' wedi ei naddu uwchben drws yr adeilad melyn, a baner yr Eidal yn cyhwfan y tu allan ar bolyn. Edrychai fel neuadd y dref neu adeilad cyhoeddus tebyg, meddyliodd Gwen. Digon diflas. Doedd dim unrhyw fynd a dod ohono, o'r hyn a welai.

Yr hyn a aeth â sylw Gwen oedd yr eglwys fawr felen ychydig lathenni o'r ardd, yn edrych dros sgwâr arall, un mawr, llydan oedd a'i hanner yn cael ei ddefnyddio fel maes parcio. Roedd y sgwâr ar allt, ac ar waelod yr allt roedd clwstwr mawr o dai, fel petaen nhw i gyd wedi rowlio i lawr y rhiw a chasglu yno. Roedd eglwys fach arall ar waelod y sgwâr hwnnw, a'i thŵr cloch yn ymestyn yn uchel. Ac uwchben y cyfan, ar y graig yn edrych dros y dref, roedd hen gastell, yr un oedd i'w weld ar bob llun ar ôl teipio enw Bardi i Google. Roedd y castell go iawn yn gwneud cyfiawnder â'i lun.

"Pryd fuoch chi yma ddiwetha, Rosa?" gofynnodd Gwen.

"Pan ddes i i fyw i Gymru," atebodd Rosa yn syth, a'i llais yn rhyfeddol o gryf a gwastad. "1950."

"1950!" ebychodd Gwen. "A 'dach chi'm 'di bod yn ôl ers hynny?"

"Ond dwi erioed wedi gada'l, ddim fyny fan'ma," meddai Rosa, gan gnocio ei phen ddwywaith efo'i bys. Throdd hi mo'i phen wrth wneud.

Safodd y ddwy ohonyn nhw am funud, yn syllu ar y gofeb a'r enwau oedd bron iawn â mynd yn un efo lliw'r graig.

Roedd y gwesty bach yn hawdd i'w ffeindio ym mhen draw'r dref. Anelodd Gwen drwyn y car am y brif stryd unwaith eto a symud yn araf i lawr yr allt, mor araf â hers. Doedd dim llawer o geir eraill o gwmpas y lle, felly doedd dim dreifar diamynedd yn canu corn wrth ei chwt. Pwysodd Rosa ymlaen yn ei sêt, a syllu allan fel petai hi'n edrych ar rîl o ffilm, ar y siopau, pob un â'i chanopi streipiog, a'r adeiladau carreg oedd yn glòs at ei gilydd, cloriau ffenestri ambell un ar agor, eraill wedi'u cau.

"Ydi o 'di newid, Rosa?"

"Mwy o liw, mwy o bres," mwmiodd Rosa, ond heb ymhelaethu.

Ac wedyn roedd y lle bach gwely a brecwast yno o'u blaenau, ar y ffordd allan o'r dref, ac o fewn golwg i'r hen gastell mawr mud ar y bryn.

Roedd hi wedi dechrau bwrw glaw eto erbyn i'r car bach arafu, a dywedodd Gwen wrth Rosa y dylai aros yn y car nes ei bod hi wedi mynd allan a sefydlu bod yno rywun i'w derbyn. Agorodd y ddwy giât fetel dal oedd wedi'u glynu efo'i gilydd mewn cusan o rwd. Dringai *bougainvillea* ac eiddew i fyny'r waliau carreg uwchben y drws mawr melyn, a edrychai'n ddigon tebyg i ddrws ffrynt i Gwen fentro canu'r gloch. Seiniodd honno yn nyfnderoedd y tŷ. Edrychodd Gwen yn ôl ar Rosa yn y car wrth iddi ddisgwyl am dderbyniad. Roedd yr hen wraig yn dal i syllu allan o'r ffenest, â'r un olwg freuddwydiol oedd wedi bod yn nodwedd o'r daith hyd yma.

Erbyn hyn roedd sŵn y gloch wedi edwino, ond doedd neb wedi dod i agor y drws chwaith. Er ei bod yn eithaf sicr mai hwn oedd y tŷ iawn, dechreuodd Gwen amau ei bod wedi canu cloch y drws anghywir, ac y byddai rhyw ddynes â dyrnaid o blant yn hongian ar ei chluniau yn dod at y drws yn flin unrhyw funud.

Roedd hi ar fin troi ar ei sawdl a mynd at y car er mwyn astudio'r cyfarwyddiadau yn fwy manwl pan agorodd y drws a daeth gwreigan yn ei chwedegau at y rhiniog. Gwyddai Gwen yn syth mai Saesnes oedd hi, o liw tywod ei gwallt, ei dillad gwyliau-parhaus lliwgar ac ansawdd croen ei hwyneb, oedd yn debyg i ledr. Cadarnhawyd hyn yn syth.

"Gwen, is it? I'm Sadie. You found us alright, then? You wouldn't believe the trouble some people have, it doesn't matter how clear you write the instructions! Is your mother with you?"

Esboniodd Gwen fod Rosa yn y car ac roedd hi ar fin egluro nad mam a merch oedden nhw pan aeth Sadie yn ei blaen.

"The only problem is, I've double booked you, I'm afraid. Well, not double booked exactly, but there's only the one room. Double. Not ideal, I know, but I was thinking, well, since it's your mother, perhaps you wouldn't mind too much."

Teimlai Gwen y dylai hi fod wedi ymsythu a defnyddio'i Saesneg athrawes er mwyn esbonio union natur ei pherthynas hi a Rosa, a bod y sefyllfa'n gwbl annerbyniol, a hithau wedi cadarnhau bod pob dim yn iawn ar e-bost neithiwr. Dylai fynnu bod yn rhaid iddi wneud yn iawn am hyn a threfnu ei fod yn cael ei sortio heb iddyn nhw orfod dioddef yn sgil ei chamgymeriad hi. Teimlai Gwen y dylai hi fod wedi dweud hyn i gyd ond, yn lle hynny, yr hyn a wnaeth hi oedd nodio'n llywaeth a dweud y byddai hynny'n iawn, siŵr, dim problem o gwbl, yn y ffordd wylaidd Gymreig honno yr oedd yn gas ganddi gydnabod ei bod yn rhan o'i chyfansoddiad.

"Noooo problem."

Trodd a'i chychwyn hi am y car i esbonio'r blerwch i Rosa, ond roedd honno wedi dod allan o'r car erbyn hyn ac yn pwyso ar y bonet.

"Iawn?" meddai. "Awn ni â'r petha i'r stafelloedd."

"Rosa, ma 'na dipyn bach o…"

"Be sy? Problema? Sgynnyn nhw ddim lle? Si?"

"Oes, ma gynnyn nhw le, ond fydd rhaid i ni rannu stafall… rhannu gwely!"

Edrychodd Rosa'n ddifrifol am eiliad, cyn dechrau gwenu. Sylweddolodd Gwen mai hon oedd y wên gyntaf yr oedd wedi ei chael ganddi ers sbel.

"Ooo! Dim problem i fi! Dwi dipyn bach yn chwyrnu yn y nos, a ti?"

"Nac'dw! Dwn i'm! Ylwch, 'sa well gynnoch chi chwilio am rywle arall? Dydi'r sefyllfa yma ddim yn ddelfrydol, nac'di?"

"Gwen! Dwi'n hapus! 'Dan ni yma am ddwy noson. Viene! Ty'd!"

Suddodd Rosa ar y gwely ar ôl cyrraedd y stafell. Roedd hi'n stafell braf, a'r lloriau pren yn cydweddu'n berffaith â'r waliau cerrig oedd wedi eu stripio'n ôl o unrhyw baent a fu arnyn nhw unwaith. Aeth Gwen draw at y ffenest hir a phwyso ar y reilen fach fetel oedd yn ei gwahanu hi rhag trallod oddi tani. Roedd yr ardd yn wyllt ond yn ddeniadol, a llwybr bach carreg yn nadreddu ei ffordd fel afon drwy ei chanol. Roedd naws 'country garden' Seisnig iddi, rywsut. Roedd y mynyddoedd i'w gweld yn braf yn y pellter, ac er gwaethaf llen denau o niwl gallai weld esgyrn o eira yn glynu arnynt yma a thraw.

"'Dach chi isio rhyw napan bach cyn i ni gychwyn allan eto, Rosa?" gofynnodd Gwen, gan feddwl efallai y byddai hi ei hun yn mynd am dro i lawr at yr ardd a chrwydro o gwmpas rhyw ychydig tra oedd Rosa'n ymlacio.

Ond stryffagliodd Rosa ar ei thraed, fel petai wedi cael ail wynt, a thynnu ei bag dros ei hysgwydd.

"Na! Dwi isio mynd. I weld Rino. Rŵan! Rhaid i mi fynd rŵan! Ty'd!"

Aeth Rosa at y drws a'i agor. A dilynodd Gwen.

Dwi wedi pacio ac ailbacio 'nghês coch droeon. Sgin i ddim llawer o betha i'w pacio a deud y gwir: ffrog biws lachar, un las flodeuog ac un goch mae Alfonso'n ei licio, a'r siwt hufen ro'n i'n ei gwisgo pan wnes i ei gyfarfod o gynta. A chôt hefyd. Mae Alfonso wedi deud ei bod hi'n bwrw mwy yng Nghymru nag yn Bardi, a finna'n meddwl bod fan'ma yn ddigon gwlyb. Ac mi fydd hi'n oerach yno, medda fo. Weithia maen nhw yn cael eira hefyd, ac mae 'na rew ar y tu mewn i fframia'r ffenestri ambell waith yn y fflat uwchben y caffi lle mae o'n byw. Mi fydd yn rhaid i mi gael dillad cynhesach unwaith fydda i yno. Mae Alfonso wedi deud yr eith o â fi i'r siopa mwya er mwyn i mi gael digon o ddillad cynnes.

Does dim rhaid i mi bacio mwy. Digon. Bywyd newydd, dechra newydd. Mae'r cês yn llonydd wrth ddrws y stafell, a'r enw newydd 'ROSA SPINELLI' wedi ei brintio yn fy llawysgrifen ora ar y label. Dyna fydda i ymhen dim. Fydda i ddim yn Rosetta yng Nghymru. Perthyn i Bardi mae honno.

Mae'r cês yn barod i'w gario i lawr at y bws ar y *piazza*, y bws sy'n mynd â fi at y trên fydd yn mynd â fi i Gymru, fel mae o wedi mynd â channoedd ohonan ni o Bardi dros y blynyddoedd. Mi fydd Papa yn dŵad i helpu mewn munud.

"Luigi, a rŵan chdi!" medda Mamma wrtha i neithiwr, a'i llygaid yn llaith. Ond mae hi'n gwbod mai mynd ydy'r peth gora, mai hyn sy'n iawn.

Dim ond disgwyl Maria ydw i rŵan. Mae gen i domen fach o ddillad yn disgwyl amdani hi, yn siwgwr iddi, er mwyn iddi neud yr hyn dwi'n mynd i ofyn iddi ei neud. Mi wneith hi hyn i mi, mi wneith Maria'r gymwynas yma, debyg. Mae hi'n hogan fach iawn, er gwaetha'r holl ffraeo 'dan ni wedi'i neud erioed. Mae hi'n iawn.

Y llythyr.

Mae'r llythyr o dan fy ngobennydd a dwi'n estyn amdano eto fyth. Rhyfedd 'mod i'n dal i deimlo cynnwrf a hiraeth a thristwch a phob math o deimlada wrth i mi ei deimlo'n crensian dan fy mysedd, wrth i mi daenu blaen bys ar hyd enw Rino ar yr amlen. Pan dwi'n meddwl am Rino'n clywed a theimlo'r crensian dan ei fysedd ynta pan fydd o'n ei dderbyn. Pan dwi'n meddwl am Rino'n darllen am fy nghariad bythol tuag ato fo, ar draws y milltiroedd, ar draws y blynyddoedd...

Dwi'n codi 'mhen wrth glywed y drws yn rhwbio'n agored.

30

D AETH SADIE I gwrdd â nhw yn y dderbynfa pan oedden nhw ar eu ffordd allan.

"Are you all right, lovies? I'm ever so sorry again for the mix up. Never usually happens! Must be having one of my senior moments, dears! As we do!" meddai hi wedyn, gan gyfeirio ei sylw diwethaf at Rosa, mewn rhyw ysbryd o chwaeroliaeth.

Gwgodd Rosa arni.

"Well," meddai Sadie yn wrol, neu'n gibddall. "You're lucky with the weather, it's not always so mild here in the winter, I can assure you! Bardi's a lovely little town, mind. We've been very happy here. There's a little market on Saturday morning, lots of nice little shops, and be sure to get to the castle on the hill, won't you? Bit spooky, and you can't get in this time of year, but it's certainly worth a—"

"I know!"

"Oh. Done our research, have we? That's good! You'd be surprised how many visitors…"

"I'm from Bardi!" brathodd Rosa. "I was born here, brought up here!"

Fe wnaeth y tôn llais a'r edrychiad yn llygaid Rosa eu priod waith a thrawyd Sadie'n fud. Gwenodd yn wan ar y ddwy. Wnaeth Rosa ddim lol, dim ond mynd heibio iddi i gyfeiriad y drws, a rhyw "Ty'd" bach i Gwen ar ei ffordd. Roedd hi'n dal i wgu pan gaeodd y drws o'i hôl.

"Pobol ddŵad yn meddwl mai nhw bia'r lle," meddai Gwen, er mwyn llenwi'r gwacter, er mwyn bachu ar ryw dir cyffredin rhwng y ddwy ohonyn nhw.

Er i Rosa gerdded allan o'r gwesty fel ebol blwydd, a'i

hanniddigrwydd yn ei gyrru, buan iawn y daeth i arafu a chloffi wrth iddyn nhw gerdded ar hyd y stryd yn ôl at y dref.

Arhosodd y ddwy wrth ffynnon fechan ysblennydd ar waelod yr allt, mewn sgwaryn bach oedd yn dywyll a di-ddim fel arall. Casgliad o geriwbiaid bach marmor oedd yn estyn allan o'r hecsagon bach o ddŵr, ac un yn dal ffiol o ddŵr ar dop y cerflun, ac yn tywallt y dŵr am i lawr. Roedd ambell un wedi taflu ewro i'r dŵr am lwc. Gweithredai'r cerflun hardd fel cylchdro, ac roedd arwydd mawr wedi ei bloncio'n bowld o'i flaen. Darn o gelf yn troi'n rhan o ffordd. Roedd Gwen fel arfer yn croesawu celfyddyd oedd yn toddi i'r dirwedd o'i gwmpas, yn cwblhau rhyw orchwyl ymarferol. Ond allai hi ddim llai na theimlo nad oedd y ceriwbiaid bach yma'n haeddu mwy o barch!

"Ty'd," meddai Rosa ymhen tipyn, ar ôl i'r ddwy syllu'n hir ar y cerflun. "Dim yn bell rŵan. Ty'd. Viene."

Ymlaen yr aeth y ddwy – Rosa a'i braich mewn sling a Gwen wrth ei hochr. Roedd ambell un o'r tai wedi ei beintio'n felyn neu'n lliw terracotta, pob un yn swatio at ei gilydd fel plant bach, y stryd yn culhau a'r tai yn swatio'n nes.

Yna, trodd Rosa oddi ar y stryd a dechrau cerdded ar hyd ffordd fach oedd yn arwain oddi wrth y canol. Agorodd y stryd allan ymhen ychydig, fel petai'r dref yn cymryd ei gwynt. Cyn i Gwen gael cyfle i ddechrau meddwl lle roedd y stryd yma'n mynd â nhw, arhosodd Rosa y tu allan i ddrws bach du.

"Sì," meddai hi, wrthi hi ei hun yn fwy nag wrth Gwen. "Sì."

Roedd Rosa wedi cnocio ar y drws cyn i Gwen gael cyfle i holi. Cnoc fawr, gyhyrog, benderfynol ar ddrws oedd â'i baent yn plicio. Cnoc rhywun oedd yma i gael y drws wedi ei agor iddi.

Ac wedyn, aros. Daliodd Rosa ei phen yn uchel, a syllu ar gyrls y paent o'i blaen. Clywodd y ddwy gi yn udo yn rhywle, a chrawcian aderyn a gylchai uwch eu pennau. Syllodd Gwen ar ei thraed. Roedd glaswellt wedi gwthio'i ffordd drwy'r garreg wrth fôn y stepen oedd yn arwain at y drws. Saethodd madfall fechan fach yr un lliw â'r garreg o rywle a diflannu i dwll cul rhwng wal y tŷ a'r stryd. Syrthiodd un diferyn mawr tew o law ar y concrit o dan eu traed, ond dim mwy. Edrychodd Gwen eto ar Rosa, oedd yn dal i sefyll yn syth, a'i gên yn benderfynol falch o hyd. Teimlodd Gwen y tynerwch mwyaf tuag ati hi yn sydyn, a bu raid iddi ddal ei hun yn ôl rhag rhoi ei braich amdani – gweithred fyddai'n gwbl amhriodol ar y funud hon.

Yna, agorodd y drws. Safai gŵr hardd yno, ei wallt tywyll yn dechrau britho yn y godre, ei lygaid siocled yn garedig, gynnes.

"Sì?"

Esboniodd Rosa pwy oedd hi gan ddefnyddio'r enw Rosetta Giovanni, a chyn iddi fedru egluro ymhellach agorodd y dyn y drws led y pen a nodio i'r ddwy ohonyn nhw fynd i mewn. Dywedodd rywbeth arall, a chlywodd Gwen y geiriau 'Rino' a 'Papa' yng nghanol y llifeiriant. Nodiodd Rosa a phrysuro ymlaen, a dilynodd Gwen hi i mewn i stafell fechan, tebyg i barlwr. Roedd y tŷ'n dywyll, a'r celfi pren tywyll yn ychwanegu at y teimlad o ddiflannu i mewn i ogof. Dim ond y les ar gefn y cadeiriau ac ambell ddarn o frodwaith wedi ei fframio ar y waliau oedd yn torri ar y trymder. Doedd dim smic yno, dim sŵn radio yn mwmian mewn stafell arall, dim siarad rhwng dau, dim traed yn llusgo i fyny'r grisiau. Roedd hi'n amgueddfaol o ddistaw, meddyliodd Gwen.

Ac yna, diflannodd Rosa yn ddwfn i mewn i'r tŷ, a'r dyn efo hi, yn dangos y ffordd iddi. Teimlai Gwen braidd yn chwithig yn sefyll yno mewn tŷ diarth, yn nhŷ cystudd rhywun doedd hi erioed wedi'i gyfarfod, heb sôn am ei adnabod. Teimlai'n rhy chwithig i grwydro o gwmpas y stafell yn syllu ar gelfi oedd yn perthyn i deulu arall, i stori rhywun arall. Felly, safodd yno, tan i dipiadau'r cloc mawr yn y gornel dyfu'n rhy fyddarol.

Daeth awydd cryf drosti i fynd yn ôl allan i'r stryd, i gael toddi'n ôl i mewn i'r dref. Ymhen eiliadau, roedd hi'n sefyll y tu allan. Nid ei galar hi oedd y galar yma. Doedd ganddi ddim byd i'w wneud â hyn. Dod fel ffafr i Rosa wnaeth hi. Doedd dim rhaid, na disgwyl, iddi gael ei thynnu i mewn i holl emosiwn y sefyllfa.

Edrychodd ar ei wats. Deuai'n ôl ymhen awr. A ph'run bynnag, roedd ganddi'r awydd mwyaf i gael paned o goffi cryf ar ôl y daith, a rhywbeth melys i'w fwyta efo hi. Gallai weld, o droi oddi wrth y tŷ a nesáu at y dref, fod y siesta drosodd bellach, a siopwyr yn dechrau agor y bleinds ar y siopau a gosod eu stondinau allan ar y pafin unwaith eto. Doedd dim golwg o fwy o law, a dim ond ambell gwmwl oedd yn bygwth yn y ffurfafen. Tywydd i grwydro ar ei phen ei hun mewn tref ddiarth.

Ond doedd crwydro strydoedd Bardi ddim mor hawdd ag yr oedd hi wedi ei ddychmygu. Gan fod y dref yn weddol anghysbell, a ddim yn fecca i dwristiaid, roedd ei phresenoldeb yn denu sylw'r brodorion, nid mewn unrhyw ffordd annifyr ond ag edrychiad o ryw hanner gwên o gydnabyddiaeth pe digwyddai basio'r un stryd ddwywaith, pasio'r un person yn yr un siop yn gosod y ffrwythau yn y ffenest.

Daeth ar draws y caffi bach roedd hi wedi sylwi arno yn gynharach. Roedd tipyn o bobol yn eistedd wrth y byrddau y tu allan, a phawb i weld yn lleol. Caffè Centrale oedd enw'r lle, wedi ei sgwennu ar y canopi uwchben y man lle roedd pawb yn eistedd, y rhan fwyaf o bobol yn eu cotiau, ac ambarél yn gorwedd fel ci o dan sêt ambell un.

Allai Gwen ddim gweld bwydlen o fath yn y byd ond sylwodd ar griw bach o ddynion lleol wrth ei hymyl yn mwynhau saig o bestri melys a siwgwr eisin yn gawod eira ysgafn ar ei dop. Pan ddaeth y weinyddes fach ifanc ati a thynnu'r pensil o'r tu ôl i'w chlust i gymryd ei harcheb, amneidiodd Gwen tuag at y danteithion ar y bwrdd cyfagos, a nodiodd y weinyddes gan wenu, a gofyn a oedd hi eisiau coffi i fynd efo fo.

Teimlai Gwen ychydig yn well o gael rhywbeth melys i'w fwyta, a choffi cryf, chwerw, gwirioneddol dda. Jam bricyll a jam mafon oedd yn cuddio y tu mewn i'r parseli bach o bestri brau, ac roedd yn brofiad braf cael bwyta rhywbeth anghyfarwydd gyda'r sicrwydd ei fod wedi ei baratoi'n gelfydd a chyda gofal.

Edrychodd ar y criw o ddynion oedd wedi taflu cipolwg arni pan gyrhaeddodd, ond oedd wedi ei hanwybyddu ar ôl hynny, diolch byth. Criw tebyg i ffermwyr oedden nhw, pob un wedi'i wisgo mewn crys tsiec tebyg i'w gilydd, pob un mewn oed ymddeol, heblaw am un oedd fel petai wedi picio i mewn o'i waith fel mecanic, gan fod ei ddwylo yn dduon i gyd. Ai dyn fel hyn oedd Rino, tybed? Mi fyddai'r rhain yn ei adnabod yn iawn, siŵr o fod, er y byddai yntau'n hŷn na nhw – os oedd o'r un oed â Rosa. Ychydig lathenni oedd rhwng yr yfed coffi a'r tynnu coes mewn caffi a'r cwffio am bob anadl ar wely angau, meddai Gwen wrthi hi ei hun. Ychydig gamau oedd rhwng y ddau.

Meddyliodd Gwen am Rosa, ei braich yn darian o'i blaen, ei mynegiant o ddewrder yn barod ar gyfer yr olygfa a fyddai'n ei hwynebu. Pam y daeth llun o'i thad i'w meddwl, wyddai hi ddim. Y gwroldeb efallai, rhywbeth yn osgo penderfynol gên y ddau, ei thad yn gosod y brecwast o flaen ei hogan fach, yn dad ac yn fam, ond yn teimlo'n ddim un o'r ddau. Y derbyn, y codi pen a'r brwydro ymlaen, a dim ond yr arlliw lleiaf yr adeg hynny o'r chwerwder a fyddai'n dod i'w lethu.

Brysiodd Gwen i orffen ei choffi cyn mentro i mewn i'r caffi i dalu, gan glywed glaw eto fyth yn dechrau pitran-patran ar y canopi y tu ôl iddi wrth iddi gerdded i mewn.

Rosa

Dwi ddim yn siŵr be i'w ddisgwyl. Dwi wedi gweld dyn yn marw o'r blaen, wrth gwrs, ar ôl tendiad ar Alfonso. Does dim arswyd mewn marwolaeth i mi erbyn hyn. Ond mae gweld Rino ar ei wely angau...

Dwi ddim yn siŵr be i'w ddisgwyl. Tydy Giuseppe ddim wedi deud fawr o ddim byd wrth iddo arwain y ffordd ar hyd y coridor. Ond roedd o'n fy nisgwyl i, roedd hynny'n amlwg. Mae Maria wedi deud wrtha fo pwy ydw i, a pham dwi wedi dŵad yr holl ffordd o Landudno i Bardi i ffarwelio.

Does 'run ohonan ni'n siarad wrth i mi lusgo cerdded, ond mae'r aer yn berwi efo cwestiyna. Cwestiyna dwi'n rhy hen i'w hateb. Cwestiyna dwi'n rhy hen i boeni amdanyn nhw bellach.

Dwi'n teimlo 'mod i'n llusgo mynd ac eto mae sŵn fy nhraed ar y teils yn fyddarol, yn llenwi pob man, yn cadw rhythm efo curiada'r hen galon wan, wirion 'ma sgin i.

Mae o mor syml yn y diwedd. Darfod. Dyn ar ei wely angau mewn stafell wag. Mae o i gyd yn dŵad i hyn. Pob cusan, pob cyffyrddiad, pob ias. Pob cyfrinach. Mae o i gyd yn cael ei ddistyllu i unigrwydd dyn ar ynys ei wely angau.

Ac eto.

Ac eto, Rino ydy o.

Rino.

Mae ei wallt wedi breuo dros ei gorun, ond yr un corun ydy o. Ac mae 'na rychau ar ei wyneb nad ydw i wedi cael y fraint o'u gweld yn datblygu dros y blynyddoedd. Ond yr un wyneb ydy o.

Ac yna mae'n agor ei lygaid. Yn craffu, yn gweld, ac yn gwenu. Ac mae'r llygaid yn tanio eto, a'r hen ddireidi yn chwara mig ynddyn nhw, y cariad yn pefrio. Mae'r blynyddoedd yn cywasgu'n sglein mewn llygaid. Yn sibrydiad rhwng gwefusa crin.

"Rosetta! Roseeetta!"

Dwi'n cydio yn ei law wrth iddo ei hestyn allan i mi, ac yn syllu arni, ar y brychau henaint a'r gwythiennau fel cynrhon glas, tew o dan y croen. Does neb yn deud fy enw i fel'na. Does neb erioed wedi deud 'Rosetta' fel mae o'n deud 'Rosetta'. Ac ydy, mae o yno! Mae ei arogl yn bersawr hudolus ar fy nghroen wrth i mi blygu 'mhen a chusanu ei law.

Mae'r arogl yn rhoi'r hyder dwi ei angen i mi, i estyn ymlaen am ei wefusa sychion a'u cusanu, a theimlo ei henaint yn llacio'i afael, yn llacio wrth i'w wefusa feddalu ac agor i mi.

Un gusan ola.

31

B U RAID I Gwen ildio a mynd i gysgodi mewn mynedfa siop gan fod y glaw'n syrthio'n ddidrugaredd erbyn iddi grwydro ychydig strydoedd o'r caffi. Yn union dros y ffordd iddi roedd siop gigydd a'r llen o fetel cyrliog wedi hanner ei chodi dros y ffenest fawr. Roedd dau arwydd yn pwyso eu talcenni yn erbyn y gwydr o'r tu mewn.

'CARNI FRESCHE' meddai un mewn inc coch, ac yna oddi tano ychwanegwyd y geiriau 'Bovine, Ovine, Suine'. Yna, ar yr arwydd arall, y geiriau 'Carne Fresca di Cavallo Bardigiano'. Doedd dim amheuaeth pa gig oedd yn cael ei hybu gan y llun ceffyl ar dop yr arwydd. Roedd Gwen wedi darllen bod ceffylau Bardi yn enwog drwy'r byd. Roedd modd marchogaeth er mwyn gweld y dyffryn yn ei holl ogoniant, yn ôl y wybodaeth ar y we. Ond roedd y defnydd arall i'w hanifeiliaid hardd yn cael ei guddio gan amlaf rhag chwaeth y twrist Prydeinig arferol.

Symudodd y gawod yn ei blaen ymhen rhai munudau, a mentrodd pobol yn ôl i'r strydoedd heb fawr o ffys.

Cafodd Gwen ei hun yn crwydro ar hyd stryd fach gul, a'r teils concrit yn sgleinio fel afon ar ôl y glaw. Roedd hen ddynes yn cerdded o'i blaen, a'r flowsen a'r sgert fel iwnifform am ei chorff bach crwn, a sgidiau gwyn heb gefn am ei thraed. Clywodd Gwen sŵn gwichian o rywle, ac wrth nesáu sylwodd mai hen arwydd rhydlyd oedd yn cwyno ar ei golfachau. Prin y gallai Gwen weld y geiriau 'Trattoria Trieste' oedd un tro wedi bloeddio'n falch. Tybed a fyddai Rosa'n arfer dŵad i fan'ma? Wedi gweithio yma, falla, yn hogan ifanc? Wedi fflyrtio dros wydraid, taflu ei gwallt hir dros ei hysgwydd yn bryfoclyd… Roedd rhywbeth trist iawn mewn arwydd rhydlyd yn suo'n rwgnachlyd yn y gwynt, meddyliodd. Trodd yr hen wreigan ymhen ychydig a syllu ar

Gwen, gan nodio'n gwrtais mewn ymateb i'w gwên, ond heb wenu'n ôl. Yna, ar ôl taflu cipolwg arni o'i chorun i'w sawdl, trodd yr hen wraig a chario ymlaen ar ei hynt.

O gyrraedd *plaza* bychan â rhyw dri car Fiat wedi'u parcio'n dwt yno, trodd Gwen a dilyn y lôn am i lawr, ar hyd ffordd oedd yn culhau wrth i chi ei throedio, a'r disgyniad yn eich tynnu ar y daith anochel am i lawr. Ar y wal gerrig mewn sgwâr bach â'r enw Piazza del Grano roedd arwyddbost brown yn datgan 'Castello' a llun eto, rhag ofn i ryw ymwelydd twp fethu deall ystyr y gair.

Dechreuodd y ffordd ddringo wedyn. Arweiniai iard goblog at ddrysau rhydlyd y castell, ac eiddew yn dew ar hyd y creigiau. Ar waelod yr iard, ar y gornel, roedd siop fach yn gwerthu creiriau swfenîr. Syllodd Gwen drwy'r ffenest am ychydig ar y sowldiwrs bach oedd wedi eu rhewi mewn brwydr, ar y geriach yn hongian yn ddiymadferth o'r nenfwd, ar y cestyll clai wedi'u masgynhyrchu. Doedd hi fawr o siom iddi fod y siop ar gau.

Mentrodd i ochr arall yr iard a theimlo'r coblau yn brifo'i thraed drwy wadnau ei sgidiau. Enw'r sgwâr bach oedd Piazza Vito Fumagalli. O'r ychydig Eidaleg y gallai ei darllen, deallodd Gwen mai brodor o'r ardal oedd yr Athro Vito Fumagalli, yn arbenigo mewn hanes cefn gwlad. Doedd y sgwaryn bach mwsoglyd yma'n fawr o destament i neb, meddyliodd Gwen, er bod ei safle yn arwain i fyny at gastell enwog Bardi yn ennyn rhywfaint o statws.

Roedd y castell ar gau, yn ôl yr arwydd bach y tu allan i'r gatiau metel, yn union fel yr oedd Sadie'r Saesnes wedi'i ddweud. Uwch ei phen, hedfanai brain y castell yn diriogaethol, gan gylchu'r tŵr cloc smart oedd yn ymestyn o'r cerrig fel braich. Gallai weld eu nythod blêr yn dwmpathau tywyll yn y cilfachau.

Trodd Gwen oddi yno, â brys yn ei cherddediad. Roedd rhywbeth iasol am y castell, doedd dim dwywaith am hynny, hyd yn oed o'r tu allan fel hyn, fel petai'r lle'n cael ei ddefnyddio fel mangre i dwristiaid yn erbyn ei ewyllys, bron, ac yn gwgu'n flin a digroeso o'r herwydd.

Wrth iddi droi ar ei sawdl i adael y lle a'i hen awyrgylch anghynnes, roedd Gwen yn siŵr iddi weld yr un hen wreigan a welodd ynghynt yn pasio heibio godre iard y castell ac yna'n diflannu i lawr rhyw stryd gul i gyfeiriad hollol wahanol. Gallai Gwen ddeall pam roedd y Rosa ifanc yn awyddus i adael tref mor glawstroffobig, a phawb yn byw ym mhocedi'i gilydd. Fe fyddai hyd yn oed Llandudno yn fetropolis o'i gymharu â fan'ma!

Arafodd Gwen ei cherddediad wrth iddi nesáu yn ôl at y dref. Roedd hi wedi dechrau dod i ddeall cynllun y lle, ac wedi blino ar basio'r un siopau a'r un strydoedd eto ac eto. Oedodd wrth ymyl arwydd un stryd nad oedd hi wedi sylwi arni o'r blaen – Via Arandora Star. Cofiai fynd i weld drama rywdro yn Aber, drama oedd yn darlunio'r digwyddiad erchyll yn yr Ail Ryfel Byd pan suddwyd y llong oddi ar arfordir Iwerddon, a thros fil a hanner o bobol ar ei bwrdd, dros saith gant o'r rheiny'n Eidalwyr. Pobol gyffredin – siopwyr, perchnogion caffis, barbwyr – a phob un wedi cael ei glustnodi yn 'enemy alien' gan Churchill mewn ymateb i'r ffaith fod Eidal Mussolini wedi ochri efo'r Almaen.

Bu farw ychydig dan bum cant o'r Eidalwyr wrth i'r llong gael ei suddo gan dorpedo ar ei ffordd i Ganada. Ond o graffu ar yr arwydd a cheisio deall yr hyn oedd arno, cafodd Gwen syndod. Doedd hi ddim wedi sylweddoli bod 48 o'r meirw yn hanu o dref Bardi. Roedd eu henwau i gyd ar yr arwydd bach yma o gofeb. Y dref yn cofio am ei phlant alltud. Teimlai Gwen braidd yn anghyfforddus wrth syllu ar yr enwau a hwythau'n ddim ond enwau iddi hi, er bod llawer iawn ohonyn nhw wedi ymgartrefu yng Nghymru.

Aeth Gwen yn ei blaen i lawr strydoedd culion eraill, a phasio rhai siopau eto ac eto, gan deimlo ei bod yn troi mewn cylchoedd ac na fyddai hi byth eto yn llwyddo i ddarganfod y stryd lle roedd Rino'n byw.

Sŵn drws yn cau'n glep a thorri ar lonyddwch y prynhawn wnaeth iddi droi ei phen. Yn union dros y ffordd iddi, safai Rosa ar ei phen ei hun, ac wrth edrych, sylweddolodd Gwen ei bod yn adnabod y stryd erbyn hyn. Ymataliodd rhag galw allan ar Rosa'n syth. Edrychai mor wahanol rywsut. Daeth llun i feddwl Gwen, llun o ddol ddel oedd ganddi unwaith, a hithau wedi ei chanfod ar ôl blynyddoedd yng ngwaelod cist, a'i gwallt yn flêr a'i dillad bob sut, a'i chymalau plastig wedi eu stumio'n gam. Osgo a theimlad fel'na oedd i'r Rosa a welai Gwen ar y stryd; osgo dol wedi torri.

Brysiodd Gwen ati a galw'i henw. Cododd Rosa ei phen am eiliad ac yna syllodd eto ar y stryd gan ysgwyd ei phen. Safodd i fyny yn sythach wedyn, gan esgus gwrhydri. Ond y llygaid gwlithog oedd yn dweud y stori gyfan. Pharhaodd y gwrhydri ddim yn hir.

"Doeddach chi ddim… ddim yn… yn rhy hwyr, Rosa?"

Ysgydwodd Rosa ei phen, heb ymhelaethu. "Dwi isio mynd i weld Maria, fy chwaer. Maria," meddai. "Rhaid i mi ga'l ei gweld hi."

"Fory, Rosa, ia? Mi fydd yn dechra nosi'n o fuan. 'Dach chi 'di trafaelio drw'r dydd."

"Na, ma raid i mi!"

Roedd cynddaredd yn codi ynddi, rhyw fflach benderfynol yn ei llygaid, y styfnigrwydd yn ei meddiannu.

"Rŵan! Rhaid i mi ei gweld hi!" Ysgydwodd ei phen eto a dechrau bytheirio dan ei gwynt. "Y Maria 'na! Wna i byth, byth… Mi ha promesso! Mi wnaeth hi addo, si? Ond wnaeth hi ddim! Wnaeth hi DDIM."

Rhoddodd Gwen ei llaw ar ei braich.

"Rosa. Rosa, dowch rŵan."

Synnodd Gwen ei hun, yn medru dod o hyd i lais

hunanfeddiannol oedd yn cael y fath effaith ar Rosa. Diflannodd cynddaredd yr hen wraig efo'r gwynt, fel fflam wan a frwydrodd yn ffyrnig am eiliad cyn edwino, wedi ymlâdd efo'r ymdrech. Roedd rhywbeth affwysol o drist, meddyliodd Gwen, ym myrhoedledd y gwffas oedd yn Rosa erbyn hyn.

"Si," meddai Rosa o'r diwedd, a'i llais yn grafiad isel. "Si. Dwi isio mynd i orwedd, dwi'n meddwl. Ti aspettiamo. Ty'd, si? Plis."

Cerddodd y ddwy fel mam a merch fraich ym mraich drwy'r strydoedd bach, nes cyrraedd y lle gwely a brecwast. Ar y ffordd, piciodd Gwen i mewn i siop groser fach a phrynu'r *ciabatta* olaf yn y siop, a honno wedi dechrau caledu, a rhyw bedair sleisen o ham Parma, dau domato mawr bochgoch powld a letysen fach. Prynodd botel o lemonêd a photel o win, a chael bag plastig i'w cario. Rhyw swper ffwrdd â hi yn y stafell fyddai'n gwneud y tro heno. Roedd hi wedi bod yn ddiwrnod hir. Doedd Sadie ddim o gwmpas, wrth lwc, a llwyddodd y ddwy i ddringo'r grisiau a mynd i'r stafell yn ddidramgwydd.

Ar ei phen ei hun y swperodd Gwen yn y diwedd. Bwytaodd Rosa fel deryn bach o'r *serviette* roedd Gwen wedi ei gosod yn lle plât, a mynnu wedyn ei bod am orwedd a chau ei llygaid am ddau funud. Chafodd Gwen ddim sgwrs bellach efo hi y noson honno. Tynnodd sgidiau Rosa yn ofalus oddi ar ei thraed, a llacio'r sgarff oedd wedi'i chlymu am ei gwddw. Ond gadael iddi wnaeth Gwen ar ôl hynny.

Mwynhaodd Gwen y llonyddwch, gan ei bod hithau hefyd wedi blino braidd ar ôl y siwrne. Aeth â'i sêt at y feranda fach a gwydraid o win yn ei llaw. Roedd hi'n noson ddistaw, a'r aer yn teimlo'n ffres ar ôl y glaw. Roedd yna gysur yn gwrando ar Rosa'n chwyrnu'n ddelicet, fel trac sŵn cefndir mewn ffilm. Roedd Cymru a'r ysgol a phawb yn bell, bell ymhob ystyr, a phob dim yn cael ei fesur yn y momentau gwerthfawr hyn, yn y seibiannau rhwng chwyrnu Rosa.

Meddyliodd Gwen tybed a fyddai hi'n medru mentro aros yma am byth, a pheidio mynd 'nôl i Gymru, yn yr un ffordd ag yr oedd Rosa wedi dianc i Gymru o Bardi yr holl flynyddoedd yn ôl.

32

RHYW FERSIWN BOREOL o swper y noson cynt oedd y brecwast gan Sadie. Roedd Rosa wedi cysgu'n drwm am oriau, heb glywed Gwen yn stwna o'i chwmpas ac yn cadw'r briwsion a'r sbwriel o'r swper *ad hoc*. Roedd Gwen wedi gwagio'r botel win, yn raddol a hamddenol, gan syllu allan drwy'r ffenest. Ac felly, y bore yma, roedd ganddi gur pen yn helmed o boen, a thipyn bach o anhwylder stumog. Ond buan yr aeth hwnnw wedi iddi yfed tri glasiad o ddŵr ar ei thalcen. Diwrnod o ymlacio a gwneud fawr o ddim byd fyddai'n ei siwtio heddiw. Ond doedd fawr o obaith am hynny.

Roedd Gwen wedi bod yn lled ymwybodol o Rosa'n cerdded o gwmpas y stafell rywdro yn y nos neu'n gynnar yn y bore, ond doedd hi ddim wedi agor ei llygaid i gymryd gormod o sylw ohoni. Pan ddeffrodd o'r diwedd, a'i phen yn pwnio, roedd Rosa'n eistedd yn ddel ar ymyl ei gwely, wedi molchi a choluro, wedi newid ei dillad ac yn barod am y diwrnod.

"Brecwast, si?"

Roedd y Sadie a ddaeth i weini'r brecwast yn fwy tawedog nag un pnawn ddoe, wedi ei dofi gan agwedd heriol yr hen Eidales, meddyliodd Gwen. Daeth â choffi, grawnfwyd a phowlen o salad ffrwythau draw at y bwrdd, a gofyn a oedden nhw eisiau rhywbeth wedi ei goginio. Er y byddai Gwen wedi croesawu bacwn neu rywbeth tebyg fel arfer, doedd hi ddim yn teimlo fel bwyta saim ar ôl y botel win neithiwr. Daeth Sadie wedyn â phlât nobl o ham a chaws a rhai danteithion melys, nid annhebyg i'r hyn gafodd Gwen yn y Caffè Centrale ddoe. Sylwodd Gwen fod Rosa'n awchu am y rheiny, ac yn eu canmol.

"'Dach chi ddim yn gwbod sut i neud petha fel hyn yng

Nghymru," meddai, gan sychu'r briwsion mawr bras oddi ar ei gwefusau a'i gên.

Roedd hyn i gyd mor normal, mor naturiol, meddyliodd Gwen: dwy ddynes yn cael *séjour* bach mewn gwesty, yn brecwasta ac yn cynllunio diwrnod o hamddena a chrwydro a gweld beth oedd gan ardal Emilia-Romagna i'w gynnig. Gallai'n hawdd feddwi ar naturioldeb y sefyllfa, ar symlrwydd bwyta ac yfed coffi ac ymlacio.

Dymuniad Rosa oedd cychwyn i weld ei chwaer mor fuan â phosib, er bod cynddaredd neithiwr wedi cilio, diolch byth. Deallodd Gwen mai hi oedd bellach yn byw yng nghartref y teulu; roedd Marco a Carlo, brodyr hŷn Rosa, wedi mynd i ffwrdd i weithio ar y cyfle cyntaf, gan nad oedd ffarm y teulu'n ddigon i gynnal y tad mewn gwaith, heb sôn am neb arall. Ar ei ffordd yma yn y car, roedd Gwen wedi sylwi ar y caeau o sgwariau bychain, digon i gynhyrchu dim ond rhyw un neu ddau o fyrnau gwair yn yr haf, ac ar y murddunnod oedd wedi bod yn ffermydd bychain ar un adeg ond a oedd bellach wedi mynd i gadw ychydig o anifeiliaid neu goed tân. Doedd hi fawr o syndod fod pobol wedi mudo o'r ardal, hardded ag oedd hi. Roedd hi'n hawdd gweld sut roedd pyllau glo de Cymru wedi cynnig cymaint mwy o ran bywoliaeth.

Cynigiodd Gwen fod y ddwy'n cerdded at dŷ Maria gan fod yr haul yn gwenu a'r awyr yn las, er ei bod hi'n dal yn reit oer. Ond ysgwyd ei phen wnaeth Rosa.

"Dwi isio cyrraedd y tŷ ddim wedi blino," meddai'n benderfynol. "Ac ella dwi isio gadael y tŷ yn sydyn. Yn y car? Plis?"

Doedd hi ddim yn siwrne hir o gwbl.

"Yma!" meddai Rosa ar ôl rhyw bum munud yn y car, gan bwyntio at un o ddau dŷ.

Eisteddodd y ddwy heb symud ar ôl i Gwen ddiffodd yr injan. Roedd y tŷ'n blastar melyn i gyd, ac yn sigo yn erbyn y tŷ drws nesaf, fel petai'r ddau'n pwyso ar ei gilydd am gynhaliaeth. Roedd y tai wedi eu gosod fymryn yn ôl o'r lôn, ar gyrion y dref, ac roedd iard fach o flaen y tŷ a mwsog yn drwch drosti. Roedd potyn bach o *poinsettia* fflamgoch ar y chwith i'r drws. Cyn iddyn nhw gael cyfle i ddod allan o'r car a churo ar y drws ffrynt, daeth gwraig allan o'r tŷ a sefyll yno yn sbio arnyn nhw. Adnabu Gwen hi'n syth fel y wreigan fach gron roedd hi wedi ei gweld fwy nag unwaith ddoe wrth iddi grwydro o gwmpas Bardi. Yr un oedd wedi ei llygadu'n fanwl.

Symudodd Maria 'run gewyn, dim ond sefyll yno'n syllu ar y car, yn disgwyl iddyn nhw wneud y symudiad cyntaf. Parhaodd hyn am rai eiliadau, cyn i Rosa ildio yn y diwedd gan chwythu'r enw "Maria, Maria…" yn ddiamynedd wrth ddechrau stryffaglio i symud o'r car. Aeth Gwen allan o'r car a mynd draw i'w hochr hi i'w helpu, ond wfftiodd Rosa unrhyw gynnig o gymorth. Safodd yn dalog wrth ymyl y car, yn dal y fraich oedd mewn sling gyda balchder, ac yn syllu.

"Maria."

Ac wrth glywed ynganu'i henw, dyma'r wreigan fach gron yn powlio tuag atyn nhw, yn freichiau ac yn fronnau ac yn floneg i gyd, a chladdu ei hun ym mynwes Rosa, oedd gryn dipyn yn dalach na hi. Claddu ei hun yn ei mynwes a dechrau parablu a chrio a pharablu a chrio am yn ail, a'r ddau beth wedi llifo'n un, gan ddweud yr enw 'Rosetta' dro ar ôl tro ar ôl tro. Heb eiliad o oedi, heb gymryd ei gwynt a chysidro beth i'w wneud nesaf, dechreuodd Rosa fwytho gwallt brith y fechan efo'i llaw dda, 'nôl a blaen, fel petai'n mwytho plentyn.

"Maria, sshhhh, Maria," meddai Rosa, drosodd a throsodd. "Sshh…"

Ac yna'n raddol, tawelodd igian Maria, a safodd yno wedi ymlâdd gan ddal i gydio'n dynn, dynn yn ei chwaer fawr. Atgoffwyd Gwen o ddelwedd o rywun yn crafangu am graig mewn môr tymhestlog.

Ymhen tipyn, llaciodd Rosa ei hun oddi wrthi, a chodi gên Maria efo'i bys, gan sychu'r dagrau oddi ar fochau ei chwaer efo'r un bys – dilyn y dagrau ac yna eu sychu i ffwrdd. Gwenodd Rosa arni, a dweud rhywbeth na allai Gwen mo'i glywed. Gwenodd Maria yn ôl a nodio'n ufudd. Roedd gruddiau Rosa hefyd yn wlyb, sylwodd Gwen.

Edrychodd Gwen ar y llawr, ac yna'n hiraethus ar y car – dyna'r peth agosaf oedd ganddi i noddfa yn y byd blith draphlith, dagreuol roedd hi wedi glanio ynddo. Mynd ddylai hi, a gadael y ddwy i siarad. Ond sut byddai rhywun yn distyllu oes i mewn i gyn lleied o amser? meddyliodd Gwen. Sut roedd rhywun yn dethol, yn cyfleu bywyd dros baned o goffi? Sut roedd rhywun yn dechrau cymodi? A dechrau deall?

Cyn iddi gael cyfle i ffurfio esgus a fyddai'n caniatáu iddi ddianc i'r car a diflannu am ychydig, roedd Maria wrth ei hymyl ac yn ei thynnu tuag at y tŷ, ac roedd hi'n amlwg o'i stumiau bod arni eisiau iddyn nhw fynd i mewn. Edrychodd Gwen ar Rosa am ryw fath o eglurhad ond roedd honno wedi dechrau cerdded at y tŷ, ei thraed yn troedio'n araf ond yn sicr tuag at y drws, gan stopio yma ac acw a sbio o'i chwmpas.

Arweiniodd Maria'r ddwy i'r stafell gyntaf ar y chwith. Y tân a drawodd Gwen i ddechrau, y tân braf oedd yn clecian yn y grât ac yn ffocws i'r stafell dywyll, a dodrefn pren tywyll yn amgylchynu'r lle fel sowldiwrs. Safodd Rosa'n stond a syllu o'i chwmpas. Dywedodd rywbeth wrth Maria, a nodiodd honno â golwg bryderus arni. Sylwodd Gwen fod y ddwy yn syllu ar lun o'r Forwyn Fair uwchben y lle tân, a'i hymarweddiad yn feddal ac yn famol, yn gymodlon.

Trodd Rosa at Gwen.

"Ma hi 'di gneud y stafall ora'n barod i 'nghroesawu i. Ond nid hyn dwi isio. Dim ond y padre ac athro o'r ysgol oedd yn cael dŵad i mewn i'r stafell ora."

Dywedodd rywbeth arall wrth Maria, a gwenodd honno,

a golwg o ryddhad arni. Arweiniodd y ddwy y ffordd allan o'r stafell orau, i goridor bach cul ac ymlaen drwy'r tŷ at y golau, at gegin braf a'r goleuni'n ffrydio i mewn iddi. Roedd y ffenest yn edrych allan ar ardd hir, ddigon blêr, ac ychydig o ddillad yn hongian yn ddiymadferth ar lein. Ysai Gwen am gael mynd allan yno a theimlo'r awel ysgafn drwy ei gwallt.

Roedd Aga fawr goch ym mhen pella'r stafell, wrth y ffenest, a llenwodd Maria degell o ddŵr a'i daro ar yr hob. Roedd Rosa wedi eistedd erbyn hyn, a thynnodd Maria ei chadair yn nes ati.

"You like Bardi, si? Yes?" gofynnodd Maria, a gwenu ar Gwen wrth ofyn, ei llygaid yn sgleinio â chymysgedd o gyfeillgarwch a dagrau. "The castello, it…" A gwnaeth Maria ystum i ddynodi bod rhywbeth wedi gorffen.

"Mae'r castell 'di cau," eglurodd Rosa, dan wenu. "Fel 'dan ni'n gwbod!"

Aeth Maria yn ei blaen yn wrol. "Museum, si? In the estate. Ovina?" gofynnodd i Rosa.

"Sheep," atebodd Rosa, gan droi ei phen i edrych allan ar yr ardd. "Yn yr haf, mae…"

"There is sheeps with…" meddai Maria a gwneud ystum rhyfedd, gan bwyntio at ei phen hi a phen Rosa, a pharablu.

"Two heads? Dau ben?"

"Si! Two heads! In the museum of the castello, si? Two heads!" gwenodd Maria yn fuddugoliaethus.

Gwnaeth ryw ystum digri eto efo'i dwylo a dechreuodd y tair ohonyn nhw chwerthin, er bod Gwen yn rhyw amau bod Maria'n dechrau mynd o'i cho'. Ond roedd hi'n braf cael chwerthin ac ymlacio.

"Mi fedri di weld y castell o'r ardd, Gwen," meddai Rosa, a gwenu arni.

Deallodd Gwen ar unwaith.

"Dwi am fynd allan i weld, dwi'n meddwl," meddai Gwen gan sefyll, a gwneud ystum tuag at y drws cefn.

Nodiodd Rosa ac edrych yn ddiolchgar arni.

Nid sefyllfa i rywun y tu allan i'r teulu oedd hon, meddyliodd Gwen. Câi'r argraff fod blynyddoedd o ddieithrwch a chamddealltwriaeth a sawl cynnen angen eu gwyntyllu rhwng y ddwy chwaer.

Felly, agorodd Gwen y drws a chamu allan i'r ardd hir. Roedd yna berllan fach yn y pen draw, y tu hwnt i'r lein ddillad lonydd, ac roedd y glaswellt yn fosaig o wyrdd a melyn blêr. Ac o sefyll yn yr ardd roedd y castell i'w weld yn eglur dros doeau teils coch y tai oedd yn moesymgrymu wrth ei draed. Roedd fel petai'n tyfu allan o'r graig goch-biws, yn estyn allan o'r gwyrddni wrth ei odre, yn codi uwchlaw pob dim ac yn dal ei dir ers canrifoedd.

Penderfynodd Gwen fod yn well ganddi'r olygfa yma o'r castell, yr olwg bell, urddasol, saff, heb fynd yn rhy agos at y brain a'r llygod mawr a lechai yn ei gilfachau tywyll.

33

DOEDD HI DDIM yn dywydd i sefyll ar ben rhes o risiau carreg y tu allan i fynwent, meddyliodd Gwen. Roedd hi'n rhy braf o lawer, a'r haul yn uchel yn yr awyr erbyn hyn, yn dechrau lledaenu hynny o wres oedd ganddo dros y wlad aeafol.

Roedd mynwent Bardi ar y ffordd allan o'r dref i gyfeiriad Varsi, wedi ei lleoli ar ben bryn, gyda lôn darmac newydd yn mynd i fyny tuag ati, a wal uchel yn ei hamgylchynu.

Doedd Rosa ddim wedi dweud gair ar ôl i'r ddwy ddychwelyd i'r car ar ôl bod i weld Maria. Roedd honno wedi trio mynnu eu bod yn cael rhywbeth i'w fwyta efo hi, ac yn aros yn hwy. Doedd hi ddim yn medru celu'r nodyn desbret yn ei llais, meddyliodd Gwen, wrth iddi fynd i chwilio am bob math o salad a thomatos a bara er mwyn codi archwaeth.

"Si? Si?" gofynnai Maria, a nodio a gwenu ar Gwen, fel petai'n meddwl mai drwyddi hi y byddai'n medru perswadio'i chwaer fawr i aros. Roedd yn ymylu ar fod yn bathetig. Roedd rhywbeth yn ei chylch oedd yn anesmwytho Gwen, rhyw siort o embaras. Ac i wneud pethau'n fwy chwithig, roedd hi'n amlwg iawn nad oedd Rosa'n dymuno aros, a'i bod yn ysu i adael mor fuan â phosib. Fe dawodd Maria ar ôl ysbaid o ddarbwyllo, a diolchodd Gwen am hynny.

Pan oedd Rosa'n ffarwelio â Maria, gwnaeth Gwen esgus i fynd i eistedd yn y car. Doedd hi ddim eisiau bod yn dyst i'w digofaint nhw, i'r ffarwél olaf o bosib rhyngddyn nhw. Mi safodd y ddwy am yn hir, yn gafael yn ei gilydd, a llaw Rosa'n taro'n rhythmig famol ar gefn ei chwaer, yr hen wreigan oedd, ac a fyddai am byth, yn chwaer fach iddi.

Tra oedd Gwen yn cicio'i sodlau yn y car, cafodd gyfle i tsiecio'i ffôn am negeseuon. Un neges destun oedd ganddi, gan

Tony, yn gofyn a oedd pob dim yn iawn ac yn gorffen â neges gryptig:

Dwi wedi bod yn meddwl. Am y caffi. X

Doedd hi ddim mewn hwyliau i gysylltu 'nôl yn syth, ond roedd yna gysur cynnes, rhyfedd mewn gwybod ei fod o wedi cysylltu â hi.

Pan gyrhaeddodd Rosa'r car wedi'r ffarwelio, doedd dim awydd siarad arni, ac roedd hynny wedi siwtio Gwen yn iawn.

"Iawn, 'nôl i'r lle gwely a brecwast, ia?"

Taniodd Gwen injan y car bach a throi ei drwyn i gyfeiriad tŷ Sadie. Roedd rhan ohoni'n meddwl y byddai cael mynd 'nôl i'r stafell i stwna ac ymlacio yn beth braf, ond rhan arall ohoni'n teimlo y dylen nhw weld mwy o'r ardal, a hwythau'n hedfan 'nôl i Gymru drannoeth.

"Na, dim gwesty. Dim eto," atebodd Rosa, mewn llais tenau, bregus – llais oedd fel petai'n dod o enau rhywun llawer hŷn, rhywun llawer llai heriol.

"Awn ni am dro bach, 'ta," meddai Gwen, a cheisio peidio dangos ei bod yn rhy siomedig.

Ymhen ychydig funudau o deithio allan o'r dref i'r cyfeiriad arall, roedd Rosa wedi pwyntio at y lôn darmac oedd yn arwain i fyny at y fynwent.

Dim ond wedyn y sylwodd Gwen ar y llythyr wedi melynu oedd yn bili-pala crynedig yn nwylo Rosa. Roedd hen amlen hefyd, wedi ei rhwygo'n flêr, mewn cynddaredd, mewn cyffro, mewn hiraeth?

"Llythyr?" meddai Gwen, a theimlo embaras yn syth am fod wedi gofyn rhywbeth mor amlwg ac eto mor bersonol. Os mai llythyr roedd ei mam wedi'i sgwennu iddi oedd o, neu rywbeth felly, doedd gan Gwen mo'r hawl i holi, mo'r hawl i wthio'i hun i stori rhywun arall. Teimlodd Gwen unigrwydd yn dod drosti mwyaf sydyn, rhyw deimlad gwag, fel sictod.

"Mi wnaeth Maria… mi wnaeth hi addo."

"Do?" gwan gan Gwen. "Gaddo be, Rosa?"

"Cyn i mi ddŵad i Gymru, mi wnes i sgwennu hwn, i Rino. Ac mi wnaeth Maria addo mynd â fo iddo fo. Mi wnaeth hi addo! I Rino ga'l dallt 'mod i'n… Ond…"

Ond.

Doedd dim angen dweud mwy. Llanwyd y distawrwydd â siom, siom oedd wedi darganfod ei llais ar ôl blynyddoedd o dawelwch.

Wnaeth Maria ddim cadw'i haddewid. Roedd yr hogan ifanc wedi tyfu'n hen wreigan fach gron, a'r llythyr roedd hi wedi addo ei roi i gariad ei chwaer fawr yn melynu ac yn crebachu yn nrôr ei chydwybod.

Gafaelai Rosa'n dynn yn y pili-pala, hyd yn oed ar ôl iddyn nhw adael y car a cherdded am y fynwent, fel petai arni ofn ei adael yn y car, fel petai arni ofn ei adael o'i dwylo ac iddo gael ei gipio i ffwrdd ar yr awel.

"'Di hi'm yn debyg i fynwentydd Cymru, nac'di?" meddai Gwen, gan syllu ar yr olygfa drwy'r gatiau metel. Roedd adeilad mawreddog yr olwg ym mhen pella'r fynwent, a'r geiriau 'Avelli Comunali' o boptu'r drws pren mawr oedd yng nghanol yr adeilad. Yna, o boptu'r prif adeilad yma, roedd waliau wedi eu gwneud o focsys bach, yn drefnus fel catrawd, a blodau plastig amryliw wedi eu glynu ar bob bocs. Roedd y lle fel carnifal o farwolaeth, meddyliodd Gwen, o'i gymharu â lliwiau syber, tywyll mynwentydd Protestannaidd Cymru. Herio marwolaeth drwy aflafaredd aur a blodau plastig.

"Ro'dd Nonna'n arfer deud ei bod hi'n nabod mwy yn y cimitero nag yn y dre," meddai Rosa, gan hanner gwenu, ac aros am eiliad wrth ambell fedd cyn cerdded ymlaen.

Roedd llwybr cerrig reit newydd yn arwain at y prif adeilad, a dwy goeden boplys o bobtu fel dau giard. Holltai llwybr i'r chwith ar un pwynt, ac arweiniai'r llwybr hwnnw at adeilad urddasol ond newydd yr olwg.

"Capel coffa yr *Arandora Star*," meddai Rosa, gan amneidio tuag ato. "A pedwar deg wyth o Bardi wedi suddo efo hi. Pedwar deg wyth!"

"Dwi 'di darllan yr hanes," meddai Gwen. "Sobor o drist, toedd?"

Ond dim ond nodio wnaeth Rosa, heb ymhelaethu, a mynd yn ei blaen. Sylwodd Gwen fod y beddi i gyd yn llawer mwy crand na hyd yn oed y rhai mwyaf rhwysgfawr yn y fynwent fach ar ben y Gogarth. Roedd lluniau'r ymadawedig mewn siâp wy ar y beddau mwyaf diweddar, a'u hanner gwên wedi ei rhewi yn y marmor am byth.

Roedd ymgais at oruchafiaeth gymdeithasol yma hefyd, meddyliodd Gwen, gan sylwi ar y *mausoleum* ar gyfer teulu go bwysig yn yr ardal. Daeth y llinell 'Death, the great leveller' i'w phen. Byddai'n meddwl am y fynwent yma ar ymyl y bryn yn Bardi bob tro y clywai'r llinell honno o hyn ymlaen.

Wnaeth hi ddim sylweddoli'n syth fod Rosa wedi stopio wrth ymyl un bedd arbennig, a hwnnw'n un o'r rhai plaenaf, mwyaf diaddurn, er bod yna flodau plastig mewn potyn ar hwn hefyd, a'r lliwiau wedi eu cannu gan olau'r haul. O fynd yn nes, gallai Gwen weld tri enw ar y garreg lwyd. Craffodd i edrych yn fanylach arnyn nhw, gan drio peidio gwneud gormod o stŵr. Gan mai mewn du yr ysgrifennwyd yr enwau, roedd yr elfennau wedi gadael eu hôl a doedd y llythrennu ddim yn eglur o gwbl i ddieithryn.

"Eich mam a'ch tad, Rosa?" meddai Gwen yn ofalus, a symud yn nes at Rosa fel bod cyrff y ddwy bron yn cyffwrdd.

"Si," meddai'n ddistaw, gan syllu am sbel heb ddweud gair, ac yna, "Ac Angelo bach. Y bambino."

"Angelo?"

"'Mrawd bach i. Yr hogyn bach mwya bello, mwya annwyl... Tair oedd o. Tair oed. A fi oedd i fod yn gofalu amdano fo..."

Plygodd Rosa ei phen a chau ei llygaid, gan sibrwd rhywbeth dan ei gwynt.

Bu'r ddwy'n sefyll yno'n hir, a'r haul yn cylchu uwch eu pennau, fel fwltur. Ymhen tipyn, rhoddodd Gwen ei llaw ar fraich Rosa. Estynnodd Rosa am y llaw, ei thapio'n gysurlon a gwenu gwên fodlon, flinedig.

"Dwi isio mynd adra rŵan, Gwen. 'Nôl i Gymru."

"At Tony?" mentrodd Gwen.

"Si, at Antonio," cytunodd Rosa.

Ac aeth y ddwy, fraich ym mraich, yn ara deg, yn ôl am y car.

Rosa

Dwi'n falch o gael cau'r drws ar bawb am 'chydig. Roedd Gwen yn glên iawn, chwara teg. Yn dda efo fi. Yn ddigon cefnogol ond ddim yn un o'r rheiny sy'n ffysian ac yn troi pob dim i mewn i ryw ddrama fawr. Mi fydd Gwen yn iawn.

Mae hi wedi bod yn siwrne a hanner i hen wreigan fel fi. Dwi'n teimlo'n hen rŵan, a 'nghymalau'n wayw i gyd, fy meddwl yn gwegian â phrofiada bywyd. Pan gaeais fy llygaid gynnau, wedi gollwng yn drwm i mewn i'r gadair ar ôl cyrraedd adra, pobol ddiarth oedd yn gwibio o 'mlaen i, pobol a sŵn a lliw, yn pasio fel trên. Mi gymerodd hi sbel i mi fedru ei weld ynta'n glir, a phan welish i ei wyneb o'n iawn, aeth pob dim arall yn niwl. Pan wenodd o arna i, doedd dim arall yn cyfri.

Mi ddaw Antonio mewn munud a gneud paned o de dda ac estyn *Marie biscuit* i mi – mi fydd o wedi prynu paced o'n ffefrynna fi yn sbesial. Dwi'n gweld Alfonso, ei *papa*, fwy byth ynddo fo wrth iddo fynd yn hŷn. Mae gynno fo'r un ffordd o grychu ei drwyn, yr un ffordd o ysgwyd ei ben a gwenu ar yr un pryd. Mae ei natur addfwyn yn amlwg yn nhirwedd ei wyneb.

Mi ffoniodd pan oeddan ni yn y car ar y ffordd adra o'r maes awyr. Mae gynno fo hanesion i mi, medda fo. Petha mae o isio'u deud. Ond petha fedar aros ydyn nhw. Petha y bydd yn rhaid iddyn nhw aros. Tan fory. Mae gen i weddill 'y mywyd i glywed be sy gan fy mab i'w ddeud wrtha i.

34

DOEDD HI DDIM wedi bod yn ôl yn ei fflat ddeg munud pan ganodd cloch y drws ffrynt. Wedi iddi helpu Rosa i eistedd yn ei chadair ar ôl y daith, a sicrhau bod diod o ddŵr gerllaw iddi, roedd Gwen wedi dechrau mwynhau'r wefr o fod ar ei phen ei hun yn llwyr am y tro cyntaf ers dyddiau, ac o beidio gorfod cynnal sgwrs.

Ac yna roedd cloch y drws ffrynt wedi canu, yn aflafar, yn ymwthgar.

Edrychodd Gwen ar ei wats yn reddfol. Nid y postmon oedd yno, a hithau'n ganol prynhawn Sul. Rhywun yn gwerthu rhywbeth, efallai, neu ryw ffanatig crefyddol ymddiheurol mewn siwt yn cynnig offrwm o bamffled tamp. Penderfynodd ei anwybyddu.

Ar drydydd caniad y gloch, ildiodd Gwen i ateb y drws, gan glustfeinio am unrhyw styrbans o fflat Rosa wrth wneud. Camodd Mia yn syth i mewn, heb wahoddiad, a chau'r drws y tu ôl iddi.

"Asu, ma hi'n ddigon oer i rewi ceillia carw!" ebychodd, a rhwbio'i dwylo cochion yn egr yn erbyn ei gilydd.

Roedd yna ffrwydriad o sgarff oren wrth ymyl ei hwyneb, a chlustdlysau pinafal tymhorol anaddas yn clincian wrth iddi symud.

"Mia, do'n i'm yn disgw'l…"

"Awn ni fyny, blodyn? Ti'n meindio?"

A chyn i Gwen fedru ateb, roedd Mia'n arwain y ffordd i fyny'r grisiau, yn din ac yn dro i gyd.

"Dwi 'di dal chdi adra, 'lly. O'dd Tony'n meddwl mai tua amsar cinio oeddach chi'n landio."

Sgubodd llygaid Mia dros y cês a'r mân fagiau ar lawr.

"O'dd Tony'n llygad ei le, 'lly, doedd?" meddai Gwen, ac allai hi ddim peidio teimlo dwtsh yn sych efo Mia, ac oerni eu cyfarfyddiad diwethaf ar y prom yn dal yn ei chof. Allai hi ddim peidio bod yn flin efo hi ei hun chwaith, am ddal dig.

"'Swn i'n cynnig panad i chdi ond, fel ti'n gweld, dwi'm 'di dechra dadbacio na dim byd, a phrin 'di tynnu 'nghôt, deud gwir."

Os oedd hi'n disgwyl rhyw fath o ymddiheuriad gan Mia am alw ar adeg anghyfleus, daeth yn amlwg yn reit fuan nad oedd hynny'n mynd i ddigwydd. Eisteddodd Mia lond y soffa, a'i dwylo modrwyog yn aflonydd fel dau aderyn prin. Plygodd ymlaen.

"Gwranda, Gwen, gen i gant a mil o betha i ddeud wrtha chdi, ond yn y bôn…"

"Be?"

Eisteddodd Mia yn ei hôl fymryn.

"'Di'm yn iawn i mi danio ffag ma siŵr, nac'di?"

"Nac'di!" atebodd Gwen.

"Werth trio, doedd?" gwenodd Mia heb falais, a phlygu ymlaen eto gan syllu'n daer ar Gwen cyn dechrau arni. "Pnawn dydd Gwener dwetha oedd hi."

"Pnawn dydd Gwener oedd be?"

"Taw am funud a gwranda, 'nei di? Mi o'dd cloch diwedd dydd 'di canu, a'r bysys 'di dechra gada'l yr iard, a cheir hannar yr athrawon efo nhw. Wsti sut ma hi acw! Yn enwedig yr wsnos gynta'n ôl!"

Wnaeth Gwen ddim sylw. Doedd hi ddim eisiau meddwl am yr ysgol, a hithau wedi llwyddo i roi'r lle o'i meddwl yn dda iawn. Aeth Mia yn ei blaen, heb sylwi ar dawedogrwydd Gwen.

"O'n inna 'di cael uffar o wsnos deud gwir 'tha chdi. Big Boss yn chwara sili bygars a finna'n edrach mlaen at y jinsan fwya welodd neb 'rioed. Ond o'n i 'di anghofio'n llyfr marcio yn y stiwdio, a ti'n gwbod bo fi'm yn trystio 'ngliniadur!"

Atebodd Gwen mohoni.

"Eniwe, mi redish i'n ôl yno'n reit sydyn cyn cychwyn am y car. Ma'r ymgynghorydd yn galw dydd Llun – o mai god, fory 'di hynna! Eniwe, do'n i ddim isio i betha fod yn rhy ddi-drefn i'r jadan honno! Meddwl 'sa well i mi ddangos bo fi'n trio, 'de!"

Brawddeg neu ddwy arall, meddyliodd Gwen, ac mi fydd yn rhaid i mi dorri ar ei thraws. Ac eto, roedd rhywbeth yn y ffordd roedd Mia'n adrodd y stori, rhyw frys, rhyw bwysigrwydd, oedd yn ei rhwydo.

"A dyna lle oedd o, Gwen. Y fo. Gavin Masters, ar ben ei hun bach yn y stiwdio, wrthi'n peintio llun o wyneb hogan."

"Yli, Mia, dwi'm isio siarad am…"

"Ond gwranda 'wan: roedd o 'di rhoi marcia croes ar draws y llun, ar draws wyneb y ferch, fel creithia duon, a marcia cwestiwn wedyn dros weddill y llun. Roedd o'n Salvador Dali-aidd iawn, a doedd dim rhaid bod yn Freud i ddadansoddi ystyr y llun chwaith. Ond roedd o'n wahanol i unrhyw beth arall welish i Gavin yn ei neud erioed, yn fwy tywyll, yn fwy ingol."

Seibiant byr, a'r geiriau'n rasio rhyngddyn nhw fel mân bryfetach, yn gellweirus, yn trio osgoi cael eu dal. Eisteddodd Gwen ar fraich y gadair oedd gyferbyn â Mia.

"Yli, Mia. Tydy datblygiad artistig Gavin Masters fawr o ddiddordeb i mi, yn rhyfadd iawn! Deud gwir, dwi'm isio clywad enw'r…"

"Ond pan welish i ei wynab o, Gwen… Ro'dd o'n amlwg 'di bod yn crio ers tro byd, 'sti, ei wynab o'n goch a 'di chwyddo i gyd. Feddylish i am funud fod o 'di cael slap yn ei lygaid – roeddan nhw wedi hanner cau. Prin o'dd o'n medru gweld drwyddyn nhw! 'Be sy, Gavin?' medda fi wrtha fo. ''Di'm yn amsar i ti fynd am dy fws, boi?' A wedyn mi ddechreuodd go iawn, do? Mi ddechreuodd o udo, fatha rhyw gi gwyllt, 'sti, Gwen. Chlywish i 'rioed y fath nadau!"

Daeth Gwen yn ymwybodol o lampau'r stryd yn dechrau

cynnau y tu allan i'r ffenest, gan ychwanegu rhin swreal i'r holl olygfa yn y lolfa efo Mia. A phan siaradodd Gwen, doedd ei llais ddim yn swnio fel petai'n perthyn iddi.

"Be ti'n drio'i ddeud, Mia?" Fel petai angen iddi ofyn, fel petai hi wir ddim yn gwybod yr ateb i'w chwestiwn ei hun.

Symudodd Mia fel ei bod yn nes at Gwen, ei hwyneb yn agos, agos…

"Mi wnaeth o gyfadda, Gwen! Dyna dwi'n drio'i ddeud! Mi wnaeth o gyfadda fod o 'di deud celwydd amdana chdi, wedi dy gyhuddo di ar gam!"

Daliodd Gwen i eistedd, heb symud, a throi'r geiriau o gwmpas ei phen. Geiriau diaddurn, yn hongian rhyngddyn nhw fel hen dinsel rhad.

"Celwydd *oedd* o," oedd y cwbl y gallai Gwen ei ddweud. "Celwydd."

"Yn union! Wel, hannar awr 'di tri ar bnawn Gwener neu beidio, mi wnes i fynnu ei fod o'n dŵad efo fi at y Prif y munud hwnnw i ddeud y cwbwl! I gyfadda ma celwydd oedd o i gyd. A dyna pam o'n i'n methu aros i ddŵad i ddeud 'tha chdi fy hun. Doedd o ddim yn rhwbath allwn i ei ddeud mewn tecst, nag oedd? Felly ma pob dim 'di cael ei sortio! Ddudodd y Prif 'sa fo'n trio ca'l llythyr i ti yn post ola nos Wener! Dwn i'm os ti 'di ca'l…"

"Diolch."

"O," meddai Mia, ac edrych yn syn ar Gwen wrth iddi sefyll ar ei thraed i ddynodi bod y sgwrs ar ben. "Be? Mond hynna sgin ti i…?"

"Diolch, Mia. Diolch am ddŵad i ddeud. Dwi isio bod ar ben 'n hun rŵan, plis."

Cododd Mia ar ei thraed yn anfoddog.

"Dwi yn sori, sdi, Gwen. Am dy ama di. Dwn i'm be dda'th… Ond dwi mor sori."

Agorodd Mia ei breichiau, a chamodd Gwen i'r goflaid,

ond heb deimlo dim cysur, dim ond yr awydd mwyaf am gael llonydd.

Dim ond ar ôl i Mia fynd y sylwodd Gwen ar yr amlen swyddogol a logo'r ysgol arni ar y bwrdd coffi, yng nghanol y twmpath bach o lythyrau eraill oedd wedi casglu dros y penwythnos.

Darllenodd ei gynnwys cwrtais, ymddiheurol yn chwim, cyn ei wasgu'n belen yn ei llaw. Eisteddodd yno am sbel wedyn, yn gwrando ar grensian ei ddatgymalu araf yn y bin.

35

BU BRON I Gwen droi i ffwrdd cyn cnocio ar y drws. Roedd hi'n weithred ryfedd beth bynnag, cnocio fel dieithryn ar ddrws tŷ a arferai fod yn gartref iddi. Ond allai hi ddim bod wedi troi'r bwlyn a cherdded i mewn chwaith. Mi fyddai hynny'n teimlo'n rhy hy.

Felly cnocio wnaeth hi, a hanner gobeithio nad oedd ei thad adref. Pa mor hir oedd hi'n weddus i rywun gnocio cyn troi ar ei sawdl a diflannu? Roedd yr ardd wedi dechrau tyfu'n wyllt ac yn bygwth ymestyn dros y llwybr bach troellog oedd yn arwain o'r giât at y drws. Tyfai'r rhododendron ymhobman, yn hardd ond yn rhemp, yn llyncu pob dim arall oedd yn meiddio trio cael cornel i fyw. Dim ond hances boced o lawnt oedd ar ôl erbyn hyn. Yng ngardd ei phlentyndod, roedd y lawnt yn braf ac yn ddigon llydan i fedru rhoi bwrdd a chadeiriau arni, a chael digon o le wedyn i rowlio dair neu bedair gwaith cyn cyrraedd y llwyni.

Roedd hi ar fin mynd yn ôl at y car pan glywodd ei gerddediad yn nesáu at y drws, yn fwy llafurus nag yr oedd hi wedi ei ddisgwyl, ac eto doedd hynny ddim yn sioc fawr iddi. Clywodd yr ymbalfalu efo'r goriad, ac yna roedd o'n sefyll yno, yn edrych arni, a'i sbectol yn fudr ac wedi llithro hanner ffordd i lawr ei drwyn.

"O, chdi sy 'na," meddai, fel petai hi ddim ond wedi picio o'r tŷ am ddeg munud, yn hytrach na bron i flwyddyn.

Trodd ei thad a dechrau cerdded yn ôl am y gegin yn y cefn, gan adael y drws ar agor iddi ei ddilyn, a dyna wnaeth hi. Wrth gerdded ar hyd y coridor cul, trawyd Gwen gan oglau anghyfarwydd llwydni a henaint a dreiddiai drwy'r lle, ac roedd fel petai rhyw wawr felynfrown dros y celfi a'r papur wal a'r lluniau. Roedd y gegin hefyd yn anhrefnus, â phlatiau a chwpanau a mygiau fel petaen nhw'n sbrowtio allan o'r sinc ac yn tyfu dros yr ymylon.

"'Sna'm trefn 'di bod y dyddia dwetha 'ma. Rhyw hen annwyd," meddai, heb arlliw o embaras nac ymddiheuriad.

Ble roedd ffin eu perthynas niwlog? meddyliodd Gwen. Ble roedd yr ymddiheuro yn dechrau ac yn diweddu?

"Stedda. Mi gymri di banad, gwnei? Ma'r teciall newydd ferwi. Dwi'n siŵr o ga'l hyd i rhyw fyg neu ddau na laddith mohona ni!"

"'Dach chi isio i mi…?"

"Ia, 'ta! Os leci di!" meddai, a dim ond bryd hynny y sylweddolodd Gwen yn iawn pa mor fusgrell yr edrychai, pa mor hawdd ei niweidio.

Eisteddodd ei thad wrth y bwrdd, a sgubo tomen o bapurau newydd o'r neilltu i wneud lle. Yna, syllodd allan drwy'r ffenest wrth i Gwen ddod o hyd i ddau fŵg yng nghefn un o'r cypyrddau, a chymell digon o ronynnau o goffi o'r jar oedd bron yn wag. Roedd y topiau yn y gegin wedi eu staenio'n frown, a thorth wedi dechrau tyfu blew yn ddel yn y bin bara.

"Ma 'na hen frân 'di bod yn cnocio, 'sti. Ar y ffenast. Yn cnocio fel 'sa'r gnawas isio dŵad i mewn."

"Oes?"

Cariodd Gwen y mygiau a gosod un o flaen ei thad. Chymerodd o ddim sylw ohoni hi na'r coffi.

"Yr un un ydy hi bob tro, saff i ti. Ma hi wrthi ers misoedd rŵan. Yn dal i gnocio, a chrawcian hyd yr ardd 'ma, ddigon i yrru dyn gwannach o'i go', deud y gwir 'tha ti. Mi fedra i weld ei hen big llwyd, miniog hi rŵan. Bitsh!"

"Mi eith, 'chi. Yn ei hamsar ei hun," cynigiodd Gwen, a meddwl am ba hyd roedd ei thad wedi bod yn eistedd yn y tŷ yma ar ei ben ei hun, yn clustfeinio am watwar brân annelwig.

"Gwaith yn iawn?" gofynnodd ei thad, gan ddal i syllu y tu allan.

"Dad, ma gin i…"

Trodd ei thad i edrych arni, er y byddai Gwen wedi rhoi rhywbeth am iddo ddal i syllu i ffwrdd ar betryal golau'r ffenest.

"Be? Be sgin ti i ddeud?" gofynnodd, a chraffu arni drwy'r sbectol fudr. "Be sgin ti i ddeud, Gwenhwyfar?"

Tynnodd llais ei thad hi'n ôl i'r gegin fechan, flêr. Ymbalfalodd am y geiriau, am y domen eiriau oedd yn dwmpath anniben yn ei phen.

"Rhwbath am fy ngwaith dysgu."

"O, ia? Ti'n ca'l symud i fyny gynnyn nhw? Mwy o gyfrifoldeba, mwy o gyflog, ail yn yr adran? Braidd yn gynnar i fod yn bennaeth adran, ella…"

Roedd y syllu yma'n ei hanesmwytho, yr un craffu oedd wedi ei dilyn ar hyd camau ei phlentyndod.

"Dwi 'di penderfynu rhoi'r gora iddi. Gada'l dysgu."

Symudodd corff ei thad yn ôl, a phob cyhyr wedi ymlacio. Pylodd y llygaid drachefn a diflannodd y craffter, fel petai o erioed wedi bod yno.

"Mmm… 'Di o'm yn fy synnu i. O'n i'n meddwl ma fel'ma basa hi," meddai, a sniffian. Sylwodd ar ei fẁg o goffi a drachtio ohono, gan sychu ei geg efo cefn ei lawes.

"Oeddach? Pam?"

I be roedd hi eisiau gofyn? Fel plentyn yn rhoi ei fys mewn tân, yn ysu am gael gwneud a theimlo'r llosg yn wynias drwyddi.

"Meddwl 'sa ti'm yn medru handlo'r pwysa gwaith. Y straaaen…"

Roedd o bron fel petai o'n mwynhau hyn, meddyliodd Gwen, yn ymdrybaeddu yn ei methiant.

"Un fel'na fuest ti 'rioed."

"Un fel'na?"

"Diog. Dim gwaith yn dy groen di!" Ac yna, mewn amrantiad, daeth yr ergyd. "Fatha *hi* yn union."

Roedd o'n eistedd yn sythach rŵan, yn tynhau eto, a'i lais yn finiog fel cyllell. Daeth llun i ben Gwen o dderyn mawr du yn cael ei ddarnio, a llafn cyllell yn canfod y cochni hardd y tu mewn.

"Mmmm! 'Sna'm gwaith yng nghroen yr un ohonach chi. Chdi na dy fam. Adar o'r unlliw..."

Ennyd o seibiant. Y geiriau'n suddo i mewn i'r teils llawr budr cyn i'r tad ailadrodd ei hun. "Adar o'r unlliw hedant i'r unlle."

"Dwi'n gwbod, Dad..."

... mai chi gyrrodd hi o 'ma.

Chi gyrrodd hi o'i cho'...

Cochni hardd.

Rhyddhad.

Llafn y gyllell yn rhyddhau.

Hogan chwe blwydd oed yn nhraed ei sanau yn y stafell molchi.

Hogan chwe blwydd oed yn gweld y dŵr coch yn y bath, a gwynder y fraich yn hongian mor wyn â'r tsieina gora dros yr ymyl.

Ssssh. Sdim isio deud.

Sdim isio deud 'mod i 'di gweld.

Sdim isio deud 'mod i'n gwbod.

Ssssh...

Cododd ei thad a mynd i sefyll nes bod ei fol yn pwyso'n erbyn y sinc, gan edrych i fyny i'r awyr ac allan i'r ardd. Ond prin roedd ei gorff yn cuddio llawer o'r ffenest na'r golau, a'i silwét yn ddisylwedd.

"Mi fydd hi 'nôl 'ma toc, saff i ti," meddai, gan graffu drachefn ar yr awyr nes ei fod ar flaenau'i draed. "'Nôl 'ma bydd hi, yr hen frân 'na, yn cnocio ac yn codi cnecs. Yn trio 'nychryn i.

Ond cheith hi mo'r gora ohona i, dallta, o na cheith! Mi fydda i'n barod amdani! Yn barod! Y bitsh!"

Daliodd Gwen i eistedd lle roedd hi. Doedd hi ddim yn cofio iddi deimlo mor wag erioed. Ond roedd hefyd, rywsut, yn deimlad braf. Yn deimlad newydd. Yn deimlad rhydd.

36

CRIW BACH OEDD wedi ymgynnull y tu allan. Doedd y cymylau duon uwchben ddim yn help. Doedd Gwen ddim yn credu bod angen gwneud gormod o ffýs o'r caffi ar ei newydd wedd, ond roedd Tony wedi mynnu na fyddai tipyn o sylw'n gwneud dim drwg. Ildio wnaeth Gwen, a hi drefnodd y ffotograffydd o'r papur lleol. Safai hwnnw rŵan yn edrych i fyny ac i lawr y stryd yn ddiamynedd, heb allu cuddio'r ffaith ei fod wedi diflasu ar y tin-droi ac yn dyheu am stori well.

Pobol o gymuned Eidalaidd y dref oedd yno – y Rabiottis, y Paganuzzis, yr Antoniazzis – a dyrnaid o'r cwsmeriaid ffyddlon. Roedd Emrys yno, wrth gwrs, er ei fod o'n edrych fel petai'n well ganddo fod gan milltir i ffwrdd nag yng nghanol rhyw hen sbloets fel hyn. Ac roedd o'n siŵr o fod yn poeni lle roedd Rosa.

"Lle ma hi?" meddai Tony eto, ac edrych ar ei wats. "Dau funud ddudodd hi! A hynny chwartar awr yn ôl."

"'Sa ti'n licio i mi fynd i chwilio amdani?" dechreuodd Emrys, a sŵn ei gap stabal yn crensian yn ei ddwylo yn arwydd o'i nerfusrwydd, cofiodd Gwen. Gwenodd o feddwl bod hwn yn achlysur i Emrys dynnu ei het ar ei gyfer, yn ddigwyddiad o bwys!

"Neu mi a' i?" cynigiodd Gwen, pan welodd beth oedd yn mynd drwy feddwl Tony. Doedd Emrys ddim yn un a fedrai wneud i Rosa frysio, a'r unig beth fyddai'n digwydd yw y byddai dau hen begor yn hwyr, yn lle un! Roedd hi'n rhyfedd sut roedd cydweithio efo Tony dros y misoedd diwethaf wedi bod yn fodd iddi ddod i'w adnabod yn iawn, ac un edrychiad yn ddigon i ddeall. Bu'r ddau yn y caffi tan oriau mân y bore ar sawl achlysur wrth iddi fwrw'i bol iddo am ei phenderfyniad i adael dysgu er gwaetha'r ffaith fod ei henw bellach yn glir, ac am ei hansicrwydd am y dyfodol. Gwrandawodd hithau ar syniadau Tony am y caffi, ac aeth y ddau ohonyn nhw at Rosa wedyn efo'r syniad am y bartneriaeth.

Wedi iddi ddychwelyd o Bardi, roedd Rosa wedi bod fel dynes newydd, fel petai rhyw bwysau mawr wedi codi oddi ar ei hysgwyddau. Bu'n help garw iddi gael tynnu'r plastar oddi ar ei braich, fel nad oedd hi'n gorfod bod mor ddibynnol ar bobol eraill. Ond roedd y gwynt wedi mynd o'i hwyliau dros y diwrnodau diwethaf, wrth i ddiwrnod agoriad swyddogol y caffi ar ei newydd wedd nesáu.

"Ti isio i mi bicio i weld lle mae hi?" cynigiodd Gwen drachefn.

Ond codi ei ysgwyddau ac ysgwyd ei ben wnaeth Tony. "Mi ddaw yn ei hamser ei hun. Mi geith bum munud arall." Yna sodrodd wên groesawgar ar y gynulleidfa fechan oedd yn syllu'n werthfawrogol ar yr arwydd a'r steil newydd oedd ar y caffi.

'Caffi Italia – Benvenuto Cymreig a Chroeso Eidalaidd' oedd y geiriau ar yr arwydd slic, ac roedd y bordyn alwminiwm yn rhoi gwedd fodern a glân i'r lle, yn y gobaith o ddenu mwy o gwsmeriaid dros y rhiniog. Roedd y tu mewn wedi ei beintio yn goch, gwyn a gwyrdd, â delweddau o'r Eidal ar un wal a lluniau o Landudno ar wal arall. Gosodwyd lliain bwrdd coch smart ar bob bwrdd, ac aildrefnu'r stafell. Roedd y peiriant coffi wedi newid ei le ar y cownter fel ei fod yn wynebu'r cwsmeriaid wrth iddyn nhw ddod i mewn. Roedd wedi cael ei le haeddiannol yng nghanol y caffi. Roedd un ychwanegiad arall, sef peiriant gwneud *gelato* newydd crand, ac roedd Tony'n berwi â syniadau am hufen iâ sbesial fel blas bara brith a hufen iâ streipiog fel baner yr Eidal.

Disgynnodd smotyn o law. Ceisiodd Tony liniaru ychydig ar y dyrnaid o dorf, oedd yn dechrau anesmwytho ac edrych i fyny ar yr awyr lwyd.

"Wel, ym, 'na i jest… Dwi isio diolch i bawb sydd wedi dŵad yma heddiw… ac mi fyddan ni'n agor y caffi'n swyddogol yn y munud, pan ddaw…"

"Hoi! Paid â dechra cyn fi!" meddai llais o ben draw'r stryd, a dyna lle roedd Mia yn lliwiau llachar ac yn jingl-jangls i gyd, yr aderyn egsotig wedi ffeindio'i ffordd i'w nyth yn y goedwig goncrit. Chwarddodd pawb a chlapiodd ambell un oedd wedi cael ei gipio gan naws bantomeimaidd yr achlysur. Daeth Mia i sefyll wrth ymyl Gwen.

"Dyma hi'r artist ei hun! Mia sydd wedi bod yn gyfrifol am bob dim artistig welwch chi ar y tu mewn a'r tu allan. Ma Gwen a finna'n falch iawn o'i cha'l hi ar ein tîm, tydan, Gwen?"

Gwenodd Gwen a Mia, a chlapiodd Gwen i gyfeiriad Mia hefyd, mewn cydnabyddiaeth.

"Trystio chdi i ddwyn y sylw i gyd!" sibrydodd Gwen yn gellweirus.

"Cau hi!" gwenodd Mia yn ôl, gyda winc.

"Nid mater hawdd ydy newid lle sydd wedi bod yn y teulu ers cymaint o flynyddoedd." Aeth Tony yn ei flaen, braidd yn herciog. "Ond dwi'n falch o ga'l partner busnas mor fedrus â Gwen. A dwi isio diolch i Mamma, Rosa Spinelli, am… am gytuno i ni neud hyn. Mi fydd hi yma mewn dau funud i ddeud 'Croeso a benvenuto i bawb, a phob lwc i Caffi Italia'!"

Camodd y ffotograffydd fel actor ar lwyfan a gofyn am dynnu cwpwl o luniau wrth iddyn nhw aros am Rosa – lluniau o Gwen yn smalio torri'r rhuban coch oedd yn hongian o un ochr y drws i'r llall, er mwyn rhoi naws achlysur swyddogol ac urddasol i'r digwyddiad.

Anghytunodd Gwen i ddechrau, ond esboniodd y ffotograffydd ei fod wedi cael tecst gan ei olygydd yn gofyn iddo fynd i dynnu llun mainc a faluriwyd mewn parc yn Neganwy. Doedd ganddo mo'r amser i aros yn llawer hirach.

Cytunodd Gwen, Tony a Mia, er bod Emrys yn edrych yn

gwbl anghyfforddus fod pethau'n symud yn eu blaenau heb Rosa.

"Dim ond tra 'dan ni'n disgw'l, cariad!" meddai Mia, a rhoi rhyw hyg fronnog amryliw iddo, wnaeth ddim byd i leddfu ei letchwithdod. "Gawn ni fwy o lunia pan ddaw Rosa yn y munud!"

Safodd Emrys o'r neilltu, gan daflu cip eto ar ddrws y fflat.

Bodlonodd y ffotograffydd ar gymesuredd y llun, a'r ffaith bod ganddo'r stori weledol cyflawn ar gyfer ei bapur. Dipyn bach i'r dde, closiwch ar y chwith... gwenwch...

Ufuddhaodd pawb, fel plant. Gallai Gwen deimlo gwres Tony wrth iddo glosio'n nes ati. Wrth sefyll yn stond ac edrych draw i ochr arall y stryd, gwelodd Gwen grŵp o hogiau'n pasio, ac yn oedi am funud i weld beth oedd yr achlysur. Adnabu hi yntau'n syth, wrth gwrs. Safodd, â'i freichiau ymhleth a'i ben ar un ochr yn ei ffordd nodweddiadol, yn syllu. Am eiliad, fferrodd y ddau mewn un edrychiad difynegiant. Ac yna diffoddwyd y tensiwn gan un o'r mêts, a dynnodd hwd Gavin a'i gymell i gario ymlaen i lawr y stryd oherwydd nad oedd 'na'm byd o bwys yn digwydd y tu allan i'r caffi bach Eidalaidd yn y glaw.

Gan edrych yn ei blaen at y ffotograffydd, o gornel ei llygad gwelodd Gwen y llanc yn symud i ffwrdd, nes ei fod yn atalnod llawn, ac yna'n ddim.

Gwenodd yn llydan ar y camera.

Rosa

Ers faint dwi wedi bod yn gorwedd yma? Dydy amser ddim yn golygu 'run fath ag oedd o. Dwi'n teimlo bod y byd yn rhywle arall, y tu allan i'r ffenest, y tu allan i'r drws. Mae pawb dwi wedi nabod erioed yr ochr arall i'r drws, yn clywed dim, yn dallt dim.

Mae'r hen boen ofnadwy wedi mynd am sbel fach eto. Ond yn ei hôl y daw hi, i wasgu 'nghalon fach i'n dynn, dynn yn ei dwrn, i wasgu'r bywyd ohona i.

Sefyll ar y bryn y tu ôl i Bardi ydw i, uwchlaw'r fynwent, a'r glaswellt yn cosi fy fferau. Mae'r awel yn ysgafn ac yn felys, afon Ceno'n rhuban arian drwy'r cwm, a'r haul yn boeth.

Ac wrth sbio i lawr ar y dre, dwi'n gweld ffigwr yn tacio dŵad i fyny'r bryn, yn camu'n fras fel nad ydy'r allt serth yn poeni dim arno, yn llamu, â phwrpas yn ei gam.

Dydy o ddim allan o wynt pan mae o'n fy nghyrraedd i, ac wrth iddo ddŵad i sefyll wrth fy ymyl i mae ei lygaid o'n pefrio ac yn edrych arna i fel mai fi ydy'r beth ddela welodd o erioed. A phan gymera i ei law o, a theimlo llyfnder ei groen yn fy llaw feddal inna, llais ifanc sydd gen i'n sibrwd ei enw, fel dwi wedi sibrwd ei enw erioed.

"Riiiinoooo."

Nodyn gan yr Awdur

Diolch yn fawr iawn i'r canlynol:

Diolch i Mr William Paganuzzi, Nefyn, am y sgwrs gychwynnol ddiddorol, a hefyd i Carys Pugh D'Auria am y cymorth gwerthfawr efo'r Eidaleg.

Hoffwn ddiolch o waelod calon i'r ddwy yn y Lolfa: i Meinir Wyn Edwards am ei chefnogaeth a'i hadborth gwerthfawr, a hefyd i Nia Peris am ei gwaith manwl a thrylwyr. Fi sy'n gyfrifol am unrhyw gamgymeriad a erys.

Diolch yn olaf i Dafydd, am ei gwmni ar y daith i Bardi (ac yn ôl!).

Bu'r testunau canlynol o gymorth wrth imi fynd ati i ysgrifennu'r nofel: *Lime, Lemon & Sarsaparilla: The Italian Community in South Wales 1881–1945* gan Colin Hughes, *The Hokey Pokey Man* gan Anita Arcari ac 'A childhood in Nazi-occupied Italy', sef atgofion Peter Ghiringhelli o'r rhyfel a gasglwyd gan y BBC ar gyfer y wefan 'WW2 People's War'.

Am restr gyflawn o lyfrau'r Lolfa, mynnwch
gopi am ddim o'n catalog
neu hwyliwch i mewn i'n gwefan

www.ylolfa.com

lle gallwch archebu llyfrau ar-lein.

TALYBONT CEREDIGION CYMRU SY24 5HE
ebost ylolfa@ylolfa.com
gwefan www.ylolfa.com
ffôn 01970 832 304
ffacs 832 782